Andrea von Rymon

Der Anderswald

HEIN-VERLAG

1. Auflage, 2014
ISBN 978-3-944828-02-2

E-Mail: info@hein-verlag.de

Autor: Andrea von Rymon
Covergestaltung, alle Illustrationen sowie die Kapitelerkenntnisse stammen von Imke und Fred, www.limarys.de

Herausgeber: Hein Verlag, Ingo Hedrich
Dieses Buch ist ganz einfach bestellbar im Buchladen oder auf der Internetseite des Verlages: www.hein-verlag.de

Dieses Buch widme ich dir, Imke, denn mit deiner liebevollen Hilfe und Motivation habe ich gelernt, den Weg meines Herzens zu gehen.
Danke für deine Geduld, die ich bestimmt so manches Mal bis an die Grenzen strapaziert habe.
Viele meiner Herzenswünsche sind seit unserer ersten Begegnung wahr geworden, unter anderem das Kinderhilfsprojekt und dieses Buch.
Auch dafür bin ich dir unendlich dankbar!

Andrea von Rymon

Der Anderswald

Dies ist die erste Geschichte von Annomé der Elfe und ihren Freunden, die im Anderswald leben. Es war der gleiche Wald, durch den auch die Menschen spazierten und doch war er so anders. Denn hier gab es Elfen, Feen, Zwerge, Einhörner, Nixen, Hexen und viele andere Naturgeister. Verwunschene Lichtungen, geheimnisvolle Blumen, sprechende Bäume, ZAUBERhafte Schlösser und magische Orte gehören ebenfalls zum Anderswald.
Da die meisten Menschen keinen Zugang zur Welt der feinstofflichen Wesen hatten, konnten sie all' dies nicht sehen und wahrnehmen, wenn sie durch den Wald gingen.
Vielleicht ist folgende Geschichte nur eine Geschichte, aber vielleicht ist auch alles genau so geschehen, wie es hier geschrieben steht.

die kleinen Trolle Mölli und Trölli

die junge Frau
Karina

die Feen

Barbarella, Monja und Nelly

die Einhörner
Farina und Jasper

der winzige
Zwerg Fips und
Sir Wieselflink

die Elfenkönige
Ailina und
Togan

Die Anderswälder

die kleine Elfe
Annomé

die Hexe
Carlotta

das Mädchen
Meeryam

der Elf
Meelan

der Elfenprinz
Thilion mit dem
goldenen Pferd
Aragon

der Engel
Lahmynana

Kapitel 1

Annomé

**Wer achtsam ist, ist auch geduldig
und immer gelassen unterwegs.**

„Autsch, so ein Mist! Jetzt bin ich schon wieder an so einem blöden Stacheldraht hängen geblieben. Was tut der auch hier mitten in unserem Wald?"
Annomé war mal wieder etwas zu schnell unterwegs gewesen und hatte die Rolle Stacheldraht übersehen und sich darin verheddert.
„Was fällt den Menschen bloß ein, hier ihren Müll abzuladen", schimpfte sie. Die uralte Eiche Arta schüttelte ihre Blätter und sagte: „Wo warst Du nur wieder mit deinen Gedanken, Annomé?"

Die Elfe Annomé lebte im Königreich des Elfenkönigs Togan. Ihr kohlrabenschwarzes Haar war leicht gewellt und reichte ihr bis zum Kinn. Es sah immer etwas zerzaust aus, denn sie war schon ein rechter Wirbelwind. Ihre Augen leuchteten in einem sanften hellen Blau. Wenn sie aber wütend war, wurden sie dunkelblau und funkelten gefährlich, und dann sollte man schleunigst das Weite suchen. Dann fauchte sie wie eine Wildkatze und ihr Elfchengesicht sah dann gar nicht mehr freundlich aus.

Annomé trug ein wunderschönes moosgrünes Elfenkleid, das bis zur Taille schmal verlief und dann in einem weiten Glockenrock endete. Der Saum des Kleides war etwas zipfelig und die Ärmel sahen aus wie die Blüten der Trompetenblume. In der Sonne glitzerte und funkelte ihr Kleid, als wäre es mit Glanz gepudert. An ihren Elfenfüßchen trug sie passend zu ihrem Kleid grüne Schuhe. Die sahen besonders hübsch aus. Die Spitzen der Schuhe waren leicht nach oben gebogen, und der etwas erhöhte Rand der Schuhe war nach außen umgeschlagen. Es sah so aus, als hätten die Schuhe einen Kragen. Ein hübsches rotes Band, das vorne zu einer Schleife gebunden war, hielt die Schuhe an Annomés Füßen.

„Hilf mir lieber mich zu befreien, sonst sitze ich morgen früh noch hier", rief sie genervt zu Arta.
„Du weißt, dass ich dir nicht helfen kann. Vielleicht ist ja Carlotta

in der Nähe, die hätte dich im Handumdrehen ratz-fatz befreit."
Carlotta war die Hexe des Waldes, nicht weniger wild als Annomé und immer super schnell unterwegs.
„Neee, Carlotta kann mir mal gerade gar nicht helfen, denn sie ist auf einem Hexenkongress in Schottland."
„Aber ich kann dir ein paar gute Ratschläge geben, wie du dieses Missgeschick in Zukunft vermeiden kannst", bot Arta ihr an.
Annomé verdrehte die Augen und antwortete genervt: „Deine Ratschläge kenne ich schon. Nicht so schnell Annomé, sei achtsamer Annomé, nimm dir Zeit Annomé.... entschuldige Arta, du hast ja Recht. Ich nehme es mir auch immer wieder vor achtsam zu sein, aber es klappt einfach nicht. Ich bin nun mal so wie ich bin."
Annomé begann nun, größer und größer zu werden, um der Drahtrolle zu entkommen. Die Elfen im Anderswald konnten, wenn die Situation es erforderte, durch Ausdehnung ihrer Energie ihre Größe verändern. Sie konnten sich so klein machen, dass sie in den Blütenkelch einer Blume passten, oder sich bis zur Größe eines Menschen ausdehnen. Das war ganz praktisch und kostete sie keinerlei Mühe.
Bei dem Versuch, sich auf diese Weise zu befreien, verhedderte sich Annomé nur noch mehr in dem Draht. Arta schmunzelte und sprach: „Ich wüsste da jemand, der dir vielleicht helfen könnte."
„Oh ja, bitte sag's mir, wer kann mir helfen? Wenn ich so weiter mache, ist mein schönes Kleid gleich durchlöchert wie ein Schweizer Käse." Annomé sah schon sehr verzweifelt aus.

Arta war der älteste, größte und mächtigste Eichenbaum weit und breit. Sie konnte meilenweit in alle Richtungen schauen und hörte alles, was in einem Umkreis von mehreren Kilometern gesprochen wurde. Ihr entging nichts.
Sie sprach: „Ich glaube, Thilion durchstreift mit Aragon gerade dieses Waldgebiet. Ich könnte ihn rufen und um Hilfe bitten."

„Bloß nicht", jammerte Annomé, „wie steh ich denn da in meinem durchlöcherten Kleid."

So sollte Thilion sie nicht sehen. Er war ein Elfenprinz und sie fand, er sah phantastisch aus. Besonders, wenn er mit seinem Pferd Aragon im wilden Galopp durch den Anderswald preschte.

„War ja nur ein Scherz", lachte Arta. Annomé fiel ein Stein vom Herzen. Gerne wäre sie Thilion begegnet, nur nicht gerade jetzt.

„Oh, Arta, ich bin mit Meelan verabredet, der denkt, ich komme wieder mal zu spät, wie immer."

„Verständige ihn doch durch deine Gedanken. Du weißt doch wie das geht", riet ihr Arta.

„Ach Arta, darin war ich doch noch nie gut. Dazu müsste ich gaaaanz ruhig und gelassen werden und mich voll auf Meelan konzentrieren. Und du weißt, wie schwer mir das fällt, gaaaanz ruhig und gelassen zu sein."

Dabei schnitt sie eine Grimasse und Arta musste lachen, dass ihre Äste nur so wackelten. Ein vorübergehender Wanderer blickte verstört auf die Eiche. Denn kein Lüftchen regte sich und bei keinem anderen Baum bewegte sich auch nur ein Blättchen. Nur die alte Eiche bewegte heftig ihre Zweige, so dass die Blätter nur so flogen. Der Mann schüttelte den Kopf, zuckte mit den Schultern und ging weiter. Annomé schaute dem Wanderer grinsend hinterher. „Na, dem haste ganz schön was zum Nachdenken mit auf dem Weg gegeben. Aber mein Problem ist immer noch nicht gelöst."

„Aber bald", sprach Arta.

„Arta, was hörst du oder wen siehst du? Sag schon, bitte." Sie dachte: Oh lieber Gott, bitte lass es nicht Thilion sein. Oh, wäre das peinlich.

Arta sprach: „Hilfe kommt mit Superhochgeschwindigkeit und ich sage nur ratz-fatz."

Jetzt konnte es auch Annomé hören. Ein sausendes und donnerndes Geräusch war in der Ferne zu hören und kam immer

näher. Mit Schallgeschwindigkeit flog etwas über die Wipfel der Bäume.
„He, Carlotta!" schrie Annomé so laut sie konnte.
Carlotta hatte gerade Arta überflogen, als ein quietschendes Geräusch in der Luft zu hören war. Carlottas Besen bäumte sich unter der Vollbremsung auf und stand dann senkrecht in der Luft. Arta dachte, hoffentlich fällt sie mir nicht auf den Kopf. Von oben hörten sie Carlottas Stimme.
„Habe ich da gerade die Stimme meiner Freundin Annomé vernommen?"
„Ja, hier unten Carlotta. Bitte hilf mir, ich hänge fest", rief sie.
Carlotta machte eine Kehrtwende in der Luft und flog mit Carlottageschwindigkeit, so schnell es die Äste zuließen, durch die Baumkronen zu Annomé. Arta zog schnell ihre Äste ein, damit sie keinen Schaden nahm.
Carlotta konnte sich ein Lachen nicht verkneifen, als sie Annomé total verwurschtelt mit der Drahtrolle sah.
„Lach nicht, hilf mir lieber", rief Annomé ziemlich entnervt.
„Das wievielte Mal hängst du im Stacheldraht? Lasse mich raten, viermal, nee ist es mit heute nicht schon das fünfte Mal in diesem Jahr?" überlegte Carlotta laut. „Na ja, manche lernen es eben nie."
„Das musst du gerade sagen", antwortete Annomé empört. „Soll ich mal deine Abstürze wegen riskanter Flugmanöver aufzählen?"
„Lieber nicht", sagte Carlotta lachend, „sonst stehen wir morgen früh noch hier."
Carlotta war eine wunderschöne Hexe mit feuerrotem, kurzem Haar. Ihre Frisur sah stets so aus, als sei sie in einen Tornado geraten, was bei ihrem Flugstil auch kein Wunder war. Ihr Hexenhut konnte sich deshalb auch nur durch einen ganz besonders großen Zauber auf ihrem Kopf halten. Auf ihrer zierlichen Stupsnase und ihren Wangen tummelten sich unzählige lustige Sommersprossen. Carlottas Markenzeichen war die

geringelte Strumpfhose. Sie liebte geringelte Strumpfhosen und hatte zu jedem Kleid eine farbig passende. Dazu trug sie kleine spitze schwarze halbhohe Stiefelchen, die an der Seite mit kleinen bunten Knöpfen verziert waren. Natürlich waren es nicht irgendwelche Knöpfe sondern Carlottazauberknöpfe. Sie hatten alle ein Gesicht und konnten die ulkigsten Grimassen schneiden.
Ihre riskanten Flugmanöver waren überall bekannt. Wenn sie mit ihrem Besen Speedy durch den Wald bretterte, brachten sich alle in Sicherheit. Carlotta liebte es, schnell zu fliegen, aber keiner nahm es ihr übel, wenn dabei mal das eine oder andere zu Bruch ging. Sie hatte an ihrem Hexenhaus eine Liste hängen, in die alle Waldbewohner ihre Flugschäden eintragen konnten. Carlotta arbeitete dann ihre Schadensfälle ab und machte mit ihrem Zauberstab alles wieder heil. Oft waren die Dinge hinterher schöner als vorher.
Alle liebten Carlotta. Sie war eine gutmütige und großherzige Hexe, war verwegen, mutig und fast immer gut gelaunt und für jeden Streich zu haben. Aber man sollte sie nicht im Übermaß reizen, denn wenn Carlotta wütend wurde, lief sie erst rot an, dann kniff sie ihre Augen zusammen und spätestens dann sollte man das Weite suchen. Denn wenn Carlotta explodierte, dann hörte sich das so an, als wenn ein 1000 Volt-Blitz in die Erde einschlug.
Jetzt nahm sie ihren Zauberrucksack Wumpi von den Schultern und kramte darin herum. Ein weiteres Markenzeichen von Carlotta. Er war aus verschiedenen Moosen gewebt, hatte ein richtiges Gesicht mit einer niedlichen Knollennase und konnte sprechen und singen. Der obere Teil von Wumpi war von feinstem Wurzelwerk gekrönt. Es sah so aus, als hätte er eine Rastalocken-Haarpracht aus Wurzeln, die ihm bis ins Gesicht wuchs. Er lispelte zwar ein wenig, aber das machte Carlotta nichts. Als sie ihn durch große Zauberkunst erschaffen hatte, war ihr da wohl ein winzig kleiner Fehler unterlaufen. Manchmal schnitt er lustige Grimassen

und brachte damit alle zum Lachen. Alle liebten Wumpi, und seinem Augenaufschlag konnte keiner wiederstehen. Manchmal veranstaltete Carlotta ein Wunschkonzert mit Wumpi. Jeder, der wollte, konnte sich ein Lied wünschen, und er sang es mit seiner wunderschönen, aber lispelnden Stimme. Wenn dann alle applaudierten und Bravo riefen, wurde er ganz verlegen und manchmal auch etwas rot, denn er war eher der schüchterne Typ. Er hatte lange dünne grüne moosige Arme und Beine. Damit hielt er sich einfach an Carlotta fest, wenn die zwei durch die Gegend flogen.

Dieser Rucksack war wirklich einzigartig. Tagelang hatte sich Carlotta in ihrem Hexenhaus verkrochen und Zaubersprüche gemurmelt, in ihrem Hexenkessel gekocht und experimentiert. Damit sie keiner stören konnte, hatte sie einen Zauberbannkreis um ihr Hexenhaus gelegt. Jeder, der dem Haus zu nahe kam, lief vor eine unsichtbare Wand. Dann war es endlich soweit und Carlotta kam aus ihrem Hexenhaus heraus. Sie sah etwas mitgenommen aus, war schmal geworden und ihre Nase etwas spitz. Stolz präsentierte sie allen ihren Wumpi. Und was der alles konnte!

Carlotta brauchte nur zu sagen, was sie haben wollte, dann griff sie in den Rucksack und holte es heraus. Sogar ganze Schränke konnte sie aus ihm hervorzaubern. Erst waren sie klein, aber sobald sie die Erde berührten, nahmen sie die gewünschte Größe an. Carlotta hatte den Zauber so gestaltet, dass der Rucksack nur auf ihre Stimme hörte.

Auch jetzt murmelte Carlotta etwas in den Rucksack und schwupp, kam ihr Zauberstab heraus. Für manche Dinge, wie hier, die Befreiung von Annomé, gebrauchte sie ihren alten Zauberstab Puck. Er war wunderschön und aus feinstem Haselnusswurzelholz geschnitzt. Verziert war er mit allerlei geheimen Ornamenten und seine Spitze zierte eine ganz besondere Blume. Es war die Lichtsternblume. Sie wuchs überall im Anderswald und sie hatte ihre eigene Geschichte, worüber an anderer Stelle noch berichtet wird.

Carlotta richtete ihren Zauberstab auf Annomé und murmelte etwas. Wie von Geisterhand löste sich die Drahtrolle in Nichts auf. „Vielen Dank, liebe Carlotta, für deine Hilfe." Annomé war überglücklich und sichtlich erleichtert. Sie schaute an sich herunter und jetzt kamen ihr fast die Tränen. „Schau, wie mein schönes Kleid aussieht", jammerte sie.
„Das haben wir gleich", sagte Carlotta und murmelte einen Zauberspruch. Tausende kleine hellgrüne Glitzersternchen umwirbelten Annomé wie eine Lichtwolke. Dann machte es kurz Pling, so wie ein silbernes Glöckchen, und Annomés Elfenkleid war wieder vollkommen in Ordnung und glänzte noch mehr als je zuvor.
„Carlotta, du bist einfach zauberhaft", schwärmte Annomé glücklich.
„Ich weiß", sagte Carlotta, „deshalb bin ich ja auch Hexe geworden." Beide lachten, auch Arta.
„Sag mal, Carlotta, ich dachte, du bist auf dem Hexenkongress in Schottland?"
„Hatte mich doch glatt vertan, der ist erst beim nächsten Vollmond."
„Na, da habe ich aber echt Glück gehabt", seufzte Annomé. „So, jetzt muss ich aber los, ich bin mit Meelan verabredet und der wartet bestimmt schon."
„Soll ich dich eben hinfliegen?" bot Carlotta an. „Das geht wohl ein bisschen schneller als mit deinen, sorry, zarten Elfenflügelchen."
„Oh ja, das wäre prima, dann wäre ich noch einigermaßen pünktlich." Annomé nahm dieses Angebot nur aus der Not heraus an. Denn mit Carlotta zu fliegen war schon ein Abenteuer, und sie war immer heilfroh, wenn sie wieder festen Boden unter den

Füßen hatte. Die beiden verabschiedeten sich von Arta, und dann legte Carlotta einen Blitzstart hin, dass hunderte Blätter aufgewirbelt wurden. Arta musste husten. „Nee, nee, diese Carlotta."

Kapitel 2

Das Königreich

**Verbindungen, die aus wahrer Liebe bestehen,
sind grenzenlos.**

Das Königreich des Elfenkönigs Togan befand sich in einem unendlich großen Waldgebiet mit vielen Seen und zahlreichen Bächen.
König Togan war durch seine Geburt König. Hier ging es nicht um Macht, sondern darum, dass einer das Elfenvolk und dessen Belange bei Versammlungen vertrat. Auch war es seine Aufgabe, bei Meinungsverschiedenheiten, die es auch schon mal unter Naturgeistern gab, zu schlichten und Recht zu sprechen. Er war ein guter und gerechter König und wurde von allen geachtet und respektiert. Sein etwas kantiges Gesicht war eingerahmt von schulterlangem, lockigem und sehr kräftigem blondem Haar, das in der Mitte gescheitelt war. Der kleine schmale Bart, der seine Oberlippe zierte, stand ihm ausgesprochen gut. Die Elfenmädels legten eine Extraportion Glanz auf, wenn sie ihn sahen, und es gab wohl keine Elfe, die nicht heimlich für Togan schwärmte. In seiner königlichen grünen Jacke mit den Goldknöpfen, der dunkelgrünen Hose und den dunklen Stiefeletten sah er einfach hinreißend aus. Als Zeichen seiner Königswürde war auf der linken Seite seiner Jacke eine goldene Krone gestickt. Es war ein herrlicher Anblick, wenn Togan mit seinem Gefolge im wilden Galopp durch den Anderswald preschte. Sein langes, lockiges Haar wehte dann wie eine Fahne hinter ihm her.
Als er einmal ein anderes, weit entferntes Elfenvolk besuchte, verliebte er sich dort in die Tochter des Elfenkönigs Aslan. Es war Elfenliebe auf den ersten Blick. Gemeinsam unternahmen sie Ausritte in die Wälder oder saßen Ewigkeiten im Schlossgarten und unterhielten sich. Nie ging ihnen der Gesprächsstoff aus, und sie entdeckten viele Gemeinsamkeiten.
Die Elfenprinzessin Ailina war wunderschön. Ihr hellblondes Haar, das aus vielen kleinen Löckchen bestand, reichte ihr bis zum Elfenpopo. Sie hatte ein fröhliches Gemüt und überall, wo sie auftauchte, versprühte sie Heiterkeit und Leichtigkeit. Togan bat den Elfenkönig Aslan, ihm Ailina zur Frau zu geben. Obwohl

Aslan Togan sehr mochte, verweigerte er ihm die Hand seiner Tochter. Er wollte nicht, dass sie in ein so weit entferntes Elfenreich zog. Als er aber merkte, wie sehr Ailina König Togan liebte, willigte er schweren Herzens einer Hochzeit ein. Er bestand aber darauf, dass die Hochzeit in seinem Königreich gefeiert wurde.

Togan hatte sich in einer Zwergen-Schneiderei einen Hochzeitsmantel anfertigen lassen, und der sah prächtig aus. Die Gäste hatten sich auf der Wiese hinter dem Schloss versammelt und schauten gespannt auf die Schlossterrasse, wo Togan und Aslan auf das Erscheinen von Ailina warteten.
Und dann war es endlich so weit. Von den Türmen des Schlosses erklangen Fanfaren, und die großen Flügeltüren zur Schlossterrasse wurden geöffnet. Ailina trat ins Freie, und alle hielten vor Staunen den Atem an. So etwas Wunderschönes hatten sie noch nie gesehen. Ihr Kleid war atemberaubend und einzigartig. Es war aus roter Lichtseide gefertigt und bodenlang. Das ganze Kleid war mit unzähligen, goldenen Sternchen bestickt, die nur so funkelten. Das Oberteil war sehr eng anliegend und ging ab der Taille in einen weiten schwingenden Rock über. Die Ärmel waren eng geschnitten und nach unten hin verliefen sie in eine weite Trompetenform. Togan war von ihrem Anblick so überwältigt, dass er nicht anders konnte als vor ihr sein Knie und sein Haupt zu beugen. Ailina war von dieser Geste sehr gerührt und es machte sie fast ein bisschen verlegen. Strahlend vor Glück reichte sie ihm ihre Hand und er küsste diese zärtlich.
König Aslan musste sich verstohlen eine Träne aus dem Augenwinkel wischen und hoffte, dass es niemand gesehen hatte. Togan stand auf und reichte Ailina seinen Arm. Das Volk des Königs Aslan jubelte dem Brautpaar zu und viele Hurra-Rufe erklangen. Dann begab sich das Brautpaar zu den Gästen auf die Schlosswiese. Hier war alles für das große Fest in tagelanger Arbeit vorbereitet worden. Die Tische bogen sich unter der Last

der herrlichen Speisen. Eine Zwergenkapelle sorgte für Musik und es wurde viel getanzt und gelacht, bis in die frühen Morgenstunden. Togan hatte nur Augen für seine wunderschöne Braut und war wohl der glücklichste Elf auf der ganzen Welt.

Und so geschah es, dass Togan von seiner Reise nicht alleine heimkehrte. Auch in Togans Königreich wurde die Hochzeit nochmal gefeiert. Dazu hatte das Königspaar alle Bewohner des Königreichs eingeladen. Ailina unterhielt sich mit jedem, der es wünschte, und hatte für alle ein freundliches Wort und ein offenes Ohr. Das Volk des Königs Togan war glücklich und stolz, dass sie so eine wundervolle Königin bekommen hatten.
Schon bald nach der Hochzeit ging eine Nachricht wie ein Lauffeuer durch den Anderswald. Im Elfenschloss hatte sich Nachwuchs angekündigt.

Kapitel 3

Silberwege

**Tiefe Freundschaften brauchen
Zuwendung und Vertrauen, aber selten Worte.**

Als Thilion der Elfenprinz geboren wurde, freuten sich der Elfenkönig und die Elfenkönigin so sehr, dass sie dieses Ereignis mit ihrem Volk drei Tage lang feierten. Ja, die Elfen feiern oft und gerne. Es wurde getanzt, gelacht und musiziert und es herrschte eine ausgelassene Stimmung.
So ein Fest hatte das Elfenvolk noch nie erlebt. Alle brachten Geschenke mit für den kleinen Thilion und jeder sprach an seiner Wiege einen guten Wunsch für sein zukünftiges Leben aus.
Togan hatte sogar die Engel eingeladen, die manchmal den Anderswald besuchten. Sie waren auch alle gekommen, um mit dem Elfenkönig und seinem Volk zu feiern. Engel lieben es, dort zu sein, wo gefeiert wird und Fröhlichkeit herrscht.
Als sie auf dem Fest eintrafen, bebte der Himmel unter ihren Flügelschlägen. Der ganze Himmel leuchtete und strahlte in den Farben der Engel und die Anderswaldbewohner erfreuten sich an diesem wunderschönen Anblick.
Die Engel landeten auf der Schlosswiese, und die Gäste bildeten für sie ehrfurchtsvoll eine Gasse. Allen voran schritt der Engel Lahmynana. Sein Licht war cremefarben und Maigrün. Er hatte riesengroße, goldene Flügel und war nochmals komplett von einem goldenen Licht umgeben. Als er vor Togan stand, sprach er seine Freude über den neuen Erdenbewohner aus.
Entsprechend seinem Licht und seiner Aufgabe, überreichte jeder Engel sein Geschenk dem kleinen Prinzen.
Jophiel in seinem goldgelben Licht überreichte ihm Freude, Selbstvertrauen und Leichtigkeit.
Chamuel, ganz in hellrosa Licht, überreichte die Eigenschaften Selbstliebe und Mitgefühl.
Raphael mit seinem efeugrünen Licht, schenkte ihm Gesundheit und Selbstbewusstsein.
Gabriel, im blauen Licht, Klarheit und Frieden.
So ging es weiter, bis alle Engel ihre Gaben verteilt hatten. Zum Schluss überreichte Lahmynana sein Geschenk. Neben die Wiege

stellte er ein kleines Fohlen, das er bis dahin unter seinen großen Flügeln verborgen hatte. Ein Raunen ging durch das Elfenvolk, denn es war ein ganz besonderes Pferdchen. Sein Fell war ganz dicht und glatt und jedes einzelne Haar war aus purem Gold. Es glänzte und funkelte in der Sonne so sehr, dass man fast geblendet wurde.

Lahmynana sprach: „Dies ist Aragon, ein Geschenk des Himmels. Seine Seele ist mit der Seele des Prinzen verbunden. Er wird Thilion ein treuer Begleiter sein und ihn beschützen."

Das kleine Pferdchen schaute in die Wiege des Prinzen und schnaubte sanft und leise. Sofort schlug der kleine Prinz die Augen auf, schaute in die Augen von Aragon und krähte fröhlich. Einige Gäste, die nahe an der Wiege standen, hätten später schwören können, dass auch das goldene Fohlen gelächelt habe.

Thilion und das Fohlen wuchsen zusammen im Elfenschloss auf, und es durfte sogar im Zimmer des Elfenprinzen schlafen. Aragon entwickelte sich zu einem prachtvollen und edlen Ross. Er war feingliedrig, und trotzdem konnte man seine starken Muskeln unter dem goldenen Fell erahnen, wenn er über die Wiesen und Felder galoppierte. Aragon barg so manches Geheimnis in sich.

Als Thilion schon etwas größer war und mit seinen Freunden im Wald Verstecken spielte, war es das erste Mal, dass er die Stimme von Aragon in seinem Kopf wahrnehmen konnte. Es geschah, als Thilion an der Reihe war, die anderen zu suchen, da hörte er sie.

Es war eine klare, wunderschön klingende Stimme die zu ihm sprach: „Thilion, Meelan hat sich hinter Arta versteckt, Annomé unten am Bach und Carlotta hat sich winzig klein gezaubert und sich im Nistkasten über dir versteckt." Thilion sah sich erschrocken um, aber niemand war zu sehen außer Aragon, der im Schatten der alten Eiche Arta stand, zu ihm herüber schaute und leise wieherte.

Wer spricht da? Und wieso höre ich die Stimme nicht mit meinen Ohren sondern nur in meinem Kopf?
„Ich bin es, Aragon. Wusstest du nicht, das auch wir uns über Gedanken verständigen können?" Thilion schüttelte ungläubig den Kopf. Doch dann grinste er und dachte: Welche Möglichkeiten! Seine Freunde staunten, als er sie alle im Handumdrehen gefunden hatte. Als sie nach einiger Zeit herausbekamen, warum Thilion so schnell ihre Verstecke fand, beschlossen sie, dass er nur noch mitspielen durfte, wenn Aragon im Schloss blieb.
Wenn Thilion mit Aragon im wilden Galopp den Wald durchstreifte, blieben alle wie verzaubert stehen, denn die beiden waren prächtig anzuschauen. Aragon war schneller als der Wind und seine Hufe schienen kaum den Boden zu berühren. Thilions Haarpracht bestand aus sehr dunklen, großen schweren Locken, die ihm bis zum Kinn reichten. Sein Haar war einfach nicht zu bändigen und so sah er immer etwas wild und verwegen aus. Das Blau seiner Augen leuchtete besonders intensiv. Wenn man in seine Augen schaute, hatte man das Gefühl, als blicke man in einen tiefen klaren See.
Er trug die gleiche königliche Kleidung wie sein Vater Togan und die Elfenmädels fielen vor Entzücken reihenweise um, wenn er an ihnen vorbeiritt, denn er war ein echter Hingucker.
Thilion ritt Aragon ohne Zaumzeug und Sattel. Er lenkte ihn allein mit seinen Gedanken. Aragon reagierte sofort auf jeden Gedanken von Thilion. Daran musste sich dieser erst gewöhnen. Wenn er z.B. während eines schnellen Ritts dachte, dass er noch eben bei Carlotta vorbeischauen könnte, reagierte Aragon sofort und wechselte die Richtung. Damit hatte Thilion dann nicht gerechnet und er landete dadurch mehrfach unsanft auf dem Waldboden.
Aragon machte dann jedes Mal eine Vollbremsung, so dass sich seine Hufe tief in den Waldboden bohrten. Dann trabte er zurück zu Thilion und sagte ihm gedanklich: „Mein Freund, wie oft wirst

du wohl noch auf dem Boden landen, bist du es endlich gelernt hast, auf deine Gedanken zu achten." Thilion hatte sich dadurch angewöhnt, während seiner Ritte immer besonders konzentriert und klar in seinen Gedanken zu sein.

Eines Tages, als die beiden mal wieder im wilden Galopp durch den Wald fegten, passierte es. Hinter einer Wegbiegung stand eine Gruppe von Blütenelfen. Sie unterhielten sich angeregt über den neusten Waldverschmutzungsskandal, als sie unter ihren zarten Füßchen ein Vibrieren spürten. Alles ging so schnell, dass die Blütenelfen nicht mehr reagieren konnten. Thilion schoss mit Aragon um die Wegbiegung und hätte wohl die kleinen Elfchen umgeritten, wenn nicht Folgendes passiert wäre: Aragons nächster Galoppsprung ging steil nach oben. Thilion musste sich an der langen goldenen Mähne festhalten, sonst wäre er heruntergefallen.

Vor Aragon entstand wie aus dem Nichts ein silberner Lichtweg, auf dem er nun galoppierte. Hoch in die Lüfte erhob er sich, immer höher und höher. Thilions Herz klopfte wie wild und er fragte Aragon:„Was geschieht hier?"

Aragon antwortete ihm gedanklich: „Du weißt doch, dass ich ein Geschenk des Himmels bin. Und deshalb ist der Himmel mir genauso vertraut wie die Erde."

Sie waren schon ganz schön hoch, und der Wald unter ihnen war nur noch winzig klein. Der Silberweg vor ihnen war wunderschön. Er sah aus, als würde er aus Millionen kleiner Silbersternchen bestehen.

Ein Liebespaar, das gerade über einen Feldweg in der Nähe des Waldes spazierte, bemerkte den Silberstreifen am Himmel. Der Mann sagte nachdenklich: „Schau mal, sonst sind die Kondensstreifen von den Flugzeugen doch immer weiß." Die Frau schaute nach oben und meinte verwundert: „Einen silberneren habe ich auch noch nie gesehen."

Nachdem Thilion sich von dem ersten Schrecken erholt hatte,

konnte er den Ritt durch die Lüfte genießen. Als Elf konnte er ja selber fliegen, aber Elfen fliegen mal bis über die Baumwipfel, aber höher auch nicht. Dies hier war schon ein echtes Abenteuer. Thilion sprach: „So schön dieser Ritt auch ist, Aragon, aber wir müssen zurück und nach den kleinen Blütenelfen schauen, ob ihnen auch nichts geschehen ist."
Die beiden kehrten um, und sanft wurden sie über den Silberweg nach unten geleitet. Als sie bei der Gruppe von Blütenelfen ankamen, waren diese immer noch ganz aufgeregt. Eine Blütenelfe war vor Schreck ohnmächtig geworden und lag mitten auf dem Waldweg. Die anderen Elfen fächerten ihr mit Blättern Luft zu, tätschelten leicht ihre Wangen und riefen ihren Namen. Aber die kleine Blütenelfe rührte sich nicht.
Thilion entschuldigte sich bei den Elfen und kniete sich neben die am Boden liegende Elfe. Aragon hob sein Haupt und schaute in den Himmel. Da Thilion seine Gedanken hören konnte, wusste er, wen Aragon um Hilfe bat. Und wie aus dem Nichts war er da, der Engel Raphael. Er war der Heiler unter den Engeln und wunderschön in seinem efeugrünen Licht. Die kleine Elfe hüllte er in grünes Licht und sofort schlug sie die Augen auf. Sie schaute direkt in die Augen von Thilion, der sich über sie gebeugt hatte, und mit einem Seufzer fiel sie gleich wieder in Ohnmacht.
Lächelnd sagte Raphael: „Dieses Spielchen können wir bis morgen fortsetzen, Thilion. Es ist wohl das Beste, wenn du dich ein wenig von der kleinen Elfe entfernst."
Gesagt, getan. Als die Elfe das nächste Mal die Augen aufschlug, blickte sie in die Augen ihrer Gefährtinnen. Thilion entschuldigte sich nochmals bei den Blütenelfen für sein ungestümes Verhalten und bedankte sich bei Raphael für seine schnelle Hilfe. Mit einem „immer wieder gerne" entschwand Raphael wieder, so wie er gekommen war.
Auf dem Ritt zurück ins Schloss dachte Thilion: Wie viele

Geheimnisse mag Aragon noch in sich verbergen? Aragon schmunzelte und dachte, ganz leise, so dass Thilion es nicht hören konnte: „Mehr als du dir vorstellen kannst, mein Freund."

Kapitel 4

Wunscherfüller

Damit ein Wunsch in Erfüllung gehen kann, muss das eigene Herz ja dazu sagen.

Die Feen im Königreich des Elfenkönigs Togan lebten in einem wunderschönen lichtdurchfluteten Feenschloss, das in den verschiedensten Pastelltönen erstrahlte. Alles im Schloss glitzerte und glänzte, genau wie seine Bewohnerinnen Monja, Barbarella und Nelly. Sobald man das Schloss betrat, tauchte man in die federleichte, beschwingte und zauberhafte Energie der Feen ein.
Das Schloss schien unendlich groß und weit zu sein und alles glitzerte und funkelte im Feenglanz. Alles schien leicht zu schwingen und in Bewegung zu sein. Wie aus weiter Ferne erklangen leise, wunderschöne sanfte Töne und Klänge.
Die Feen waren sorglose, glückliche und hilfsbereite Wesen und sie bewegten sich im Rhythmus der leisen Musik. Ihre Lichtkleider waren in den schönsten Pastelltönen gehalten, und sie waren stets von einem Nebel aus Millionen kleiner Lichtglitzersternchen umhüllt. Jede Fee hatte im Schloss ihr eigenes Zimmer, das in der gleichen Farbe wie ihr Lichtkleid gehalten war.
Das Licht der Fee Monja war ein ganz helles silbriges Mondblau, das wunderschön glitzerte und schimmerte. Die Fee Barbarella erstrahlte in ganz zart hell fliederfarbenem Glanz und die Fee Nelly, funkelte in einem Traum aus rosa Glitzer.
Es gab im Schloss noch viele andere große Räume, in denen oft rauschende Feste gefeiert wurden. Ja, auch die Feen feierten gerne, und dazu luden sie oft alle Bewohner des Elfenreichs ein. Durch die unendliche Größe des Feenschlosses gab es auch niemals Platzprobleme.
Wenn die Feen mit ihren zarten Schmetterlingsflügeln, die gleicher Farbe wie ihre Lichtkleider waren, durch den Wald flogen, konnte man ihre Leichtigkeit und Beschwingtheit fühlen. Sie fühlten sich an wie Federn, die durch die Luft schwebten. Überall, wo sie auftauchten, versprühten sie ihre Glitzersternchen und jeder freute sich, wenn er etwas von der Energie der Leichtigkeit abbekam.
Die Feen waren für die Wunscherfüllung und das Glücklichsein

zuständig. Sie liebten die Menschen und fühlten sich ihnen sehr verbunden. Oft besuchten sie die Menschen, um ihnen Wünsche zu erfüllen. Jede Fee besaß einen Feenzauberstab. Den pastellfarbenen Zauberstab zierte am oberen Ende ein wunderschöner Glitzerstern. Am unteren Ende kräuselten sich schöne helle Lichtbänder in allen Pastelltönen, die luftig hin- und her schaukelten. Wenn Menschen, die noch an Feen glaubten und ein gutes Herz hatten, sich etwas wünschten, und eine Fee dies hörte, dann berührte diese den Menschen mit dem Stern ihres Zauberstabes. Aus diesem sprühten dann Millionen kleinster Glitzersterne, die sich zu dem Gewünschten zusammenfügten. Also, die feinstofflichen Lichtsternchen verdichteten sich zur grobstofflichen Materie. Dies konnte je nach Größe des Wunsches ein paar Tage oder Wochen dauern. Es war ganz wichtig, dass man sich anschließend bei den Feen für die Wunscherfüllung bedankte. Denn dies war ihr Lohn und sie erfreuten sich an dem Dank der Menschen, der aus ihren Herzen kam.
Es wurden nur gute Wünsche erfüllt. Wenn beispielsweise ein Mensch einem anderen Menschen etwas Schlechtes wünschte, eine Krankheit oder ein Leid, dann erfüllten die Feen diesen Wunsch natürlich nicht. Oft passiert es dann sogar, dass das, was dieser Mensch einem anderen gewünscht hatte, ihn selbst traf. Auch wenn sich Menschen etwas wünschten, bei dem die Feen genau wussten, dass diese Wunscherfüllung dem Menschen eher schaden als helfen würde, dann erfüllten sie diesen Wunsch auch nicht. Die Feen können nämlich weit vorausschauen, denn ein Feentag sind 3 Menschenjahre.

Oft schwebten sie auch nachts in die Häuser der Menschen, wenn diese schliefen. Sie schauten in ihre Träume und erfüllten so manchem Menschen seinen Traum. Und wie freuten sie sich dann, wenn diese Menschen vor Freude und Glück ihren

Freunden erzählten: „Da ist doch tatsächlich ein Traum von mir in Erfüllung gegangen."

Glück und Freude zu schenken, was für eine schöne Aufgabe, die Feen doch hatten.

Kapitel 5

Meelan

Manchmal scheinen die Dinge eine Ewigkeit zu brauchen, bis sie ihre Ordnung finden.

Meelan war ein Elf, aber er war anders als die anderen Elfen, denn ihn umwog ein großes Geheimnis. Es geschah vor langer, langer Zeit. Es war Sommer und alle Waldbewohner hatten mal wieder ausgiebig im Feenschloss gefeiert und waren erst in den frühen Morgenstunden in den Schlaf gesunken.

Auch Rumuck, die alte Kastanie, döste noch etwas im Morgengrauen, als sie ein leises Wimmern hörte. Wo kam das her? Es hörte sich ganz nah an. Rumuck schaute an ihrem Stamm herunter und traute ihren Augen nicht. Da lag ein kleines Wesen in eine Decke gewickelt im Moos, direkt an ihrem Stamm.
Sie war sofort hellwach. Oh je, was sollte sie tun? Hilfe holen, natürlich, was sonst. Rumuck ließ ihre Blätter rauschen, immer lauter und immer lauter.
Das Schloss der Feen befand sich ganz in der Nähe der alten Kastanie. Die Fee Monja hatte einen leichten Schlaf und hörte den Ruf von Rumuck. Was war geschehen, dass sie so laut um Hilfe rief. Monja flog so schnell sie konnte zu der alten Kastanie.
„Was ist los?" fragte sie Rumuck.
„Schau her Monja, schau her, was hier an meinem Stamm liegt!" rief sie ganz aufgeregt. Monja flog um die Kastanie herum und dann sah auch sie das kleine Bündel im Moos liegen.
Oh, was war denn das? Monja hob das Bündel vorsichtig auf und nahm es in den Arm. Zwei blitzblaue, strahlende Augen schauten sie an und das kleine Etwas hörte sofort auf zu wimmern. „Ja, wer bist denn du?" fragte Monja. Aber natürlich konnte das kleine Etwas noch nicht antworten.
„Na, deinen Ohren nach gehörst du zu den Elfen. Ich werde dich ins Elfenschloss bringen und dann schauen wir mal weiter."
Als Monja im Elfenschloss eintraf, schliefen dort noch alle. Es war ja auch eine sehr, sehr kurze Nacht gewesen. Auch Monja war noch sehr müde, deshalb erschrak sie, als plötzlich Togan der Elfenkönig vor ihr stand.

„Oh, Togan, hast du mich jetzt erschreckt. Ich dachte, Ihr schlaft noch alle."
Togan war genauso überrascht wie Monja. Er wirkte etwas verlegen und zerstreut.
„Ist etwas nicht in Ordnung?" fragte Monja.
„Doch, doch", antwortete Togan. "Aber was machst du um diese Zeit hier im Schloss?" Erst jetzt bemerkte Togan, dass Monja etwas in ihren Armen trug. „Rumuck hat mich geweckt, weil dies hier wimmernd unter ihr im Moos lag."
Dabei hielt sie ihm das Bündel entgegen. Togan war gar nicht überrascht. Wie selbstverständlich nahm er das Bündel in seine Arme und sagte: „Ein kleiner Elf. Wie kommt der unter die alte Kastanie?"
Monja schaute Togan etwas verdutzt an und fragte: „Wieso Elf? Es könnte doch auch ein Elfchen sein?"
„Ja, du hast recht", sagte Togan, „es könnte ja auch eine Elfe sein."
Er wickelte das kleine Bündel aus der flauschigen warmen Decke und tatsächlich, es war ein Elfenjunge.
„Na, so was", staunte Monja, „du hattest Recht."

Dann entdeckte sie noch etwas. Um den Hals trug der kleine Elf ein Amulett. Noch nie hatte sie so etwas Schönes gesehen. Auf dem Amulett war die Lichtsternblume zu sehen. Ihre Farben leuchteten und strahlten und etwas Magisches schien von ihr auszugehen. Monja und Togan schauten sich an. Und wieder meinte Monja ein unruhiges Flackern in Togans Augen zu sehen. Aber vielleicht täuschte sie sich auch nur, weil sie so müde war. Doch ein seltsames Gefühl blieb, dass hier etwas nicht stimmte.
„Schau dir mal seine Ohren an. Sie sind zwar spitz, aber nicht so spitz wie Elfenohren normalerweise sind", sagte Monja.
Togan betrachtete ausgiebig die Ohren des kleinen Elfen und meinte: „Vielleicht ein klein wenig anders, aber nicht viel."

„Was machen wir jetzt mit ihm?" überlegte Monja. „Wir sollten versuchen, seine Eltern zu finden."
Das energische „Nein!" von Togan erschreckte Monja etwas.
„Von unseren Elfen ist er nicht", sagte Togan, „das wüssten wir. Und wer ihn auch immer dort hingelegt hat, der wollte ihn nicht haben, und deshalb wird er hier bei uns im Schloss bleiben. Ihm soll es an nichts fehlen und wir werden ihn aufziehen wie unseren eigenen Sohn. Ich danke dir, Monja, dass du ihn hierher gebracht hast." Damit drehte sich Togan um und schritt mit dem kleinen Elfen davon.
„Wie soll er denn heißen?" rief ihm Monja hinterher.
„Meelan", sagte Togan, ohne auch nur eine Sekunde zu überlegen.
Monja schüttelte verwundert den Kopf und verließ nachdenklich das Elfenschloss.

Schnell sprach sich die Nachricht von dem Findelkind herum und alle wollten es sehen. Anfangs war die Aufregung um Meelan noch groß, und jeder wollte wissen, welches Geheimnis sich dahinter wohl verbergen mochte.
Ob Meelan wohl von weit, weit her aus einem anderen Elfenkönigreich kam? Aber wer gibt schon freiwillig sein Elfenkind her? Fragen über Fragen, aber keine Antworten. So gerne hätten sie gewusst, wer Meelan unter den Baum gelegt hat und warum. Elfen sind nämlich sehr, sehr neugierig. Ständig wurde Rumuck mit Fragen bombardiert. Ob sie denn wirklich nichts gesehen habe und ob sie wenigstens etwas gehört hätte. Ob jemand geflogen kam oder zu Fuß oder auf einem Pferd. Sie müsse doch irgendetwas mitbekommen haben?
Rumuck war die ganze Fragerei so leid, dass sie wild mit ihren Zweigen um sich schlug, wenn ein Elf auch nur in ihre Nähe kam. Sie wunderte sich ja selbst, dass sie nichts, aber auch gar nichts gesehen, gehört oder gefühlt hatte. Ausgerechnet in dieser Nacht

hatte Rumuck, die sonst immer einen sehr leichten Schlaf hatte, so tief und fest geschlafen, wie noch nie in ihrem Baumleben.
Irgendwann beruhigten sich die Wadbewohner wieder. Meelan wuchs gemeinsam mit dem Elfenprinz Thilion auf, der froh war, nun einen Spielgefährten im Schloss zu haben.
Meelans Haar war kräftig und blond gelockt und er trug, wie Thilion, die Königskleidung. Während Thilions Augen dunkelblau waren, waren die von Meelan so hellblau wie ein Gebirgssee. Sie heckten die tollsten Streiche aus, und die Elfen, die das Schloss versorgten, hatten es nicht immer leicht mit den beiden. Und wenn sie sich dann bei Togan beschwerten, lachte dieser nur und sagte: „Es sind doch Kinder."
Als Meelan größer war, erzählte Togan ihm, wie er zu seinem Volk gekommen war. Er hätte es irgendwann doch einmal erfahren, weil sich vielleicht ein geschwätziger Zwerg verplappert hätte, und er wollte nicht, dass es Meelan auf diese Art und Weise erfuhr.
Meelan hörte sehr aufmerksam zu, als Togan ihm die ganze Geschichte erzählte. Jetzt wusste er auch, warum er immer dieses Gefühl hatte, dass irgendetwas mit ihm nicht stimmte. Von da an saß Meelan oft unter der alten Kastanie und grübelte über seine Herkunft nach.
Wer mögen seine Eltern sein, und warum haben sie ihn weggegeben? Auch er fragte Rumuck, wie all die anderen Elfen sie gefragt hatten und sie sagte: „Ach, Meelan, so gerne würde ich dir was sagen, aber ich weiß nichts. Es tut mir wirklich so leid, dass ich dir nicht helfen kann." Dabei streichelte sie Meelan mit ihren Zweigen ganz zart über den Kopf.
Meelan trug ständig sein Amulett, denn damit fühlte er sich beschützt und geborgen. Er hatte das Gefühl, dass das Amulett ein Geheimnis barg, aber er wusste nicht welches.
Eines Tages, er saß mal wieder unter der alten Kastanie, passierte es. Er hatte das Amulett fest mit seiner rechten Hand umschlossen und drückte es an sein Herz. In Gedanken versunken

fuhr er mit einem Finger die Konturen der Lichtsternblume nach und dachte an seine Mutter. Wer war sie, wie sie wohl aussieht, und wo mag sie jetzt sein?
Dann geschah es. Die Lichtsternblume auf dem Amulett begann zu leuchten. Erst schwach und dann immer stärker. Ein grünes, gelbes und himbeerfarbenes Licht erstrahlten. Das Licht trat zwischen Meelans Finger hindurch und wurde immer intensiver und größer, bis es ihn komplett eingehüllt hatte.
Ein warmes Gefühl durchströmte sein Herz. Was passierte hier? Meelan erschrak. Aber auch mit ihm geschah etwas.
Ein Kribbeln ging durch seinen ganzen Körper, jede Zelle in ihm zitterte. Wo er sich sonst immer so leicht gefühlt hatte, ja, er war ein Elf und konnte sogar fliegen, wurde er jetzt immer schwerer und schwerer. Meelan sprang auf und ließ das Amulett los. Sofort erlosch das Licht der Lichtsternblume wieder.
Aber die Schwere war geblieben. Er fühlte sich, als wenn er mit Blei gefüllt wäre. Aber damit nicht genug. Ein Wanderer kam des Weges und fragte ihn, ob er wüsste, wie weit der nächste Ort entfernt ist. Meelan verstand die Welt nicht mehr. Wieso konnte der Mann ihn sehen? Er war ein Elf und feinstofflich. Noch nie hatte ein Mensch ihn oder die anderen Elfen sehen können.
Dies haben sie immer wunderbar nutzen können, um den Menschen kleine Streiche zu spielen. Was war geschehen? Meelan stotterte etwas und lief davon. Der Mann schaute ihm kopfschüttelnd hinterher und ging seines Weges.
Meelan klopfte das Herz so heftig, dass er dachte, es würde ihm gleich aus seinem Körper springen. Er lief und lief, immer weiter in den Wald hinein, aber er kam kaum von der Stelle, so schwer fühlte er sich.
„Kuckuck." Plötzlich tauchte Annomé hinter einem Baum auf.
„Annomé, hast du mich erschreckt", japste Meelan.
„Das war auch meine Absicht", sagte Annomé und lachte. Dann zog sie die Stirn kraus. „Meelan, was ist mit dir? Du siehst ja

schrecklich aus!" Erst jetzt hatte Annomé bemerkt, dass Meelan irgendwie komisch aussah. Meelan schaute Annomé entsetzt an und bekam kein Wort heraus.

„He, Meelan, setz dich erst mal hier ins Gras und atme mal gaaaanz langsam und gaaaaaanz tief ein und aus."

Meelan folgte ihren Anweisungen und tat was Annomé sagte. Sie wunderte sich, das Meelan tatsächlich das tat, was sie sagte, dabei sollte es nur ein Scherz sein. Jetzt machte sie sich aber wirklich Sorgen um ihren Freund.

Annomé und Meelan verstanden sich nämlich prächtig. Er war ihr bester Freund und sie hatten schon viele Abenteuer zusammen erlebt. Aber was war mit Meelan geschehen?

So langsam wurde Meelan ruhiger. Als er wieder normal atmen konnte, sagte er zu Annomé: „Es ist etwas Furchtbares passiert."

„Ja, genau so siehst du auch aus", sagte Annomé, „ganz furchtbar. Und, irgendwie, so, so anders, so..." In diesem Moment wurde Annomé bewusst, dass hier wirklich etwas Schlimmes geschehen sein musste, und sie hauchte ganz entsetzt: „... so menschlich." Sie war sprachlos nach dieser Feststellung, aber nicht lange, denn jetzt rief sie, mit vor Schreck geweiteten Augen: „Meelan.....wo sind deine Flügel?"

Meelan griff in Panik an seine Schultern und er war zutiefst erschrocken. Er hatte keine Flügel mehr.

Jetzt erzählte er Annomé alles, was er gerade erlebt hatte. Annomé wurde ganz weiß im Gesicht. „Meelan, das ist ja schrecklich. Kannst du jetzt etwa auch nicht mehr fliegen?"

„Ja wie denn ohne Flügel", antwortete Meelan gereizt. „Ich kann ja kaum laufen, so schwer fühle ich mich."

„Oh, Meelan, was sollen wir nur tun? Ich könnte Carlotta suchen und sie um Hilfe bitten."

„Nein, auf gar keinen Fall. Ich möchte, dass keiner etwas davon erfährt", sagte Meelan panisch.

„Vergiss es, Meelan. Wie willst du den anderen dein menschliches

Aussehen erklären. Und was willst du den anderen erzählen, wo deine Flügel sind? Dass du sie rein zufällig irgendwo verloren hast oder was? Sowas könnte eh nur mir passieren. Aber selbst ich könnte meine Flügel nicht verlieren, weil sie sowas von fest dran sind.“ Annomé dachte, Gott sei Dank, sonst hätte ich sie bestimmt schon des Öfteren mal hier und da liegen gelassen. „Und schau, sogar deine Kleidung hat sich ins grobstoffliche verwandelt.“
„Oh, Annomé, was soll ich nur tun?“
Ja, da war guter Rat teuer. Was sollte Meelan nur tun? Ja, genau, das war es. Er sollte etwas tun, dachte Annomé.
„Meelan, was hast du nochmal genau getan, als es passierte?“
„Ich war so in Gedanken versunken, ich weiß nicht mehr genau, was ich getan habe.“ „Meelan, denk nach, oder du läufst den Rest deines Lebens als Bleischnecke durch den Wald. Denk nach, jetzt, sofort, hörst du!“
Meelan versuchte sich zu konzentrieren. Aber das war in Anbetracht der Lage gar nicht so einfach. Dann fiel es ihm wieder ein und er erzählte es Annomé.
„So, Meelan, jetzt machst du nochmal genau das gleiche, was du eben getan hast, und dann schauen wir, was passiert. Wenn du dadurch Menschengestalt angenommen hast, muss es doch auch wieder in die andere Richtung gehen und du wieder feinstofflich werden. Also, fang an und gib alles, denk an die Bleischnecke.“
Meelan musste fast lachen, denn Annomé hatte immer einen besonderen Sinn für Humor, in jeder Lebenslage.
Er lehnte sich mit dem Rücken an einen Baum, denn er war total erschöpft. Dann umschloss er mit der rechten Hand sein Amulett und drückte es an sein Herz. Er dachte wieder an seine Mutter und berührte die Konturen der Lichtsternblume. Sofort begann die Lichtsternblume wieder zu leuchten. Erst schwach und dann immer intensiver. Annomé blieb vor Staunen der Mund offen stehen. Ihre Augen wurden immer größer. Sie war sprachlos - und das sollte schon was heißen. Wieder ging dieses Kribbeln durch

Meelans Körper, bis er es nicht mehr aushielt und das Amulett losließ.

„Was ist?" fragte Annomé aufgeregt. „Wie fühlst du dich? Fühlst du dich leichter, wenigstens ein bisschen?"

„Nein", sagte Meelan, „immer noch wie Blei."

„Oh Mist", fluchte Annomé. „Irgendetwas ist schief gelaufen. Vielleicht ist dies hier nicht der richtige Ort. Wo warst du eben als es passierte?"

Meelan überlegte. „Da habe ich unter Rumuck gesessen", sagte er schließlich.

„Na, klar, dein magischer Ort, wo man dich gefunden hat. Los! Wir gehen zu Rumuck."

Meelan raffte sich auf und schleppte sich mühsam zur alten Kastanie. Annomé passte schnell die Größe ihrer Gestalt an die von Meelan an, um ihn ein wenig beim Gehen zu stützen: „Meelan, du fühlst dich an wie der vollgeladene Karren von Molli und Trolli. Du meine Güte, stell dir mal vor, das bliebe immer so und du könnest nie wieder fliegen, und die Menschen könnten dich immer sehen, und..."

„Oh Annomé, du kannst einem echt Mut machen", sagte Meelan vorwurfsvoll.

„Oh, sorry, es tut mir leid. Hab mal wieder nicht nachgedacht. Wie dumm von mir."

„Schon gut", sagte Meelan bedrückt.

Es kam ihnen wie eine Ewigkeit vor, bis sie endlich Rumuck erreichten. Dort angekommen ließ sich Meelan direkt auf die Erde plumpsen. Er konnte fast nicht mehr. Oh je, wie schaffen das die Menschen bloß immer mit so einer Schwere herumzulaufen, dachte er.

Annomé sagte: „So Meelan, jetzt das Ganze noch mal. Vielleicht lag es daran, dass es nicht derselbe Ort war. Los, fang schon an." Annomé war total aufgeregt und ihre Wangen glühten.

Meelan wiederholte die ganze Prozedur noch einmal. Alles war genauso wie eben, das Leuchten der Lichtsternblume, dieses Kribbeln und das war es. Keine Veränderung. Noch immer fühlte Meelan diese Schwere.

„Was macht Ihr da?" fragte Rumuck mit nörgelnder Stimme.

„Ooch, ähm, nichts", sagte Annomé.

„Nach nichts sieht mir das aber nicht aus. Was hat denn da so geleuchtet?" fragte Rumuck neugierig.

Meelan und Annomé schauten sich an.

„Rumuck", sagte Annomé, „wenn du irgendeinem etwas davon erzählst, dann male ich dir ein rotes Kreuz auf deinen Stamm."

Rumuck erschrak fürchterlich, und verlor vor Schreck einige Blätter. Ein rotes Kreuz malten die Menschen auf die Bäume, die gefällt werden sollten. Das bedeutete den sicheren Tod für einen Baum.

„Ich werde mich bei Togan über dich beschweren", sagte Rumuck entrüstet.

„Mensch, Rumuck, war doch nur ein Scherz", sagte Annomé und verdrehte die Augen.

„Sag nicht Mensch", jammerte Rumuck." Dann muss ich direkt wieder an die roten Kreuze denken."

„Ach, arme Rumuck, es war doch nicht so gemeint", sagte Annomé und streichelte liebevoll ihren Stamm. „Aber Meelan hat ein echtes Problem. Du willst doch bestimmt auch, dass es ihm wieder gut geht?"

„Aber natürlich will ich das", sagte Rumuck. „Wenn Ihr Hilfe braucht, ich wüsste da jemanden, der euch bestimmt helfen kann."

„Sag schon, Rumuck, wer kann Meelan helfen?" fragte Annomé hoffnungsvoll.

„Verschiedene Engel sind heute mal wieder zu Besuch im Anderswald", sprach Rumuck, „und da hinten sehe ich Zadkiel kommen."

„Oh, bitte, bitte lieber Zadkiel, hilf mir", betete Meelan."

Zadkiel war ein mächtiger Engel und seine Aufgabe war wunderbar. Kein Wunder, denn er war für Wunder und Veränderung zuständig. Und Wunder und Veränderung war genau das, was Meelan jetzt brauchte.

Zadkiel erschien in violettem Licht, das manchmal noch herrlich glitzerte. Jetzt sahen sie ihn durch die Bäume leuchten. Wie prachtvoll er aussah! Annomé war hin und weg. Er kam durch den Wald daher geschwebt, direkt auf sie zu. Annomé war jedes Mal aufs Neue begeistert und aufgeregt, wenn sie diesen wunderbaren Wesen begegnete. Sprachlos und mit offenem Mund starrte sie Zadkiel an.

„Du darfst jetzt wieder sprechen Annomé", sagte Zadkiel schmunzelnd.

„Ja, ja, ähm, ja, was für ein Zufall, dass du gerade hier bist", stotterte Annomé.

„Wir sind immer da, wenn Ihr uns braucht und um Hilfe bittet", sprach Zadkiel.

„Ach so, ach ja, äh, ja, wer braucht Hilfe? Ach ja, Meelan braucht Hilfe." Annomé war noch immer etwas durcheinander. Nachdem sie sich wieder etwas beruhigt hatte, forderte sie Meelan auf, Zadkiel alles zu erzählen.

Zadkiel hörte aufmerksam zu und sprach dann zu Meelan. „Du hast eine Mutter und du hast einen Vater. Zur Hälfte hast du Anteile von deiner Mutter und zur Hälfte von deinem Vater. Als du an deine Mutter gedacht hast, kam die Veränderung, was glaubst du, an wen du denken musst, damit sich etwas in die andere Richtung verändert?" Meelan überlegte nur kurz. Na klar, an seinen Vater. Dass er darauf nicht selbst gekommen war. Er war einfach zu aufgeregt.

Zadkiel verabschiedete sich von den beiden.

Annomé sagte zu Zadkiel: „Äh, willst du nicht hierbleiben und abwarten, ob es auch wirklich mit der Rückverwandlung klappt?"

„Annomé", sprach Zadkiel, „hab doch einfach Vertrauen."

Oh je, noch so etwas, was nicht ihre Stärke war. Meelan und Annomé bedankten sich bei Zadkiel für seine Hilfe. Er lächelte die beiden nochmal an und schwebte davon.
„Warum ist er nicht schon eben gekommen und hat uns geholfen?" überlegte Annomé laut.
„Du weißt doch", sagte Meelan, „dass die Engel uns nur helfen können, wenn wir sie darum bitten. Von alleine dürfen sie nicht einschreiten und uns ungefragt helfen. Oft vergessen wir, dass sie da sind und nur darauf warten, uns helfen zu dürfen."
Meelan konnte es kaum erwarten, endlich mit der Rückverwandlung zu beginnen. Auch Annomé war ganz aufgeregt. Wieder nahm Meelan sein Amulett in die rechte Hand, drücke es an sein Herz und fuhr mit einem Finger die Konturen der Lichtsternblume nach. Wieder begann die Lichtsternblume zu leuchten, stärker und immer stärker. Diesmal dachte Meelan an seinen Vater. Wer er wohl war und wo er jetzt wohl sein mochte, ob er wohl ab und zu an seinen Sohn dachte? Wieder wurde sein Herz ganz warm und wieder fühlte er dieses Kribbeln in allen Zellen seines Körpers. Die Farben der Lichtsternblume leuchteten, bis sie ihn wieder ganz und gar eingehüllt hatten. Plötzlich ging ein Ruck durch seinen Körper, das Kribbeln ließ nach und mit ihm verschwand auch die Schwere. Er öffnete seine Augen und sah Annomé an, die ihn ganz fasziniert anstarrte.
„Und, Meelan, wie fühlst du dich?" fragte sie erwartungsvoll.
Meelan grinste sie an und sagte: „Wie ein frischer, junger Frühlingsmorgen." Er war so erleichtert und dankbar dafür, dass er seine alte Gestalt und die damit verbundene Leichtigkeit wieder hatte. Auch seine Flügel waren wieder da.
„Wie wäre es mit einem kleinen Wettfliegen?" Er stand auf, beugte leicht seine Knie, stieß sich von der Erde ab und flog auch schon davon. Annomé stemmte ihre Fäuste in die Hüften und rief Meelan hinterher: „He, das ist nicht fair, da war ich nicht drauf vorbereitet!"

„Ja, man muss auf alles im Leben vorbereitet sein", rief Meelan ihr lachend zu.
Jetzt erhob sich auch Annomé in die Lüfte und hatte Meelan bald eingeholt, beziehungsweise Meelan hatte seinen Flug verlangsamt und auf Annomé gewartet.
„Annomé", sagte Meelan, „ich bin so glücklich, meine Leichtigkeit wieder zu haben."
„Na, das war doch mal wieder ein echtes Abenteuer, was Meelan?" sagte Annomé und lachte. Meelan nickte und grinste. Irgendein Gefühl sagte beiden, dass dieses Erlebnis erst mal ihr Geheimnis bleiben sollte. Meelan wusste, dass es mit der Rückverwandlung nicht getan war. Er spürte, dass es der Anfang von etwas Neuem war. Aber jetzt wollte er erst mal nur den Flug und die wiedergewonnene Leichtigkeit genießen. Nebeneinander flogen Meelan und Annomé der Abendsonne entgegen.

Kapitel 6

Das Geheimnis

In jedem Wesen gibt es das Licht der Liebe
und wer es erstrahlen lässt, ist unendlich groß.

Annomé hatte mal wieder sehr viel zu tun, denn es war Frühling. Außer Abenteuer erleben hatte sie als Elfe ja noch eine andere Aufgabe, nämlich sich um die Pflanzen zu kümmern.
Sie war schon seit Sonnenaufgang unterwegs und ein bisschen müde. Puh, dachte sie, jetzt mache ich erst mal ein kleines Mittagsschläfchen.
Sie schaute sich um und entdeckte ganz in der Nähe eine Lichtsternblume, die nur im Anderswald wuchs. Ja, dachte sie, dort werde ich ein kleines Nickerchen machen. Als sie auf die Lichtsternblume zuflog, fühlte sie das, was sie immer in deren Nähe fühlte. Sie spürte, wie sich eine wohlige Wärme in ihr ausbreitete. Sie spürte Geborgenheit, Liebe, Freude, Leichtigkeit und etwas Geheimnisvolles.
Sie setzte sich unter die Lichtsternblume und schaute sie an. Es war eine ganz besondere Blume, eine Blume des Lichts. Sie hatte einen grünen Stiel, an dessen oberen Ende munter eine Flamme leuchtete, wie bei einer Kerze. Sie verströmte ein besonders helles und warmes Licht. Die Flamme war von einem himbeerfarbenen fünfzackigen Stern umgeben. Es sah so aus, als wenn er die Flamme behütete und beschützte.
Annomé dachte, warum ist sie so anders als die anderen Blumen. Was barg sie für ein Geheimnis in sich?
„Wenn du möchtest, dann verrate ich dir das Geheimnis der Lichtsternblume", hörte sie eine sanfte liebevolle Stimme hinter sich.
Annomé zuckte zusammen und wäre fast in Ohnmacht gefallen, so hatte sie sich erschrocken. Sie schaute sich um und entdeckte einen großen prächtigen Engel. Er hatte blondes gelocktes Haar und sein Lichtkleid war Maigrün und cremefarben. Das Besondere an diesem Engel aber waren seine Flügel, die in einem goldenen Licht erstrahlten. Der ganze Engel war nochmal von einem goldenen Licht umgeben. „Oh, der ist sooo schööön", dachte Annomé.

Obwohl sie sich so erschrocken hatte, taten ihr sein Anblick und seine Gegenwart gut.
Sie hatte ihn schon mehrmals hier im Anderswald gesehen, wenn er mit den anderen Engeln König Togan besuchte, um mit ihm dies oder jenes zu besprechen. Sie konnte sich nicht alle Namen der Engel merken, die hier ein und ausflogen, es waren einfach zu viele. Da dieser aber so besonders aussah, hatte sie seinen Namen nicht vergessen. Er hieß Lahmynana.

„Es tut mir leid, wenn ich dich erschreckt habe", sprach er weiter.
„Iiiist, schon in O-O-Ordnung", stotterte Annomé. Sein Licht war so hell, dass sie ihre Elfenaugen zusammenkneifen musste, damit sie nicht geblendet wurde. So nah war sie ihm noch nie gewesen. Als sich Annomé wieder etwas gefasst hatte, fiel ihr ein, was Lahmynana gesagt hatte.
„Und du kennst wirklich das Geheimnis der Lichtsternblume?" fragte sie ihn zweifelnd und legte dabei ihr hübsches Elfenköpfchen zur Seite.
„Aber natürlich", sprach Lahmynana, „denn ich habe sie erschaffen."
„Ach", sagte Annomé baff, „in echt?"
„Ja", sagte Lahmynana und musste über das überraschte Gesicht von Annomé lachen. Dann sprach er: „Die Lichtsternblume hat die gleiche Aufgabe wie ich, nämlich unsere feinstoffliche Welt mit der Welt der Menschen zu vereinen. Ihr Geheimnis ist, dass sie eine ganz besondere Magie hat. Durch diese Magie haben die Menschen und die feinstofflichen Wesen die Möglichkeit Kontakt miteinander aufzunehmen. Es geschieht langsam, aber der Prozess der Vereinigung der Welten hat bereits begonnen.
Und ich habe sie zum Schutz und Wohle der Kinder erschaffen."
„Zum Schutz und Wohle der Kinder?" fragte Annomé. „Aber die Menschen können sie doch gar nicht sehen? Wie kann sie dann den Kindern helfen?"

„Es wird bald die Zeit kommen, wo ich die Lichtsternblume in die Welt der Menschen bringe, und dort wird sie vielen Kindern helfen. Sie wird die Menschen daran erinnern, dass auch sie dieses göttliche Licht in sich tragen, so wie du und ich."

„Du meinst, auch in mir leuchtet so ein schönes Licht?"

„Aber natürlich", sagte Lahmynana und musste schon wieder lachen. „Auch in dir ist dieses Licht, das besonders in deinem Herzen wohnt. Es ist die allumfassende Liebe, die alles miteinander verbindet.

Die Menschen treten auf verschiedenste Weise mit dieser Liebe in Verbindung. Sie nennen es Religion und es gibt viele verschiedene. Nicht jeder nennt diese Liebe Gott, denn so unterschiedlich wie die Religionen sind auch die Namen für die Liebe. Manche Menschen glauben daran, auch ohne einer bestimmten Religion anzugehören. Jeder darf seinen eigenen Weg zur Liebe finden.

Sie glauben an diese Liebe, obwohl sie sie nicht sehen oder anfassen können, aber sie spüren, dass sie da ist und dass sie groß und mächtig ist. Und dieser Glaube, gibt ihnen große Kraft.

Alles ist eine Einheit. Wir alle zusammen, du, ich, jede Pflanze, jedes Tier, jeder Mensch, die ganze Erde, alle Planeten, ja, das ganze Universum ist ein Teil von Gott. Und wenn wir uns gegenseitig helfen, etwas für andere tun, zum Beispiel für Kinder, so tun wir es gleichzeitig auch für uns, weil wir alle eins sind."

Annomé schaute zweifelnd.

„Ich erkläre dir die Einheit an einem Beispiel", sprach Lahmynana geduldig. „Die Lichtsternblume besteht aus einen Stiel, einer Flamme und dem Stern. Jedes einzelne Teil ist ein Teil für sich, aber noch keine Lichtsternblume. Erst die Verbindung miteinander ergibt die Lichtsternblume. Oder ein anderes Beispiel. Ein Baum ist ein Baum, viele Bäume zusammen sind ein Wald. Den Wald gäbe es nicht, wenn es nicht jeden einzelnen Baum gäbe. Gott ist alles und alles ist er."

So langsam verstand Annomé, was Lahmynana meinte. Sie dachte, sie wäre hier unten auf der Erde und dort oben, irgendwo, wäre Gott. Ohhhh, dachte sie, ich bin ja gar nicht so klein und unbedeutend wie ich immer dachte. Ihr wurde klar, wie wichtig sie und jeder und alles waren. Und dann kam ein großes Gefühl in ihr auf, so groß wie die ganze Welt und der Himmel und die Sonne und alle Sterne. Sie fühlte sich auf einmal mächtig stolz und kraftvoll.
Lahmynana freute sich, als er die Gedanken von Annomé sah. Er verabschiedete sich von ihr und sagte, dass sie ihn jeder Zeit rufen könnte, wenn sie noch Fragen zur Lichtsternblume hätte.
Lahmynana lächelte Annomé noch einmal an und schwebte davon.
Annomé legte sich unter die Lichtsternblume und ihr letzter Gedanke war der große prächtige Engel Lahmynana, der sich mit ihr, der kleinen Elfe, soooo lange unterhalten hatte. Ach nee, dachte sie, habe ja gerade gelernt, dass ich gar nicht klein bin. Mit einem seligen Lächeln auf ihrem Gesicht schlief sie ein.
Als sie wieder aufwachte, murmelte sie: „Oh, habe ich das alles nur geträumt?" Wie aus dem Nichts kam eine Stimme die sagte: „Nein, das hast du nicht geträumt, es ist alles genauso gewesen." Annomé erkannte, dass es die Stimme von Lahmynana war. Sie seufzte erleichtert und mit Freude ging sie wieder an ihre Arbeit. Die Lichtsternblume leuchtete nochmal so hell und schaute Annomé liebevoll hinterher.

Kapitel 7

Waldbäckerei

Was in liebevoller Gelassenheit getan wird, ist immer ein Genuss.

Mölli und Trölli waren wohl die kleinsten und liebenswertesten Trolle auf der ganzen Welt. Auch sie lebten in Togans Königreich und fühlten sich hier sehr wohl. Sie waren wirklich sehr, sehr klein, hatten runzelige Gesichter und Knollennasen. Ihr Haar war sehr dunkel, total strubbelig und filzig, und es stand ihnen in allen Richtungen vom Kopf ab. Sie hatten kugelrunde, dunkle, kluge, und freundliche Augen. Gekleidet waren sie in grüne Mooskleider. Ihre Füße waren im Verhältnis zu ihrem Körper sehr groß, und auf ihren Zehen wuchsen dicke Warzen.
Sie waren immer sehr langsam und bedächtig unterwegs und nichts konnte sie aus der Ruhe bringen. Wenn sie ihren Handkarren, vollgeladen mit Beeren und Früchten, über den Waldweg zogen, kam keiner an ihnen vorbei. Eile und Hektik waren ihnen fremd. Es war ihnen unverständlich, dass die Menschen durch den Wald rannten, was sie Joggen nannten. Mölli und Trölli schauten diesen Menschen immer kopfschüttelnd hinterher. Wenn die Menschen so schnell liefen, dann konnten sie doch nichts sehen und wahrnehmen. Die Schönheit der Blumen, die am Wegesrand blühten, das Murmeln des Baches, oder den Gesang der Vögel. Die Menschen waren schon ein komisches Volk, dachten die beiden Trolle. Mölli und Trölli waren nicht nur langsam unterwegs, sondern sprachen auch immer sehr ruhig und bedächtig. Es forderte schon ein wenig Geduld, wollte man sich mit ihnen länger unterhalten. Sie strahlten so viel Ruhe und Gelassenheit aus, dass so mancher gähnen musste, wenn er sie nur sah.
Mölli und Trölli wohnten im tiefsten dunklen Waldgebiet des Königreiches. Ihre Behausung war eine Höhle, die sich in einem großen Felsen befand. Der Eingang war durch eine Moosdecke geschützt und verborgen. Ihr zu Hause hatten sich Mölli und Trölli gemütlich eingerichtet. Der Boden bestand aus samtigem Moos. Aus Ästen hatten sie sich Stühle und einen Tisch gebaut. Eine Ecke ihrer Höhle hatten sie mit weichen flauschigen Federn

ausgelegt, die sie unter Vogelnestern im Wald gesammelt hatten. Das war ihr Federbett, in das sie sich nachts kuschelten, um zu schlafen. Im tiefen hinteren Teil der Höhle hatten sie ihre Vorräte gelagert.
Es gab sogar eine kleine Feuerstelle, wo sie ihr Essen zubereiteten. Ihre Spezialität waren Himbeerküchlein. Wenn Mölli und Trölli ihre berühmten Himbeerküchlein backten, verbreitete sich der Duft im ganzen Anderswald. An diesen Tagen konnten sich die beiden Trolle vor Besuchern kaum retten. Sie wurden von dem herrlichen Duft der Himbeerküchlein magisch angezogen. Das Troll Pärchen wusste das, und so planten sie immer schon eine Extraportion für Besucher mit ein.
Der erste Besucher am Himbeerküchlein-Back-Tag war stets Fips, der Zwerg. Er war so winzig klein, dass er in einen Fingerhut passte. Er trug eine blaubeerfarbene Hose, einen grün-rot gestreiften Pulli und eine rote Zipfelmütze. Fips war klug, und obwohl er so winzig klein war, sehr mutig. Immer hatte er ein verschmitztes Lächeln im Gesicht und alle mochten das kleine Kerlchen. Wenn es darum ging, den Menschen einen Streich zu spielen, hatte Fips oft die besten Ideen.
Weil er so klein war, die schönsten Beeren des Waldes aber am höchsten hingen und für Fips somit unerreichbar, hatte er sich etwas einfallen lassen. Er hatte sich eine kleine Schleuder gebastelt, mit der er die Beeren einfach von den Sträuchern schoss. Damit die Beeren keinen Schaden nahmen, zielte er immer auf die Stiele. Fast nie ging ihm ein Schuss daneben.

Fips hatte einen ganz besonderen Freund, das Wiesel Sir Wieselflink. Sie nannten ihn „Sir" Wieselflink, da er immer gerne mal hier und da ein paar Brocken Englisch sprach. Das war so eine Marotte von ihm. Eigentlich sah es wie alle Wiesel aus. Braun und vom Unterbauch bis unters Kinn weiß. Aber Sir Wieselflink hatte noch einen unverkennbaren weißen Fleck mitten auf der Stirn. Auf Sir Wieselflink ritt Fips oft in einem Affenzahn durch den Wald. Das sah immer total lustig aus. Der kleine Fips, der sich mit seinen winzigen Fingerchen in dem Fell des Wiesels festhielt und quer durch den Wald düste. Sir Wieselflink und Fips teilten sich eine Höhle und deshalb war Fips auch immer der erste Besucher bei Mölli und Trölli, wenn es Himbeerküchlein gab. Denn Sir Wieselflink hatte wohl die beste und feinste Nase des Waldes. Sobald er den feinen Duft von Gebackenem wahrnahm, rief er aufgeregt: „Hey Fips, time to go, es ist wieder so weit." Aber Fips wusste dann immer direkt, was „gebacken" war. Und so mancher, der die beiden durch den Wald fegen sah, dachte, ob Mölli und Trölli wieder Himbeerküchlein backen?

Kapitel 8

Diamanthorn

**Wer es besonders eilig hat,
darf sich immer fragen, warum er
aufgehalten wird.**

Jasper und Farina waren die Einhörner im Anderswald. Ihr Fell war schneeweiß, und wenn die Sonne darauf schien, glitzerte es, als wären tausende winzig kleine Diamanten darin verstreut. Jasper war ein großes und kräftiges Einhorn mit einer langen wallenden Mähne. Er war sehr auf sein Äußeres bedacht und konnte es nicht ertragen, wenn auch nur ein Bröckchen Schmutz sein Fell verunreinigte. Auf sein Horn war er besonders stolz, denn es war mit vielen Diamanten besetzt, die in der Sonne wunderbar funkelten. Seine Aussprache war vornehm und er drückte sich immer sehr gewählt aus. Jasper war sehr gebildet und er war so etwas wie ein wandelndes Lexikon. Es gab kein Thema, worüber er nicht hätte stundenlang einen Vortrag halten können. Wollte jemand etwas bestimmtes wissen, hieß es nur: „Musst du Jasper fragen."Wenn er durch den Anderswald trabte, hatte man oft das Gefühl, als wenn er nach jemanden Ausschau hielte. Besonders hoch trug er seine Nase und warf stolz seine lange Mähne zur Seite, wenn das Einhorn-Mädchen Farina in der Nähe war. Alle Waldbewohner wussten, das Jasper heimlich in Farina verliebt war.
Sie war ein eher zierliches Einhorn und wunderschön anzuschauen. Ihre dunklen Augen waren von langen, dichten, geschwungenen Wimpern umrahmt und dementsprechend hinreißend war ihr Augenaufschlag. Sie hatte eine feine und sanfte Stimme und ein ruhiges und gelassenes Gemüt. Das einzige, was sie so richtig rasend machen konnte, war, wenn Jasper sie mit seinem vornehmen Getue mal wieder nervte und alles besser wusste. Oder wenn er sie wegen ihres Aussehens tadelte, weil ein Krümel Schmutz in ihrem Fell hing. Im Gegensatz zu Jasper machte es ihr überhaupt nichts aus, auch mal durch ein Schlammloch zu traben.
Als Farina mal wieder gemächlich über den Waldweg schlenderte, begegnete sie Mölli und Trölli, die mit ihrem Handwagen den ganzen Weg blockierten.

„Hallo Mölli, hallo Trölli", grüßte Farina das Troll-Pärchen. Ein Leuchten ging über die Gesichter der kleinen Trolle als sie sahen, wer sie da begrüßte.
„Hallo Farina, schön, dich zu sehen."
Vor kurzem hatte ein Sommergewitter mit kräftigen Regenschauern den Waldboden ordentlich aufgeweicht und Mölli und Trölli hatten so einige Mühe, ihren Karren über den schlammigen Weg zu ziehen.
„Soll ich euch helfen und euren Karren ziehen?" fragte Farina die beiden.
„Das ist ganz lieb von dir", antwortete Trolli, „aber wir haben doch Zeit und ein bisschen Anstrengung stärkt nur unsere Muskeln und das tut uns ganz gut."
„Okay", sagte Farina, „dann komme ich auch pünktlich zu unserem Treffen."
„Mit wem triffst du dich denn?" wollte Mölli wissen.
„Ich treffe mich mit Fips, Annomé, Meelan und Carlotta. Heute ist doch Mittsommer und wir überlegen, wie und wo wir diese Nacht feiern werden."
„Sagt Ihr uns Bescheid, wo Ihr feiert? Dann schauen wir vielleicht auch mal vorbei", überlegte Trölli.
„Na klar", sagte Farina. „Ich lasse euch so schnell wie möglich eine Nachricht zukommen."
Plötzlich sah Farina etwas durch den Wald funkeln und blitzen.
„Oh Schreck", rief sie, „Jasper ist im Anmarsch. Da mache ich mich mal lieber schnell vom Acker."
Mölli und Trölli grinsten und bildeten für Farina eine Gasse, damit sie an ihnen vorbei konnte, da links und rechts des Weges eine hohe, mit vielen Sträuchern bewachsene Böschung war.
„Ich glaube, wir machen uns noch ein bisschen breiter", sagte Mölli, nachdem Farina an ihnen vorbei war, „dann kommt Jasper so schnell nicht an uns vorbei und du hast ein bisschen Vorsprung."

Lachend bedankte sich Farina und galoppierte davon.
Und dann kam auch schon Jasper angeschossen. Da er hinter der Wegbiegung kein Hindernis vermutete, musste er eine Vollbremsung machen, wollte er Mölli und Trölli nicht umrennen. Tief bohrten sich seine Hufe in den schlammigen Waldboden. „Oh je, oh je", jammerte Jasper. „Wie sehe ich jetzt nur aus."
Weit über seine Fesseln hinaus waren seine Beine mit schmutzigem Schlamm überzogen.
„Aber das macht doch nichts", sagte Mölli langsam. „Die kannst du dir doch am nächsten Bach wieder reinigen."
„Ja, aber ich habe es sehr eilig", sprach Jasper. „Und jetzt macht mal Platz da und lasst mich durch."
„Warum hast du es denn so eilig, Jasper, und wo willst du so schnell hin?" fragte Mölli ihn ganz gemächlich.
„Äh, also, äh, ja ich muss, äh weil ..., ach das geht euch doch gar nichts an", stotterte Jasper verärgert.
Das Troll Pärchen grinste vergnügt und Mölli sagte zu Trölli: „Kommst du auf meine Seite oder komme ich auf deine Seite, damit Jasper durch kann?"
„Komm du auf meine Seite", sagte Trölli, „dann brauch ich nicht auf deine Seite."
„Ach nee", sagte Mölli zu Trölli. „Komm du lieber auf meine Seite. Der Weg von deiner Seite zur meiner Seite ist nämlich viel kürzer", und dabei zwinkerte Mölli Trölli lustig zu. Trölli protestierte gespielt. „Wenn du genau hinschaust, Mölli, siehst du, dass der Weg von meiner Seite zu deiner Seite kürzer ist."
Jasper traute seinen Einhorn-Ohren nicht. „Meine Seite, deine Seite, das darf doch alles nicht wahr sein. Der Abstand zwischen euch ist doch der gleiche, egal wer nun zu wem geht. Macht Platz, mir läuft die Zeit davon", und in Gedanken dachte er: Und Farina auch.
Das Troll Pärchen lächelte nur und zuckte mit den Schultern. Jetzt kniff Jasper seine Augen zu schmalen Schlitzen zusammen

und sagte verbissen: „Das fühlt sich für mich alles nach einer Verschwörung an.“
Erschrocken antworteten Mölli und Trölli wie aus einem Mund: „Verschwörung! Was für eine Verschwörung?“
Jasper war ziemlich verärgert und trippelte nervös auf der Stelle. „Ihr macht mich noch wahnsinnig.“ Er musste sich sehr zusammenreißen, um nicht seine Beherrschung zu verlieren.
„Wenn Ihr jetzt nicht Platz macht, dann, dann, ...“ platzte es aus ihm heraus.
„Du drohst uns?” fragte Trölli und seine kugelrunden Augen begannen gefährlich zu funkeln.
„Ach nein”, meinte Jasper und es klang etwas traurig. „Es ist nur ... ach nichts.“ Er sah schon ziemlich verzweifelt aus. Die beiden gutmütigen Trolle hatten nun doch Mitleid mit ihm. Da Farina bestimmt genug Vorsprung hatte, sagte Mölli: „Jasper, du hast Recht. Wenn ich es genau betrachte, ist der Weg doch tatsächlich gleich lang, ob ich zu Trölli gehe oder er zu mir kommt."
„Sag ich doch”, meinte Jasper, und Hoffnung keimte in ihm auf. Mölli wackelte langsam und gemächlich zu Trölli auf die Seite. Dadurch hatte Jasper nun Platz, um an ihnen vorbei zu kommen.
„Na endlich”, sagte Jasper und galoppierte davon.
Das Troll-Pärchen sah ihm seufzend und kopfschüttelnd hinterher.

Kapitel 9

Mittsommer

**Echte Freunde führen faire Gespräche,
falsche hingegen grenzen aus.**

Die Waldbewohner freuten sich schon auf das Mittsommerfest. Es wurde immer am 21. Juni gefeiert, denn dann war der Tag am längsten und die Nacht am kürzesten.
Die Menschen feierten das Fest auf ihre Weise. Manche stellten große Bäume auf, die sie schmückten und um die sie dann tanzten. Andere wiederum schmückten ihren Garten mit vielen Kerzen und feierten still und leise. Einige Menschen, die an die Naturgeister glaubten, stellten für diese sogar Backwerk und Milch hin und luden sie damit ein, mit ihnen zu feiern. Manchmal taten die Naturwesen dies auch. Nur leider bekamen es die meisten Menschen nicht mit, denn sie konnten sie ja nicht sehen.
Farina hatte die Waldlichtung erreicht, wo bereits ihre Freunde auf sie warteten. Sie sah Carlotta, Annomé und Meelan. Nur Fips war noch nicht da. Als Farina atemlos und abgehetzt die Freunde erreichte, fragte Annomé: „Was ist mit dir los, Farina? Ist ein Monster hinter dir her, dessen Lieblingsspeise Einhörner sind oder was?"
„Ihr glaubt ja nicht, wer hinter mir her ist", hechelte Farina.
Wie aus einem Mund sagten alle gleichzeitig: „Jasper", und dabei verdrehten sie ihre Augen.
Farina musste lachen und sagte: „Ja, Jasper. Ich bin ihm gerade noch mal entkommen. Netterweise haben mir Mölli und Trölli dabei geholfen. Ich hoffe bloß, dass er uns hier nicht findet."
„Kein Problem", sagte Carlotta, „das ist eine meiner leichtesten Übungen. Ich zaubere uns einfach in eine unsichtbare Kugel. Wir können alle sehen, aber uns sieht keiner."
Gesagt, getan. Carlotta holte ihren Zauberstab Puck aus ihrem Zauberrucksack Wumpi und murmelte einige unverständliche Wörter. Dann zog sie mit Puck einen unsichtbaren Kreis um sich und ihre Freunde. Danach zeigte sie mit ihrem Zauberstab hoch zum Himmel und eine riesengroße Seifenblase kam aus Puck heraus, die mit einem leisen Pling zerplatze.

„So, das war´s", sagte Carlotta und grinste. „Jetzt können wir in Ruhe unser Fest planen und keiner sieht uns."
„Aber man sieht ja gar nichts von der Kugel", meinte Annomé stirnrunzelnd.
„Natürlich nicht", sagte Carlotta, „ist doch auch un-sicht-bar!"
„Ach ja", sagte Annomé und schlug sich lachend mit der flachen Hand vor die Stirn. „Hatte ich schon wieder vergessen."
„Wo ist denn Fips?" fragte Farina.
„Keine Ahnung", antwortete Carlotta und zuckte mit den Schultern.
In diesem Moment kam auch schon ein kleiner Rehbock aus dem Wald auf die Lichtung gesprungen und alle trauten ihren Augen nicht. Oben auf seinem Kopf, genau zwischen den kleinen Hörnern, saß Fips, der Zwerg. Mit seinen kleinen Händchen hielt er sich an einem Horn fest. Der Rehbock wurde langsamer und blieb schließlich kurz vor der Zauberkugel stehen. Fips sah sich nach allen Seiten um, und sie hörten wie er sagte: „Nanu, wo sind sie denn alle? Ich bin mir ganz sicher, dass wir auf dieser Lichtung verabredet waren." Annomé hielt sich die Hand vor den Mund, damit Fips ihr Kichern nicht hören konnte.
Carlotta nahm ihren Zauberstab und richtete ihn nach oben. Dann murmelte sie wieder etwas, sprach „ratz-fatz" und schon öffnete sich die Zauberkugel und Fips konnte seine Freunde sehen. Der Rehbock hatte sich dadurch so erschreckt, dass er einen Satz zur Seite machte. Darauf war Fips nicht vorbereitet, und er flog in hohem Bogen durch die Luft. Wumpi, Carlottas Zauberrucksack streckte einen seiner sehr langen Arme aus, und so landete Fips nicht auf der Erde sondern in der weichen moosigen Hand von Wumpi. Alle klatschten und riefen: "Bravo, Wumpi, das hast du gut gemacht!"
Wumpi schaute verlegen zu Boden und wurde ein klein wenig rot. Carlotta war mächtig stolz auf ihren Zauberrucksack und sagte: „Oh, Wumpi, du bist einfach der Knaller."

Fips, der sich von seinem Schrecken erholt hatte, krabbelte von Wumpis Hand ins Gras und bedankte sich bei ihm. Dann fragte er seine Freunde: „Na, was geht denn hier vor? Warum versteckt Ihr euch?"

Farina erzählte ihm, vor wem sie sich hier versteckten, und Fips hatte vollstes Verständnis für den Zauberkreis. Schnell schloss Carlotta diesen wieder. Annomé fragte Fips, warum er nicht mit Sir Wieselflink gekommen sei.

„Der hat gestern bei Mölli und Trölli zu viele Himbeerküchlein gegessen und liegt nun mit Bauchschmerzen in unserer Höhle. Aber keine Sorge, der Engel Raphael ist bei ihm und heilt ihn gerade. Bestimmt ist er heute Abend wieder fit", meinte Fips. „Aber es gibt auch gute Nachrichten. Ihr glaubt nicht, was ich entdeckt habe."

Alle waren sehr aufgeregt und wollten wissen, was Fips Tolles entdeckt hatte. Fips begann zu erzählen:

„Ich war heute mal wieder an der Stelle, wo der Wald bis fast an die Häuser der Menschen reicht. Ihr wisst ja, da wo die Zwillingsbirke an der kleinen alten Holzbrücke steht. Ich bin dann an verschiedenen Gärten der Menschen vorbeigeschlendert. Manche Gärten waren wunderschön zurechtgemacht und andere wiederum sahen so aus, als wenn sich kein Mensch darum kümmern würde. Die Blumen, Bäume und Sträucher sahen dort alle so traurig aus. Die Menschen schenken ihnen wohl überhaupt keine Beachtung. Wissen die eigentlich nicht, dass sie auch eine gewisse Verantwortung für die Pflanzen haben? Was würden die Menschen ohne die Pflanzen tun? Sie würden ersticken, weil sie keinen mehr hätten, der ihr Kohlendioxid in reinen sauberen Sauerstoff umwandelt. Ich glaube, viele Menschen wissen das noch nicht einmal, sonst würden sie doch nicht so mit der Natur umgehen.

Aber dann habe ich einen Garten gesehen, der so wunderschön war, dass ich am liebsten direkt da geblieben wäre. Total liebevoll gepflegt. Aber das Beste kommt noch. Die Menschen, die dort wohnen, glauben wohl an uns Naturwesen."

„Und wieso meinst du das?" fragte Annomé neugierig.

Fips lächelte verschmitzt und leckte sich mit seiner winzig kleinen Zunge über die Lippen. „Als ich so durch den Garten streifte, kam plötzlich ein Mädchen aus dem Haus. Sie trug ein Tablett und ging zum Ende des Gartens. Ich habe mich schnell hinter einem Gänseblümchen versteckt, denn man weiß ja nie, ob das nicht ausgerechnet ein Mensch ist, der uns Naturgeister sehen kann. Es soll ja wohl noch einige wenige Menschen geben, die diese Gabe haben.

Also das Mädchen trug das Tablett zu einer kleinen niedrigen Mauer und stellte es dort ab. Auf dem Tablett standen viele kleine Schüsseln, die bis oben zum Rand mit dem leckersten Gebäck gefüllt waren. Es gab sogar Schälchen mit Milch. Das Mädchen sprach: 'So, Ihr lieben Wesenheiten, dies ist für euch, damit Ihr heute Nacht auch ein schönes Fest habt. Lasst es euch gut schmecken. Ich hoffe nur, dass es euch wirklich gibt.' Dann ging sie wieder ins Haus.

Als sie die Türe zur Terrasse wieder schloss, lächelte sie und schaute genau in meine Richtung. Ich weiß nicht, aber ich werde das Gefühl nicht los, dass sie mich gesehen hat. Aber ich denke, wir sollten trotzdem dort feiern, denn es ist der schönste Garten weit und breit.“

„Das hört sich doch richtig gut an", meinte Carlotta. „Also, was meint Ihr, sollen wir Fips Vorschlag annehmen oder hat einer eine bessere Idee?“

Da keiner einen Gegenvorschlag hatte, wurde Fips Vorschlag einstimmig angenommen.

„Und wer sagt den anderen Waldbewohnern Bescheid, wo wir feiern?" fragte Farina.

„Das kann ich übernehmen", sagte Carlotta. "Ich hexe einfach

ein paar Flugblätter mit Wegbeschreibung und düse damit über den Wald. Wumpi kann sie dann überall abwerfen und verteilen."
Eine gute Idee", meinte Meelan. „Wo und wann treffen wir uns denn heute Abend?"

„Ich würde sagen, wir treffen uns an der kleinen alten Holzbrücke, denn von dort aus ist es nicht mehr weit bis zu diesem Zaubergarten", schlug Fips vor. Alle nickten. Gerade als Carlotta den Zauberkreis wieder aufheben wollte, trat Jasper auf die Lichtung und sah sich suchend um.

„Alarmstufe eins!" rief Annomé aufgeregt. „Da kommt Jasper."

„Psssst, alle leise sein", flüsterte Carlotta, „sonst hört er uns noch und dann werden wir ihn nicht mehr so schnell los. Ihr wisst doch, wie gerne er immer Vorträge hält."

Alle verhielten sich ganz still. Jasper kam immer näher und hielt seine Nüstern schnüffelnd in die Luft. Er sah den Rehbock, der teilnahmslos auf der Lichtung graste und ging auf ihn zu.

„Hast du zufällig Farina gesehen?" fragte er ihn. Der Rehbock schüttelte nur den Kopf und nahm weiter keine Notiz von Jasper. Dieser ging weiter schnüffelnd über die Lichtung und kam dem Zauberkreis immer näher.

Alle hielten den Atem an und keiner der Freunde rührte auch nur einen Finger. Dann drehte Jasper plötzlich ab und verließ mit hängendem Kopf die Lichtung.

„Er tut mir ja schon fast ein bisschen leid", meinte Farina und alle wurden ein bisschen nachdenklich. „Aber du weißt doch selber, dass er, wenn er mal im Redefluss ist, nicht mehr zu bremsen ist", verteidigte Annomé ihr Versteckspiel. „Und außerdem ist er so eingebildet. Nur, weil er die Diamanten auf seinem Horn trägt, meint er, er wäre etwas Besonderes. Der nervt total."

„Ja, du hast ja Recht", sagte Farina und seufzte.

„Okay, Leute", sagte Carlotta, „ich glaube, die Luft ist rein und wir können den Zauberkreis wieder aufheben." Ratz-fatz hatte sie die Zauberkugel wieder aufgelöst.

„Also, ich düse dann mal los. Wumpi und ich haben ja noch was zu erledigen. Dann bis heute Abend, Leute."

„Bitte schau, dass Mölli und Trölli auf jeden Fall ein Flugblatt bekommen, denn ich habe ihnen versprochen, Bescheid zu sagen wo wir feiern", sage Farina.

„Und vielleicht bringen sie ja ein paar Himbeerküchlein mit", sagte Annomé mit einem hoffnungsvollen Lächeln. Bei dem Gedanken lief ihr schon jetzt das Wasser im Mund zusammen.

„Geht in Ordnung!" rief Carlotta und schwang sich auf ihren Besen Speedy. Wumpi setzte sich ganz gemächlich hinter Carlotta. Dann schlang er seine langen grünen Arme und Beine komplett um Carlotta und schon ging es los. Sie legte wieder mal einen Blitzstart hin, so dass alle von Speedys Antriebsdruck ins Gras purzelten. Nur Farina konnte sich noch gerade so auf ihren vier Hufen halten. Fips hatte sich an einem Grashalm festgehalten, sonst wäre er noch sonstwohin geflogen. Als Carlotta das von oben sah rief sie: „Oh, sorry Leute, Speedy war mal wieder nicht zu bremsen!" Dabei grinste sie über das ganze Gesicht. Sie flog noch zwei rasendschnelle Loopings und mit einem donnernden Geräusch schoss sie über die Baumwipfel davon und war auch schon nicht mehr zu sehen. Viel zu lange hatte sie still gesessen, und das war gar nichts für Carlotta.

Aber auch ihre Freunde mussten lachen, als sie sich im Gras liegend wiederfanden. Diese Carlotta, sie war doch immer für eine Überraschung gut.

Kapitel 10

Zaubergarten

**Wer sich vom Herzen leiten lässt,
ist immer zur richtigen Zeit am
richtigen Ort.**

Am Abend trafen sich alle an dem verabredeten Ort. Viele Bewohner des Königreichs waren gekommen, sogar der Elfenkönig mit seiner Königin Ailina, dem ganzem Hofstaat und Thilion mit Aragon.
Als die kleinen Blütenelfen Thilion sahen, kicherten und gickerten sie albern und schlugen ganz aufgeregt mit ihren Flügelchen. Als Thilion lässig an ihnen vorbeiritt, sagte er grinsend zu ihnen: „Aber bitte nicht gleich wieder in Ohnmacht fallen." Die Blütenelfchen bekamen prompt einen roten Kopf und kicherten noch mehr.
Alle hatten ihre schönsten Kleider angezogen, und überall funkelte und glitzerte es. Die Feen des Waldes hatten nochmal eine Extraportion Glitzersternchen aufgelegt für dieses besondere Fest. Mölli und Trölli kamen mit ihrem Karren, und der war vollgeladen mit Himbeerküchlein. Vielen, die das sahen, lief jetzt schon das Wasser im Mund zusammen, und einige Zwerge rieben sich ihre Bäuche. Mölli und Trölli hatten den ganzen Tag fleißig gebacken und erst aufgehört, als der Karren randvoll war.

Sogar Grimminius war gekommen. Er war ein grimmiger Wurzelzwerg und ein wenig moppelig. Sein Gesicht war voller tiefer Falten, vor lauter Griesgrämigkeit. Die auf seiner Stirn waren besonders tief, ja es waren richtige kleine Furchen. Graues, langes, struppiges Haar lugte unter seiner dunkelroten Zipfelmütze hervor. Über seinen dunklen Augen wuchsen buschige grau-schwarze Augenbrauen wie Unkraut, so dass sie teilweise seine Augen verdeckten. Aus seinen Ohren lugten ebenfalls graue Haarbüschel hervor. Er hatte einen langen Bart, der fast seinen ganzen Oberkörper bedeckte. Ja, er sah schon sehr zugewachsen aus. Er trug eine grüne Jacke und eine braune Hose, die so aussahen, als hätte es sie schon vor Anbeginn der Zeit gegeben. Er stützte sich auf seinen alten knorrigen Stock, den er sich aus der Wurzel eines uralten Ahornbaumes geschnitzt hatte. Grimminius hatte immer etwas zu meckern. Egal wie schön ein Tag war, er fand bestimmt etwas daran auszusetzten. Wenn die Sonne schien, war es ihm zu warm, wenn sie nicht schien, war es ihm zu kalt. Wenn die Vögel sangen, beschwerte er sich über den Krach, wenn sie nicht sangen, beschwerte er sich auch. Wenn er in der Erde an den Wurzeln der Bäume arbeitete, war es ihm zu dunkel, wenn er wieder oben auf der Erde war, blendete ihn das Tageslicht. Dann verzog er sein Gesicht und bekam noch mehr Falten und Runzeln, als er ohnehin schon hatte. Aber keiner der Waldbewohner nahm seine Griesgrämigkeit wirklich ernst. Im Gegenteil, wenn Grimminius auf andere Waldbewohner traf, waren sie auf einmal besonders gut gelaunt, was er überhaupt nicht verstehen konnte. Manchmal hatte er den Verdacht, dass sie ihn damit ärgern wollten. Aber das Gegenteil war der Fall. Es wurden nämlich schon Wetten abgeschlossen, wer es wohl schaffen würde, Grimminius zum Lachen zu bringen. Sie nahmen ihn einfach so wie er war. Jeder Bewohner im Königreich des Elfenkönigs Togan hatte das Recht, so zu sein wie er war, solange er damit niemanden schadete. Und Grimminius schadete mit seiner Griesgrämigkeit ja keinem. Viele fanden es sogar eher lustig. Grimminius war nicht zum Fest gekommen, um lustig zu sein und mit den anderen zu feiern, sondern er dachte, wenn so viele Waldbewohner beieinander waren, gab es bestimmt viel zu meckern und zu nörgeln. Und das war ja nun seine absolute Spezialität. Im Stillen rieb er sich schon seine Hände und konnte den Beginn des Festes kaum erwarten.

Alle warteten auf Fips, damit er sie zu dem angekündigten Garten führen würde. Und dann kam er auch schon auf Sir Wieselflink aus dem Wald geschossen. „Hallo Leute", rief er, „jetzt geht es los! Alle mir nach!" Fips ritt auf Sir Wieselflink voraus und alle flogen, liefen oder schwebten hinter ihm her. Zuerst ging es über die alte kleine Brücke über den Bach und dann den Feldweg entlang in Richtung Menschenhäuser. Wenn jetzt jemand hier vorbei gekommen wäre, der auch nur ein ganz klein wenig an diese Wesen glaubte, hätte er einen bunten, glitzernden Lichternebel gesehen, der sich den Feldweg entlang schlängelte. Schon nach kurzer Zeit rief Fips: „Da vorne ist es."

Durch die Bäume konnten sie ein gelb leuchtendes Haus erkennen, das sie schon bald erreicht hatten. Das Haus und der Garten waren von einer alten hohen Mauer umgeben, die mit Efeu bewachsen war. Am Ende des Gartens war ein schmiedeeisernes Tor in der Mauer. Für die Naturgeister war natürlich kein Tor und keine Mauer ein wirkliches Hindernis, und so schlängelte sich der Lichtnebel durch das Tor, als wenn es dieses gar nicht geben würde. Stolz präsentierte Fips seine Entdeckung.

„Na, habe ich euch zu viel versprochen?" fragte er, und dabei leuchteten seine Augen wie zwei helle Sterne. Alle waren erst mal sprachlos und überwältigt von dem, was sie sahen. Dann ging ein „Ahhhh" und „Ohhhhh" durch den Lichternebel. Was sie sahen, übertraf alles, was sie erwartet hatten. Dies war kein Garten, dies hier war ein kleiner Park. Und in diesem Park stand eine zauberhafte alte Villa mit einem etwas abgerundten verschnörkelten Giebel. Gestrichen war sie in einem warmen Gelb, und an den Fenstern hingen grüne Schlagläden. Auf der rechten Seite befand sich ein halbrunder Erker mit vielen Fenstern. Das Haus hatte auf der Rückseite zwei große Fensterflügeltüren die auf eine Terrasse führten. Diese war von einer Balustrade, die aus runden geschwungenen Sandsteinsäulen bestand, eingefasst. In der Mitte der Terrasse führten einige, schon ausgetretene Stufen, in den kleinen Park.

Links am Haus gab es einen runden Turm mit einer Turmspitze. Auf dieser Turmspitze thronte, nicht wie üblich, ein Wetterhahn, sondern eine Hexe auf einem Besen. Das fanden alle lustig, und einer sagte: „Schaut mal, Carlotta ist auch schon da." Carlotta sagte lachend: „Also, hierfür habe ich aber nicht Modell gestanden."

Die Mitte des Gartens bildete ein runder Platz, auf dem ein alter Brunnen stand, der munter sein Wasser über drei runde Becken plätschern ließ.
Im unteren Teil des Gartens, ganz links, stand ein alter Pavillon aus Holz, von dem die Farbe abblätterte. Er war wohl mal weiß gewesen, aber mittlerweile sah er eher grau aus. An dem Pavillon rankten überall rosafarbene kleine Röschen, und er wirkte ein bisschen verwunschen. An der rechten Seite der Gartenmauer stand ein alter verwitterter Steintrog, über dem aus einem eisernen Löwenkopf ständig Wasser plätscherte.
Überall gab es noch von kleinen Mäuerchen eingefasste Beete mit Blumen und Sträuchern und große alte Bäume, die leise im Wind rauschten. Der Garten war zwar gepflegt, aber er sah auch ein bisschen verwildert und verwunschen aus.

Die Waldbewohner schwärmten aus, um sich erst mal in Ruhe umzuschauen. Die Zwerge, die an diesem Abend für die Musik sorgten, packten ihre kleinen Instrumente aus und begannen zu spielen.
Als die Elfchen die Musik hörten, waren sie nicht mehr zu halten und tanzten und schwebten zu den Klängen durch den Garten. Auch andere Waldbewohner tanzten, auch Togan und seine Königin. Der ganze Park erstrahlte im Glanz der Lichtwesen und die Stimmung war hervorragend.
Alle feierten ausgelassen und machten sich über die bereitgestellten Speisen her. Die Zwerge stopften sich die Bäuche so voll, dass sie sich kaum noch bewegen konnten. Sie kugelten nur noch durch den Garten, was wiederum zur allgemeinen Heiterkeit beitrug.
Annomé hatte nur Augen für die Himbeerküchlein von Mölli und Trölli.
„Oh, sind die lecker", schwärmte sie. Carlotta, die sah, dass Annomé ein Himbeerküchlein nach dem anderen vertilgte, warnte

sie: „Annomé, jetzt reicht es aber, sonst jammerst du mir gleich wieder die Ohren voll, weil dein Bauch kurz vorm Platzen ist."
„Nur noch das eine", versprach Annomé. Carlotta schüttelte nur den Kopf, musste aber gleichzeitig lachen, als sie Annome's Gesicht betrachtete. Diese hatte die Augen geschlossen und genüsslich schwärmte sie immer wieder:
„Hmmmm, wie lecker, hmmmmmm, sind die gut, hmmmmmm, einfach köstlich." Als sie das versprochene letzte Küchlein vertilgt hatte, bedankte sie sich ganz herzlich bei Mölli und Trölli für die wunderbarsten Himbeerküchlein von der Welt. Auch bedankte sie sich dafür, dass sie sich so viel Arbeit gemacht hatten. Die Trolle nahmen gerne den Dank und das Lob entgegen und strahlten um die Wette.
Plötzlich war vom Haus her ein Geräusch zu hören. Die Flügeltüren der Terrasse wurden geöffnet und ein Mädchen trat heraus. Die Zwerge hörten auf zu spielen, und alle verstummten nach und nach und schauten neugierig zur Terrasse hinüber.
Das Mädchen war etwa elf Jahre alt. Ihr leicht gewelltes Haar war goldgelb und erinnerte an reifes Korn. Ihre Augen waren so blau wie das Meer an einem strahlenden Sommertag. Sie trug eine Jeans und ein rotes T-Shirt und lief barfuß. In der Hand trug sie ein Buch. Sie kam ganz langsam die Treppen herunter und ging bis zu dem Rondell mit dem Brunnen. Dort setzte sie sich auf eine alte schmiedeeiserne weiße Bank. Auf der Terrasse tauchte nun noch eine Frau auf und riefen dem Mädchen zu: „Meeryam, kommst du mit uns nun mit zu Onkel Fritz oder nicht?" Das Mädchen antwortete: „Nee, ich bleibe lieber hier und lese. Tschüss, Mama, tschüss Papa, feiert schön."
„Vergiss nicht, die Terrassentür zu schließen wenn du rein gehst", rief ihr die Mutter noch zu und dann verschwand sie wieder im Haus. Mittlerweile hatten sich alle Lichtwesen eng aneinander gedrängt und schauten auf das Mädchen. Die schien sie aber nicht zu sehen, denn sie begann in ihrem Buch zu lesen.

Carlotta sagte: „Was ist nun? Stehen wir jetzt den ganzen Abend hier dumm rum und glotzen, oder feiern wir weiter? Es sieht nicht so aus, als wenn sie uns sehen könnte, und somit droht auch keine Gefahr.‟
„Ich bin mir nicht so sicher ob sie uns nicht sieht", meinte Fips. „Carlotta, wie wäre es, wenn du mal einen Testflug um das Mädchen machen würdest? Wenn sie nicht reagiert, können wir wohl beruhigt weiter feiern.‟
„Na klar, mach ich!" rief Carlotta und schon war sie mit ihrem Speedy unterwegs und flog ein paar Mal ganz dicht und ganz langsam an dem Mädchen vorbei. Da dieses keine Reaktion zeigte, kehrte Carlotta wieder zu den anderen zurück.
„Leute, weiterfeiern ist angesagt. Hier droht keine Gefahr.‟ Die Zwerge nahmen wieder ihre Instrumente auf und das Fest ging weiter.
Das Mädchen, das Meeryam hieß, war irgendwann auf der Bank eingeschlafen. Einige ganz mutige kleine Blütenelfen wagten sich bis auf die Bank und setzten sich sogar auf den Kopf des Mädchens und winkten von dort aus den anderen zu. Alle lachten und feuerten die kleinen Blütenelfen an, noch mutiger zu sein.
Elfi, eine ganz kecke kleine Elfe, setzte sich daraufhin auf die Nasenspitze des Mädchens und klatschte vor Vergnügen in die Hände. Durch die leichte Berührung musste das Mädchen plötzlich niesen und die kleine Blütenelfe wurde durch den halben Garten geschleudert. Sie konnte gerade noch von einem Waldschrat aufgefangen werden, sonst wäre sie auf dem Komposthaufen gelandet.

Meeryam war durch diese Aktion wieder wach geworden und schaute sich im Garten um.
Seit das Mädchen im Garten aufgetaucht war, konnte Meelan kaum mehr ein Auge von ihr lassen. Er fühlte sich wie ein Magnet zu ihr hingezogen.

Jetzt hatte er sich ein Herz gefasst und flog langsam auf sie zu. Als er nur noch wenige Schritte von ihr entfernt war, schaute er in ihre blauen Augen und es schien, als würde er in seine eigenen schauen. Was passierte hier gerade? Auch Meeryam wurde auf einmal unruhig und schaute sich nach allen Seiten um. Sie hatte plötzlich das Gefühl, als wenn jemand neben ihr stehen würde. Unbewusst griff sie nach ihrem Amulett, das unter ihrem T-Shirt verborgen war. Bevor sie es mit ihrer Hand umschloss, konnte Meelan einen Blick darauf werfen. Ihm wurde heiß und kalt. Er traute seinen Augen nicht. Es war das gleiche Amulett wie seins.

In seinem Kopf rasten die Gedanken nur so. Was sollte er tun? Was konnte er überhaupt tun? Wieso hatte dieses Mädchen das gleiche Amulett wie er? Und wieso war sie ihm so vertraut? Wer konnte ihm helfen? Natürlich, Annomé, wer sonst. Aufgeregt flog er zu Annomé, die gerade mit Carlotta wild durch den Garten tanzte.

„Annomé!" rief er. „Annomé, komm mal bitte!"

„Nööö, komm du doch. Tanzen macht soooo viel Spaß, ich mag gar nicht aufhören. Los, komm, tanz auch mit."

„Annomé, bitte, bitte!" flehte Meelan. Erst jetzt sah Annomé das verzweifelte Gesicht ihres Freundes und dachte: „Oh, oh, ich sollte wohl mal besser mein Tänzchen unterbrechen."

Sie flog zu Meelan und sagte: „He, was ist los? Du siehst aus, als wenn dir einer gesagt hätte, dass du morgen zum Nordpol auswandern musst."

„Annomé, komm bitte mal ganz schnell mit, ich muss dir etwas zeigen."

Und schon flog Meelan in Richtung Meeryam davon. Jetzt wurde Annomé neugierig. Sie fand, es roch ein bisschen nach einem kleinen Abenteuer. Jetzt kam auch Carlotta angeflogen. „He, Ihr beiden, wo wollt Ihr denn hin? Da unten spielt die Musik." Jetzt bemerkte auch Carlotta das verzweifelte Gesicht von Meelan und stoppte ihren Flug.

„Kann mir mal bitte einer sagen was hier los ist?" sagte sie. Meelan erzählte beiden, was er gesehen und gefühlt hatte.
„Da wittere ich nicht nur ein kleines, sondern ein ganz, ganz großes Abenteuer", hauchte Annomé und ihre Augen begannen zu leuchten. Als sie bei Meeryam angekommen waren, schaute Annomé ihr in die Augen und war baff. „Tatsächlich, ich habe das Gefühl, als wenn ich in Meelans Augen schauen würde."
„Und das Amulett ist tatsächlich das gleiche wie deines, Meelan", sagte Carlotta völlig erstaunt. Meeryam hatte inzwischen ihr Amulett losgelassen und sie konnten es nun ausgiebig betrachten. Annomé war so aufgeregt, dass ihre Flügel wie verrückt flatterten.
„Eh, Annomé, mach nicht so einen Wind", rief Carlotta und kniff ihre Augen zusammen. „Wenn du so weiter wedelst, sind wir gleich alle vom Winde verweht."
„Ich kann nix dafür, das passiert einfach immer so, wenn ich aufgeregt bin, das weißt du doch", antwortete Annomé. „Meelan, du musst unbedingt Kontakt zu ihr aufnehmen", sprach sie weiter und zeigte auf Meeryam.
„Ja aber wie denn?" entgegnete Meelan. Annomé überlegte kurz, dann sagte sie: „Meelan, du musst es noch einmal tun."
„Was soll ich nochmal tun?" fragte Meelan arglos.
„Na, du weißt schon, dich nochmal verwandeln."
„Oh nein, oh nein! Nicht noch einmal. Das war furchtbar, diese bleierne Schwere. Auf dieses Abenteuer kann ich gut verzichten."
„Welches Abenteuer, welche Schwere?" fragte Carlotta stirnrunzelnd. Annomé schaute Meelan an und dieser nickte. Dann erzählten sie Carlotta die ganze Geschichte mit dem Amulett und wie Meelan menschliche Gestalt angenommen hatte. Carlotta blieb vor Staunen der Mund offen stehen, dann sagte sie: „Na ja, irgendwie kann ich Meelan schon verstehen. Stellt euch mal vor, die Rückverwandlung würde mal nicht funktionieren."
„Aber durch die Verwandlung", überlegte Annomé, „könnte er vielleicht etwas über seine rätselhafte Herkunft erfahren."

Meelan grübelte. „Aber, wann soll ich es tun? Wie soll das alles gehen? Etwa jetzt, hier vor allen?"
„Nein, natürlich nicht jetzt und hier", sagte Annomé. „Wir werden uns mal öfters hier blicken lassen und das Haus beobachten. Und irgendwann wird sich dann schon eine Gelegenheit bieten, und du kannst dich mal wieder in grobstoffliche Energie umwandeln."
Bei dem Wort grobstofflich zog Meelan eine Grimasse und Annomé und Carlotta mussten lachen. Dass dies schon sehr bald sein sollte, ahnten die Freunde da noch nicht.
Es war noch ein wunderschönes Fest gewesen. Die ganze Nacht hatten sie durchgefeiert. Irgendwann kam aus dem Haus noch ein kleiner weißer Wuschelhund gelaufen. Er gehörte Meeryam und hieß Puschel. Tiere können die Naturgeister sehen und sich mit ihnen verständigen. Puschel freute sich, dass so viel Besuch in ihrem Garten war. Er freundete sich mit Sir Wieselflink an, und die beiden spielten den ganzen Abend unermüdlich Fangen.
Im Morgengrauen zogen alle müde wieder in Richtung Wald, um es sich zwischen Wurzeln, in Blütenkelchen oder auf Mooskissen bequem zu machen und ein wenig zu schlafen. Meelan legte sich unter Rumuck. Sein letzter Gedanke bevor er einschlief, war der Gedanke an das Mädchen mit den blauen Augen, das Meeryam hieß.

Kapitel 11

Mission Lichtsternblume

Mit Phantasie und Kreativität lassen sich die unterschiedlichsten Welten verbinden.

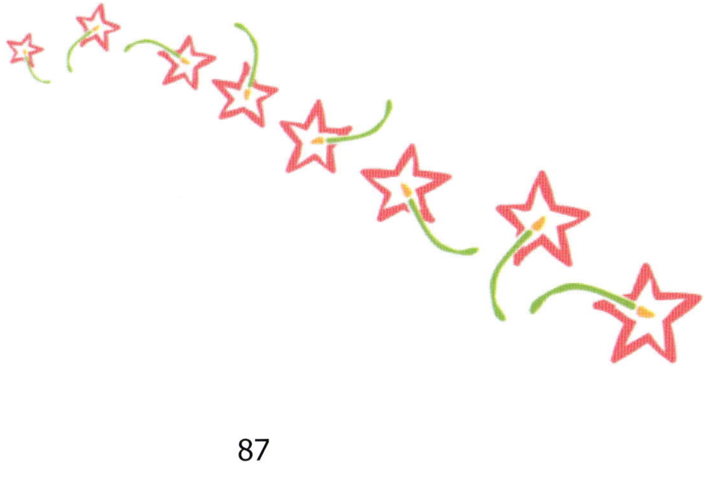

Am nächsten Morgen saß Annomé unter der alten Eiche Arta und erzählte ihr von dem schönen Mittsommerfest.
„Da kommt Meelan", unterbrach Arta sie. Annomé sah, wie Meelan heran geschlendert kam. Er war so in Gedanken versunken, dass er an Annomé vorbeigegangen wäre, ohne sie zu sehen.
„He, hallo du Träumer, wo bist du nur mit deinen Gedanken?" rief Annomé.
Meelan blieb wie vom Donner gerührt stehen.
„Annomé, hast du mich erschreckt."
Annomé zog die Stirn kraus. „Was ist los mit dir? Hat dich Meeryam so verzaubert, dass du schon am helllichten Tag von ihr träumst? Sonst bin ich doch immer die Verpeilte. Du willst mir doch nicht etwa Konkurrenz machen?" sagte Annomé und kicherte.
„Ich weiß", antwortete Meelan, „immerzu muss ich an die Begegnung mit dieser Meeryam denken. Annomé, ich kann überhaupt an gar nichts anderes mehr denken. Ich werde das Gefühl nicht los, dass alles kein Zufall war. Das wir gerade in diesem Garten gefeiert haben, dass Meeryam nicht mit ihren Eltern mitgegangen ist, und ich das Amulett gesehen habe. Auch fühlte ich mich so mit ihr so verbunden. Wie kann das sein?" Meelan war wirklich verzweifelt. Annomé, deren Gedanken immer noch ums Mittsommerfest und die leckeren Himbeerküchlein kreisten, fragte:
„Wie? Was? Wer ist verschwunden?"
„Oh, Annomé", schimpfte Meelan, „du hast mal wieder überhaupt nicht zugehört." Auch Arta schüttelte ihre Zweige und sprach: „Nee, nee, ich hab es ihr auch schon so oft gesagt. Wo ist diese Elfe nur immer mit ihren Gedanken?"
„Sorry", entschuldigte sich Annomé, „aber das kommt nur durch das schöne Fest gestern, das hat mich ganz durcheinander gebracht."
„Dass du des Öfteren nicht zuhörst und mit deinen Gedanken

wer weiß wo bist, dieses Problem gibt es ja wohl nicht erst seit gestern", sprach Arta.
„So bin ich halt nun mal", protestierte Annomé.
„Ja, so isse", sagten Meelan und Arta und seufzten.
„Annomé, die verpeilteste Elfe der Welt ... so könnte der Titel der nächsten Ausgabe vom Waldkurier lauten." Lachend lugte Carlotta hinter Arta hervor.
„Wo kommst du denn so plötzlich her?" fragte Annomé.
„Habe mich einfach hergezaubert. Ratz-fatz war ich hier. Das ging noch schneller als fliegen. Speedy ruht sich gerade hier hinten in Wumpi ein bisschen aus, denn wir haben eben noch ein paar heiße Starts geübt." Dabei zeigte sie auf den Zauberrucksack auf ihrem Rücken. „Hatte so das Gefühl, dass meine Freunde Hilfe brauchen." „Und wie noch", stöhnte Annomé.
„Wie kann ich euch helfen?" fragte Carlotta ernst.
„Ich glaube, wir müssen uns jetzt mal Gedanken darüber machen, wie wir Meelan schnell helfen können. Es geht doch nicht, dass Meelan genauso gedankenverloren durch den Wald katappert wie ich. Eine Schusselelfe im Königreich reicht ja wohl vollkommen."
„Da bin ich ganz deiner Meinung", sagte Carlotta und nickte heftig.
Annomé überlegte kurz dann sprach sie weiter: „Wie wäre es, wenn wir dieser ganzen Hilfsaktion einen Namen geben würden?" Sie schloss kurz ihre Augen, und noch bevor jemand was sagen konnte rief sie: „Wie wäre es mit Mission Lichtsternblume? "
Meelan und Carlotta nickten eifrig. Ja, sie fanden, das war eine gute Idee. Annomé überlegte weiter: „Wie könnte Meelan Kontakt zu Meeryam aufnehmen?"
Alle überlegten und waren in Gedanken versunken. Plötzlich sprang Annomé ganz hektisch auf, so dass alle erschraken, und rief: „Hah! Ich habe eine Idee. Wir locken Meeryam hier in den

Wald. Dann verwandelt sich Meelan wieder ins Grobstoffliche, spricht Meeryam an und fragt sie nach ihrem Amulett."
Meelan zweifelte und sagte: „Aber wie sollen wir sie in den Wald locken? Sie hört uns doch gar nicht."
Alle überlegten wieder und dann hatte Carlotta eine Idee:
„Auf dem Fest im Garten hat Sir Wieselflink sich doch prächtig mit Puschel, dem Hund von Meeryam amüsiert. Vielleicht kann Sir Wieselflink ihn ja überreden, dass er hier spazieren gehen möchte."
„Eine gute Idee!" rief Annomé begeistert. „Was meinst du dazu?" fragte sie Meelan erwartungsvoll.
„Versuchen können wir es ja, aber wann?"
„Nach dem Motto, was du heute kannst besorgen, das verschiebe nicht auf Morgen, lasst es uns doch gleich tun", sagte Carlotta aufgeregt. „Ich werde zu Fips fliegen und ihn hierher bitten, damit wir alles besprechen können."
„Okay", sagte Meelan. „Wir warten dann so lange hier."
„Aber du musst doch erst noch Speedy holen", sagte Annomé.
Carlotta verdrehte die Augen. „Falls du dich daran erinnerst, hatte ich gesagt, dass Speedy im Rucksack ist."
„Echt?" fragte Annomé mit großen Augen.
„Ja, echt", sagte Carlotta. „Da hat wohl unser Elfchen mal wieder nicht hingehört. Vielleicht solltest du deine spitzen Elfenohren noch ein bisschen mehr spitzen, damit du besser zuhören kannst."
Annomé schlug sich mit der flachen Hand vor die Stirn. „Hatte ich doch glatt schon wieder vergessen. So was aber auch von vergessen. Na ja, kann ja mal vorkommen."
„Ach Annomé", sagte Arta und schüttelte ihre Blätter.
„Arta, wenn du dich weiter so schüttelst, verlierst du noch alle Blätter und stehst mitten im Sommer nackt da und wie sieht das dann aus? Und ich bin dann auch noch schuld, weil du dich wegen mir so oft schütteln musst."

Alle lachten, auch Arta, und wieder verlor sie ein paar Blätter.
„Dafür kann ich jetzt aber echt nix!" rief Annomé und zeigte auf die Blätter, die auf den Boden fielen.
„So, bevor Arta hier wirklich noch oben ohne da steht, düse ich jetzt mal zu Fips und Sir Wieselflink", schlug Carlotta vor. Wumpi kletterte von ihrem Rücken und öffnete sich. Carlotta griff hinein und holte ihren Besen Speedy heraus, der nur so groß wie ein Bleistift war. Aber sobald er die Erde berührt hatte, nahm er seine normale Größe an. Wumpi kletterte wieder auf Carlottas Rücken und schlang seine langen Arme und Beine um sie.
„Also Leute, los geht's". Annomé und Meelan hatten schon ihre Augen zusammen gekniffen und Arta hielt alle ihre Blätter fest, weil alle wussten, was jetzt kam. Mit einem pfeifenden und zischenden Geräusch legte Carlotta mal wieder einen Blitzstart hin, so dass jede Menge Staub und Blätter aufgewirbelt wurden.
„Mensch, Carlotta, geht's nicht auch ein bisschen langsamer?" Annomé und Meelan sahen aus, als hätten sie ein Staubbad genommen.
„Bin ich eine Schnecke oder was?" rief Carlotta zurück. Sie drehte noch eine riskante Schleife über Arta, machte ein dreifaches Looping und donnerte davon. Meelan und Annomé klopften sich den Staub aus ihrer Kleidung und setzten sich wieder unter Arta. Jeder hing so seinen Gedanken nach. Annomé dachte an das Mittsommerfest und die Himbeerküchlein und Meelan an Meeryam. Es dauerte nicht lange und Sir Wieselflink kam mit Fips um die Wegbiegung geschossen und machte vor Arta eine Vollbremsung. Fips wäre dabei fast runter gefallen, aber er konnte sich noch gerade so an Sir Wieselflinks rechtem Ohr festhalten.
„Autsch", rief Sir Wieselflink.
„Ja wenn du auch so plötzlich bremst!" rief Fips.
„Sorry, aber ich habe die beiden erst im letzten Moment gesehen."

Fips kletterte von Sir Wieselflink und setzte sich zu seinen Freunden. Schon donnerte es über Arta und Carlotta war auch wieder da.
Meelan erzählte Fips und Sir Wieselflink die ganze Geschichte mit dem Amulett, der Verwandlung und der Begegnung mit Meeryam und ihrem Plan, sie in den Wald zu locken.
„Sir Wieselflink, du hast doch auf der Mittsommernachtsparty mit dem Hund von Meeryam gespielt", begann Annomé.
„Yes well", sagte Sir Wieselflink, „das hat richtig Spaß gemacht und Puschel ist ein richtig nettes kleines Kerlchen. A good friend. Wir haben uns prächtig unterhalten, und er hat mir erzählt, dass er glücklich ist, hier in diesem Haus mit so netten Menschen leben zu dürfen. Nicht alle Hunde hätten es so gut wie er. Und wir wollten uns nochmal treffen auf einen kleinen Tratsch und ein Spielchen."
„Wir könnten doch jetzt alle zum Haus gehen oder fliegen und schauen, ob Meeryam und Puschel da sind", meinte Meelan.
„Na klar, wenn nicht jetzt, wann dann", stimmte ihm Annomé zu und stand auf.
„Okay" sagte Carlotta, „ich düse schon mal vor und checke die Lage."
Und bevor die Freunde noch etwas erwidern konnten, war sie auch schon davon gedüst. Diesmal mit einem etwas sanfteren Start. „Gut so?" fragte sie über ihre Schulter und grinste.
„Na siehste, geht doch!" rief Annomé ihr hinterher und alle lachten wieder. Sie verabschiedeten sich von Arta und zogen in Richtung Menschenhäuser davon. „Gutes Gelingen!" rief Arta ihnen noch hinterher.

Kapitel 12

Die Begegnung

Wenn etwas zusammen gehört,
findet es sich – auch unter
widrigsten Umständen.

Carlotta kam ihnen schon entgegengeflogen. „Beeilt euch, wir haben Glück, zumindest ist Puschel im Garten."
Alle legten nochmal einen Zahn zu und schon waren sie an der Rückseite des Gartens angekommen und schlüpften durch das schmiedeeiserne Tor. Puschel, der auf der Terrasse lag, spitzte die Ohren und bellte. Da hatte er auch schon Sir Wieselflink entdeckt und raste zum Ende des Gartens.

„Hallo my Friend", begrüßte ihn Sir Wieselflink.
„Hallo, Sir Wieselflink", bellte Puschel freudig. „Schön dich zu sehen. Sollen wir wieder Fangen spielen?" Jetzt erst sah er die anderen.
„Das sind meine Freunde", sagte Sir Wieselflink und stelle sie nacheinander vor.
„Prima", meinte Puschel und freute sich. „Wir können ja alle zusammen Fangen spielen." Puschel wollte immer nur spielen und freute sich über jeden, der mitmachte.
„No", sagte Sir Wieselflink, „heute nicht my Friend, aber ein andermal wieder gerne. Wir sind in einer wichtigen geheimen Mission hier."
„Oh", bellte Puschel, „das hört sich nach einem geheimnisvollen Spiel an."
Und nun erzählte Meelan auch Puschel seine Geschichte.
„Und wie kann ich euch helfen?" fragte Puschel.
„Indem du Meeryam in den Wald lockst, damit Meelan sich in Ruhe mit ihr unterhalten kann."
„Na klar, mach ich", meinte Puschel. „Ein schönes Spiel. Wann geht es los?"
„Von uns aus sofort", sagte Annomé. „Ist Meeryam da?"
„Ja", sagte Puschel, „sie ist im Haus."
„Kannst du sie irgendwie herauslocken?" fragte Meelan.
„Na, klar", bellte Puschel. „Brauch nur tüchtig bellen, dann kommt sie. Meeryam und ich sprechen zwar nicht die gleiche

Sprache, aber wir verstehen uns bestens. Meistens versteht sie sofort, was ich möchte."

„Worauf warten wir dann noch?" fragte Carlotta.

„Ich hole Meeryam", sprach Puschel und rannte auch schon los. Vor der Terrassentür bellte er ausgiebig so lange, bis Meeryam vor die Tür trat.

„Puschel, was ist denn los? Warum bellst du so?" fragte sie.

Puschel rannte bis zum Ende des Gartens und wieder zur Terrasse. Dies wiederholte er mehrmals, bis Meeryam begriff.

„Ach so, du willst spazieren gehen. Aber nicht jetzt, ich lese gerade in meinem Buch und das ist sooo spannend."

Schon wollte sie wieder ins Haus gehen, aber Puschel gab nicht auf.

„Puschel, hör auf zu bellen, sonst beschweren sich gleich wieder die Müllers von nebenan", wetterte Meeryam. Als Puschel nicht aufhörte seufzte sie:

„Na gut, ich sag eben nur Bescheid."

Sie steckte den Kopf durch die Terrassentür und rief: „Mama, ich gehe eben mit Puschel eine Runde spazieren."

„Ist gut mein Schatz", kam die Antwort von drinnen. „Bleib aber nicht zu lange, denn wir essen in einer Stunde."

„Ist okay, bin pünktlich wieder zurück", rief sie und ging in den Garten. Puschel wartete schon ganz aufgeregt am schmiedeeisernen Tor, bellte und wedelte freudig mit seinem Schwanz.

„Ist ja schon gut, ich komme ja schon", rief Meeryam.

Sie öffnete das Gartentor und bog nach links auf den Feldweg ab, Puschel nach rechts. Meeryam schaute sich nach Puschel um.

„Wo willst du denn hin? Wir gehen doch immer hier herum unsere Runde?"

Puschel schaute sie an, bellte und lief ein Stück rechts des Weges entlang.

„Von mir aus", gab Meeryam nach. „Dann eben da lang."

Puschel rannte freudig voraus und schaute sich immer wieder

um, ob Meeryam auch folgte. Die Freunde hatten gleichzeitig den Garten mit Meeryam verlassen. Sir Wieselflink und Fips waren schon ein Stück vorausgelaufen. Carlotta flog neben Meeryam her. Es kostete sie echt Überwindung, so langsam zu fliegen. Aber sie war auch neugierig und wollte nichts verpassen. Und für alle Notfälle war es gut, wenn sie mit ihren Zauberkünsten schnell zur Verfügung stand. Meelan und Annomé flogen ebenfalls langsam neben Meeryam her. Immer wieder musste Meelan Meeryam anschauen. Was würde er von ihr erfahren? Würde sie überhaupt mit ihm sprechen? Tausend Fragen gingen ihm durch den Kopf.
„Wenn du weiterhin deine Stirn so kraus ziehst, bekommst du noch Falten und Furchen wie Grimminius", flachste Annomé, nachdem sie Meelan eine Zeit lang beobachtet hatte.
Meelan zog nur eine Grimasse und grübelte weiter.
Meeryam hatte die ganze Zeit das Gefühl, als wäre sie nicht allein. Immer wieder schaute sie sich um, aber da war niemand. Auch verspürte sie links neben sich immer einen leichten Windhauch. Aber die Sonne schien und kein Lüftchen regte sich. Komisch, dachte sie, sehr komisch. Und dann entdeckte sie ein ganzes Stück vor sich am Rande des Weges ein Wiesel. Es war dasselbe Wiesel, mit dem Puschel an Mittsommer im Garten gespielt hatte. Sie erkannte es an dem weißen Fleck auf der Stirn. Das ist alles ein bisschen seltsam, dachte Meeryam. Puschel sprang neben dem Wiesel her und die beiden schienen sich gut zu verstehen. Das Wiesel wird wohl keine Tollwut haben, da es vor Puschel nicht weglief, dachte Meeryam. Meelan konnte fühlen was Meeryam dachte und sagte:
„Nee, Sir Wieselflink hat keine Tollwut."
Meeryam erschrak genauso wie Meelan. In ihrem Kopf hatte sie eine Stimme gehört, die gesagt hatte: „Nee, Sir Wieselflink hat keine Tollwut." Wie kann das sein? Wieder schaute sie sich um. Waren es ihre eigenen Gedanken? Nein, die Stimme, die sie

hörte, war männlich und außerdem, wie sollte sie auf Sir Wieselflink kommen? Meelan wollte erst nicht glauben, was er da fühlte. Wieso konnte er Meeryams Gedanken hören? Und wieso konnte sie hören, was er sprach? Nicht mit den Ohren, aber in ihrem Kopf. Vielleicht war es nur ein Zufall. Er sagte zu Annomé und Carlotta: „Ich bin mir nicht sicher, aber ich glaube, Meeryam kann mich hören."
Wie aus einem Mund sagten beide: „Echt?" Schon wieder hörte Meeryam diese Stimme in ihrem Kopf, die sagte: „Ich bin mir nicht sicher aber ich glaube, Meeryam kann mich hören." Sie blieb wie angewurzelt stehen. Was geschah hier? Ihr wurde es langsam unheimlich. Oder lag es daran, dass sie gerade ein Buch über Elfen las? Da ging es um eine Frau, die mit Naturgeistern reden konnte. Sie fand dieses Buch sehr interessant, aber so richtig daran glauben konnte sie nicht. Wahrscheinlich bildete sie sich das Ganze nur ein. Sie ging weiter und lauschte in ihren Kopf. Nichts passierte. Also doch nur Einbildung dachte sie und ging weiter.

Meelan hatte sich erschrocken als Meeryam stehen blieb und ihre Gedanken hörte. Er dachte schon, sie würde nicht weitergehen. Was dann? Meelan hielt die Luft an und war erleichtert, als Meeryam sich wieder in Bewegung setzte. Annomé und Carlotta redeten wild durcheinander. Meelan legte seinen Finger auf den Mund und flüsterte: „Psst!" Diese beiden, konnten sie nicht mal für einen Moment still sein? Fragend schauten sie ihn an. Meelan gestikulierte wild mit den Armen und flog so schnell er konnte den Weg entlang bis zur kleinen Brücke, die über den Bach führte. Carlotta und Annomé kamen hinterher geflogen. Carlotta war glücklich, dass sie wieder Gas geben durfte. Als sie Meelan erreichten, fragte Annomé:
„Was ist denn mit dir los? Bist du vom wilden Watz gebissen oder was?"

„Stellt euch vor", sagte Meelan ganz aufgeregt, „Meeryam kann hören was ich sage."
Carlottas und Annome's Gesichter waren ein einziges Fragezeichen. Meelan hätte fast gelacht, wenn die Lage nicht so ernst gewesen wäre. Er erzählte ihnen, was er gerade erlebt hatte.
„Ach du meine Güte, das wird ja immer abenteuerlicher", flüsterte Annomé und ihre Augen begannen wieder zu leuchten.
„Ob sie uns auch hören kann?" flüsterte nun auch Carlotta.
„Ich glaube nicht", sagte Meelan, „aber wir können es ja mal testen. Sonst hättet Ihr ja auch Meeryams Gedanken hören können. Ihr wart ja genauso nah bei ihr wie ich und habt die ganze Zeit geredet. Los, wir fliegen zurück und jeder von euch sagt etwas zu ihr. Dann werden wir es ja sehen und anschließend kommen wir wieder hierhin zurück."
„Alles paletti", sagte Carlotta und düste auch schon los. Meelan und Annomé flogen hinterher. Bei Meeryam angekommen, die sehr nachdenklich aussah, sagten beide Mädels wie vereinbart etwas direkt zu Meeryam.
Meelan spitzte seine Elfenohren, aber er konnte nichts hören, was darauf schließen ließ, dass sie gehört hatte, was die beiden zu ihr gesagt hatten. Bevor Carlotta, wie Annomé und Meelan, wieder zum Waldrand flog, drehte sie nochmal eine Runde um Meeryam, um einen Blick auf das Amulett zu werfen. Von dem Wind, den sie dabei verursachte, flogen Meeryams Haare etwas hoch und gaben ihre Ohren frei. Carlotta, die Augen wie ein Adler hatte, wäre fast vor Schreck von ihrem Besen gefallen, als sie einen kleinen Blick auf Meeryams Ohren erhaschen konnte. Mit einem donnernden Laut flog Carlotta hinter ihren Freunden her. Meeryam blieb wie angewurzelt stehen. Was war das? Das schönste Wetter, kein Gewitter in Aussicht und neben ihr hat es gerade kräftig gedonnert. Jetzt reichte es ihr. Sie würde keinen Schritt mehr weiter gehen. Carlotta war inzwischen am Waldrand bei ihren Freunden angekommen. Sie machte so eine heftige

Vollbremsung, dass sie vornüber von Speedy mit einem Salto direkt vor den Füßen ihrer Freunde landete.

„Carlotta, was ist denn mit dir los? Bist du auch vom wilden Watz gebissen?" fragte Annomé entsetzt. Sie hatte schon die riskantesten Flugmanöver und Landungen von Carlotta erlebt, aber noch nie war sie dabei von ihrem Besen gefallen. Carlotta rappelte sich auf und sagte:
„Oh je, oh je. Das ist mir ja noch nie passiert. Aber Ihr glaubt nicht, was ich gesehen habe." Sie erzählte ihren Freunden von ihrer Entdeckung.
„Ihre Ohren sind nicht so spitz wie deine, Annomé, eher so wie die von Meelan. Nicht ganz spitz aber auch nicht so rund wie Menschenohren."
„Wie, wo, was hast du gerade gesagt?" stotterte Annomé ungläubig.
„Mensch Annomé", sagte Carlotta, „du hast wohl mal wieder nicht zugehört." Carlotta war richtig aufgeregt und sie wiederholte es für Annomé noch einmal und sprach dabei jedes Wort gaaaaanz langsam und besonders deutlich.
„Das wird ja immer spannender", hauchte Annomé. „Aber Carlotta warum sprichst du so komisch?"
Carlotta verdreht nur die Augen. Jetzt bemerkten sie, dass Meeryam stehen geblieben war und nach Puschel rief.
„Alarmstufe eins", rief Carlotta, „Meeryam tritt den Rückzug an."
„Das darf nicht geschehen", rief Meelan und Panik überfiel ihn. „Wir müssen sie aufhalten!"
„Aber wie?" rief Annomé ganz aufgeregt. Sie hatten es doch fast geschafft, Meeryam in den Wald zu locken. Dann hätten sie erfahren, was es mit dem Amulett auf sich hat, und warum Meeryam halbe Elfenohren hat, und, und, und. Annomé war doch so neugierig auf die Enthüllungen. Sie sahen, wie Puschel zu Meeryam lief.

„Nicht lange reden, sondern handeln", rief Carlotta, schwang sich auf Speedy und schoss davon. Noch bevor Puschel Meeryam erreicht hatte, war Carlotta bei ihm und rief ganz streng: „STOP!"
Puschel blieb erschrocken stehen, sah zu Carlotta hoch und sagte: „Aber Meeryam hat mich doch gerufen."
„Ja, aber heute darfst du mal ausnahmsweise ein ungehorsamer Hund sein."
„Was iss'n das?" fragte Puschel und legte dabei sein Köpfchen zur Seite.
Oh je, dachte Carlotta, die Zeit läuft uns davon. „Puschel, bitte folge weiter Sir Wieselflink, es ist so, so wichtig, du weißt doch, dass wir in einer geheimen Mission unterwegs sind."
„Oh ja", bellte Puschel, „das hatte ich schon fast vergessen. Wenn ich jetzt wieder Sir Wieselflink folge, spielst du dann auch mal mit mir Fangen?"
„Na klar", sagte Carlotta mit zusammengepressten Zähnen. Denn sie sah, dass Meeryam immer näher kam und nach Puschel rief.
„Na gut", sagte Puschel und machte kehrt und lief wieder zu Sir Wieselflink.
„Puh", stöhnte Carlotta als ihre Freunde sie erreichten, „das ist gerade nochmal gut gegangen."
Meelan konnte vor Aufregung kaum sprechen. Meeryam rief weiterhin nach Puschel und wurde immer wütender.
„Puschel, Puschel, komm sofort hierher! Ja spinnst denn du! Wo läufst du denn hin?" Puschel rannte immer weiter hinter Sir Wieselflink her. Die drei Freunde flogen an Sir Wieselflink, Puschel und Fips vorbei und Meelan rief:
„Fips, wir treffen uns hinter der kleinen Tannenschonung auf der Lichtung bei Rumuck. Da kommt eher selten ein Wanderer her und wir sind ungestört." Und da habe ich mich das erste Mal verwandelt, dachte er noch.
„Geht in Ordnung, wir machen das schon", rief Fips.

Meelan brauchte ja auch noch etwas Zeit, um sich zu verwandeln. Hoffentlich würde es überhaupt klappen. Vielleicht war es ja nur eine einmalige Sache. Was dann? Tausend Gedanken gingen Meelan durch den Kopf. Mit Hochgeschwindigkeit flogen sie zur alten Kastanie.

Als die aufgeregten Drei bei Rumuck ankamen, sagte diese sofort: „Ich verrate nix." Sie hatte Annomés Drohung immer noch nicht vergessen.

„Ach, Rumuck, ich habe mich doch schon hundert Mal bei dir entschuldigt. Niemals würde ich ein rotes Kreuz auf deinen Stamm malen."

„Nicht dieses Wort", rief Rumuck ängstlich.

„Was für ein rotes Kreuz?" fragte Carlotta, „und wofür entschuldigt?"

„Erzähle ich dir später", antwortete Annomé. Jetzt muss sich Meelan erst einmal schleunigst verwandeln. Ach ist das alles aufregend! Meelan, setz dich hin und fang an. Wenn Meeryam hier auftaucht, und du dann erst wie aus dem Nichts erscheinst, fällt sie uns noch vor Schreck um. Also, mach hinne."

Annomé war furchtbar aufgeregt und gestikulierte wie wild mit ihren Armen.

„Ja, ja", sprach Merlan, „ich mach ja schon." Er setzte sich unter die alte Kastanie, nahm sein Amulett in die Hand und fuhr mit dem Zeigefinger die Konturen der Lichtsternblume nach. Dabei dachte er intensiv an seine Mutter, die er nicht kannte. Da passierte es wieder. Die Lichtsternblume begann in all ihren Farben zu leuchten. Das Leuchten wurde immer intensiver und bald war Merlan wieder komplett von dem Licht eingehüllt. Carlotta, die die Umwandlung das erste Mal erlebte staunte und schüttelte immer wieder ungläubig den Kopf. Auch Annomé, war, wie schon beim ersten Mal, total fasziniert. Meelan fühlte wieder dieses Kribbeln in allen Zellen seines Lichtkörpers und er fühlte, wie die Schwere sich wieder in seinem Körper ausbreitete. Dann

war der Spuk vorbei. Das Licht erlosch und Meelan sah ziemlich erschöpft aus.
„Na, da, da, das war ja mal ein Erlebnis", brachte Carlotta stotternd hervor.
„Wie geht es dir Meelan?" fragte Annomé besorgt.
„Na wie wohl", antwortete er. „So muss sich ein Sack voll Steine anfühlen."
Dabei grinste er die beiden an. Dieses Mal war er ja darauf vorbereitet gewesen, daher war es schon nicht mehr so schlimm wie beim ersten Mal. So, jetzt musste nur noch Meeryam auf der Lichtung auftauchen, dann konnten sie mit der Entwirrung des Knäuels, so kam Meelan seine geheimnisvolle Vergangenheit nämlich vor, beginnen. Er musste behutsam vorgehen, damit Meeryam sich nicht erschreckte und das Weite suchte.
Sie hörten wie Meeryam immer wieder nach Puschel rief. Zwischen Meelan und Meeryam lag nur noch die kleine Tannenschonung.
„Puschel, wenn du nicht sofort herkommst, sperre ich dich bis ans Ende deiner Tage ins Haus ein!"
Puschel dachte nur, oh weh, hoffentlich bringen meine neuen Freunde das wieder in Ordnung und erklären alles, sonst bin ich verloren.
Und schon kam Sir Wieselflink über die Lichtung gesaust, gefolgt von Puschel und dahinter kam Meeryam angerannt. Vor lauter Aufregung und Wut auf Puschel hatte sie Meelan, der unter der Kastanie saß, nicht gesehen. Als sie ihn jetzt entdeckte, blieb sie vor Schreck wie angewurzelt stehen.
„Ach du meine Güte, habe ich mich jetzt erschrocken", sagte sie ganz außer Atem.
„Hallo", sagte Meelan mit etwas zitternder Stimme, „suchst du deinen Hund?"
„Ja", sagte Meeryam. „Er ist mir abgehauen. Das hat er noch nie gemacht. Ich weiß nicht, was mit dem los ist. Er ist immer hinter

diesem Wiesel hergelaufen. Das war schon gestern Abend bei uns im Garten."
Meeryam war ganz aufgebracht. Meelan schaute zu Puschel und Sir Wieselflink, die auf der Lichtung zusammen spielten.
„Ach du meinst Sir Wieselflink?"
„Sir Wieselflink?" fragte Meeryam. Den Namen hatte sie doch eben noch in ihrem Kopf gehört.
„Sei vorsichtig", flüsterte Annomé Meelan zu. „Erschrecke sie nicht, sonst wird sie misstrauisch und macht sich vom Acker."
Meelan beugte seinen Kopf ein wenig als Zeichen, dass er Annomé verstanden hatte. „Woher weißt du, dass dieses Wiesel Sir Wieselflink heißt?" fragte Meeryam misstrauisch.
„Oh", antwortete Meelan, „ich kenne hier alle Tiere des Waldes mit Namen."
„Wie geht denn das?" fragte Meeryam immer noch misstrauisch.
„Du redest doch auch mit deinem Hund und er macht sich doch auch verständlich, wenn er etwas möchte."
„Ja, schooon, aber nicht so wirklich. Ich meine, ich spreche doch keine Hundesprache und Puschel nicht meine und..."
Meeryam stockte und schaute wie gebannt auf Meelans Amulett, das sie gerade entdeckt hatte. Ein Schauer lief ihr über den ganzen Körper. Was ging hier vor? Langsam sprach Meeryam: „Was hast du da für ein Amulett um?"
Meelan hatte vergessen, sein Amulett unter seiner Kleidung zu verbergen. Annomé und Carlotta hielten den Atem an.
„Ja, das Amulett, ja ähm, ja, das ist mein Amulett", stotterte Meelan.
„Wo hast du es her?" fragte Meeryam ganz aufgeregt, und ihre Augen wurden immer größer.
„Ja, weißt du, das ist eine lange Geschichte", antwortete Meelan und kratzte sich am Kopf.
Meeryam setzte sich neben Meelan ins Gras. Sie holte wortlos ihr Amulett unter ihrem T-Shirt hervor und zeigte es Meelan.

„Ich weiß", sagte Meelan verlegen.
Meeryam verstand die Welt nicht mehr. „Wie du weißt? Was soll das heißen?"
„Ich weiß, dass du das gleiche Amulett trägst wie ich", erwiderte Meelan.
„Aber wir kennen uns doch gar nicht. Woher weißt du, dass ich das gleiche Amulett trage wie du?" Meeryam wurde immer nervöser.
Annomé sagte zu Meelan: „Überstürz jetzt nichts. Gaaanz langsam Meelan." Carlotta gab auch noch ihren Senf dazu: „Also ich würde ihr jetzt ratz-fatz alles erzählen und gut is."
Meelan verdrehte die Augen und sagte ziemlich genervt: „Könnt Ihr beiden mal für einen Moment still sein?"
„Sorry", kam es wie aus einem Mund von Annomé und Carlotta.
Meeryams Nerven lagen ziemlich blank. „Wer soll still sein? Ihr beiden? Welche beiden?" „Jaaaaaa", sagte Meelan, „das ist auch so eine Geschichte."
Meeryam platzte fast vor Anspannung.
Meelan fragte sie: „Wo hast du denn dein Amulett her?"
Meeryam antwortete nachdenklich: „Jaaaaa, weißt du, das ist auch so eine Geschichte..."
Jetzt mussten beide lachen.
Meelan sagte: „Am besten fängst du mit deiner Geschichte an, denn meine ist etwas kompliziert und, na ja, wie soll ich es sagen... „ Annomé flüsterte ihm ins Ohr „sehr speziell". „Ja, sehr speziell", wiederholte Meelan laut.
Immer, wenn Meeryam Meelan in die Augen schaute, hatte sie das Gefühl, sie schaue in ihre eigenen Augen. Meelan ging es genauso. Meeryam war ihm so vertraut, als ob er sie schon ewig kennen würde. Beide hingen einen Moment ihren Gedanken nach, dann begann Meeryam zu erzählen.

Kapitel 13

Meeryams Kummer

**Mit den Gedanken werden Gefühle erzeugt
und mit den Gefühlen werden die Gedanken gelenkt.**

„Meine Geschichte hört sich an wie ein schlechter Roman. Irene und Kurt, meine Eltern, sind nicht meine richtigen Eltern. Das habe ich erst vor ein paar Jahren erfahren und die folgende Geschichte auch."

Meeryam schaute mit leerem Blick in die Ferne, während sie weiter sprach.

„Im Mehrfamilienhaus gegenüber dem Haus, in dem Irene und Kurt früher wohnten, zog eines Tages eine junge Frau ein. Sie war noch sehr jung, vielleicht 18 Jahre, bildhübsch und hatte langes blondes Haar. Irene hatte gesehen, dass sie nur mit zwei Reisetaschen eingezogen war. Sie dachte, dass dies bestimmt eine neue Studentin war, die vor Semesterbeginn hier in die Stadt gezogen ist. Wenn Irene ihr auf der Straße begegnete, grüßte die junge Frau immer freundlich. Sie machte auf Irene einen fröhlichen und zufriedenen Eindruck, und manchmal wechselten sie auch ein paar Worte miteinander. Daher wusste Irene, dass die junge Frau Karina hieß. Nach ein paar Wochen merkte Irene, dass Karina nicht mehr so fröhlich war wie sonst. Sie ging mit hängenden Schultern und gesenktem Kopf über die Straße, grüßte nur noch flüchtig und manchmal konnte sie im vorbei gehen sehen, dass sie rotgeweinte Augen hatte. Dann fiel Irene noch etwas auf. Karina war schwanger. Jetzt wurde ihr so einiges klar. Nie hatte sie Karina mit einem jungen Mann gesehen. Viele Gedanken gingen Irene durch den Kopf. Wollte der Vater des Kindes vielleicht nicht Vater werden und hatte Karina verlassen? Oder wollte Karina sich nicht binden, nur weil sie schwanger war? Als sie Karina das nächste Mal begegnete, fasste sie sich ein Herz und sprach sie an. Sie fragte, ob sie ihr irgendwie helfen könnte. Karina bedankte sich für das Angebot und sagte, es sei alles in Ordnung. Irene rief ihr noch hinterher, dass sie sich melden sollte, wenn sie Hilfe brauchte. Karina dreht sich um, nickte kurz, und ein dankbares Lächeln huschte über ihr Gesicht.

Der Bauch von Karina wurde riesig groß und passte so gar nicht zu ihrem schlanken Körper. Eines Tages sah Irene, wie ein Taxi vor dem Mehrfamilienhaus gegenüber hielt und Karina ausstieg. Der Taxifahrer stellte ihr eine Tasche auf den Gehweg und fuhr dann los. Etwas hilflos stand Karina da und hielt etwas in den Armen. Sie schaute sich hilfesuchend um. Sofort eilte Irene zu ihr und traute ihren Augen nicht. Zwei winzig kleine Babys hielt Karina in ihren Armen. Irene bot ihre Hilfe an und Karina nahm sie dankbar an. Gemeinsam trugen sie die Babys und das Gepäck in Karinas Wohnung. Die Wohnung war ganz unterm Dach und winzig klein. Sie bestand nur aus einem einzigen kleinen Raum, in dem eine Appartementküche stand. Sonst gab es nur noch ein Bad. Irene dachte, das ist doch alles viel zu klein mit zwei Kindern. Sie und Kurt hatten ein riesengroßes Haus. Hier wäre Platz für drei Kinder gewesen. Aber leider konnten sie keine Kinder bekommen. Dabei liebte Irene Kinder über alles. Sie sah, dass die junge Mutter vorgesorgt hatte, denn auf einem Tisch standen Fläschchen, Milchpulver und alles was man so für die Versorgung von Babys brauchte. Obwohl das Appartement sehr klein und eng war, war alles blitzsauber und aufgeräumt.
Irene fragte, ob sie Hilfe hätte, ihr Mutter vielleicht oder jemand anderes, der sie in den ersten Tagen unterstützen könnte. Ziemlich barsch antwortet Karina, dass sie keine Mutter habe und schon alleine zurecht käme. Irene stelle daraufhin keine weiteren Fragen.
Karina hatte ein Kinderreisebett besorgt, in das sie die Babys legten. Sie waren so winzig und so klein und so süß. Karina sagte, es seien ein Junge und ein Mädchen. Dabei sah sie die Zwillinge an und lächelte. Eine Träne kullerte ihr aus dem Augenwinkel, die sie aber schnell verstohlen wegwischte. Irene konnte sich von dem Anblick der beiden Babys gar nicht losreißen. Sie verabschiedete sich von Karina und bot nochmals ihre Hilfe an. Sie ließ ihr auch ihre Telefonnummer da, für den

Fall, dass sie irgendetwas brauchte. Sie sollte dann einfach anrufen. Karina versprach, sich zu melden, wenn sie etwas benötigte.
Zu Hause erzählte Irene Kurt von der jungen Frau gegenüber. Sie machten sich beide Gedanken, wie sie Karina helfen könnten, ohne aufdringlich zu erscheinen, wollten sich aber erst mal zurückhalten und abwarten. Eines Tages rief Karina Irene an und bat sie um Hilfe. Sie müsse in einer dringenden Angelegenheit für zwei Tage verreisen und fragte Irene ob sie die Zwillinge für zwei Tage nehmen könnte. Irene willigte freudig ein und gemeinsam mit Kurt trugen sie das Reisebett und das ganze Babyzubehör abends in ihr Haus. Karina trug die Zwillinge. Im Haus von Irene und Kurt angekommen, legte Karina die Zwillinge in das Reisebett. Dann nahm sie jedes Kind noch einmal heraus, liebkoste es, sprach mit ihm und küsste es immer wieder. Dabei liefen ihr ununterbrochen Tränen über das Gesicht. Irene hätte fast mit geweint.
Dann sah sich Karina in dem Zimmer um. Es war ein wunderschön eingerichtetes Kinderzimmer, groß und hell mit Blick in den Garten. Karina fragte, ob die beiden auch Kinder hätten. Kurt sagte Karina, dass sie sich immer Kinder gewünscht hätten, aber leider keine bekommen konnten. Karina sah noch einmal die Zwillinge an, dann Kurt und Irene und dann sagte sie ihnen, dass jedes Kind ein Amulett trug, das sie immer tragen sollten. Es wäre wirklich ganz wichtig. Kurt und Irene mussten Karina versprechen, dass sie das Amulett nicht entfernen würden. Dann verabschiedete sich Karina und sagte, dass morgen ganz früh schon ihr Zug ging und sie übermorgen am frühen Nachmittag wieder zurück sei. Für alle Fälle ließ sie den beiden noch ihre Handy-Nummer da. Kurt und Irene konnten die Traurigkeit der jungen Mutter förmlich spüren. Sie dachten, wo mag sie wohl hinfahren? Vielleicht zu dem Vater der Kinder? Sie hatte ihn nicht erwähnt. Sie wussten so gut wie gar nichts über Karina. Wo sie

herkam, was mit ihren Eltern ist oder ob sie noch Verwandte hatte. Vielleicht würden sie nach und nach mehr von ihr erfahren, wenn sie mal Vertrauen zu ihnen gefasst hatte. Kurt beobachtete, wie Irene durch den Besuch der Zwillinge förmlich aufblühte. Sie lachte viel und strahlte mit der Sonne um die Wette. Kurt mochte gar nicht daran denken, wie es sein würde, wenn sie die Zwillinge wieder abgeben musste. Vielleicht war es doch keine so gute Idee, die Kinder aufzunehmen.
Die zwei Tage vergingen wie im Flug. Am ersten Tag gegen Mittag hatte Karina nochmal angerufen und gefragt, ob es den beiden gut ginge. Dann bat sie Irene, jedem Kind einen Kuss von ihr zu geben.
Einmal hatte Irene den Kindern, die wirklich ausgesprochen friedlich waren und sich nur meldeten, wenn sie Hunger hatten, zum Baden das Amulett abgenommen. Augenblicklich fingen beide an zu schreien, so laut und jämmerlich, dass sie ihnen schnell wieder das Amulett anzog. Sofort waren die beiden wieder still. Irene schaute Kurt an. Der zuckte nur mit den Schultern.

Der Nachmittag des zweiten Tages kam, es wurde Abend, aber Karina kam nicht. Kurt und Irene machten sich Sorgen um Karina und versuchten, sie anzurufen. Aber das Handy war wohl ausgeschaltet. Hatten sie Karina vielleicht falsch verstanden und sie hatte gesagte dass sie drei Tage blieb? Aber auch am dritten und vierten Tag kam Karina nicht. Was sollten sie tun? Es blieb ihnen nichts anderes übrig, als sie als vermisst zu melden. Aber sie wussten noch nicht einmal ihren Nachnamen. Sie fragten bei der Hausverwaltung in dem Haus nach, in dem Karina wohnte. Dort haben sie dann ihren Nachnamen erfahren. Nachdem Irene und Kurt dem Hausmeister die Situation geschildert hatten, schloss er ihnen die Wohnung von Karina auf. Sie fanden keinen Hinweis auf Angehörige, keine Fotos oder Adressen. Das war

doch alles sehr seltsam. Nun blieb ihnen nichts anderes übrig, als die Polizei einzuschalten.
Wie sich herausstellte, war Karina in einem Heim aufgewachsen und hatte keine Verwandten. Das Jugendamt meldete sich auch bei Kurt und Irene und man kam überein, dass die beiden Kinder erst mal als Pflegekinder bei den beiden bleiben durften. Vielleicht fühlte die junge Mutter sich einfach überfordert und brauchte mal Abstand und Zeit zum Nachdenken.
Es war gerade eine Woche her, dass Karina verschwunden war, da stelle Irene die Zwillinge auf die Terrasse. Die Sonne schien und frische Luft tat den beiden auch gut. Sie hatte noch einen dünnen Schleier über das Kinderbett gehangen, damit keine Fliege die beiden bei ihrem Schlaf störte. Irene setzte sich dazu und las in einer Zeitschrift.
Irgendwann begann ich zu quengeln, weil ich Hunger hatte. Irene nahm mich und ging mit mir ins Haus, um mich zu füttern. Als sie wieder auf die Terrasse kam, stieß sie einen Schrei aus, den man wohl in der ganzen Nachbarschaft gehört hatte. Mein Bruder war weg.
Irene lief durch den Garten und rief immer wieder den Namen meines Bruders. Verzweifelt rief sie Kurt an, der sofort nach Hause kam. Nachdem auch er sich davon überzeugt hatte, dass mein Bruder wirklich verschwunden war, verständigten sie die Polizei.
Denen erzählte Irene immer wieder, dass sie nur ganz kurz im Haus war. Kurt, der bei einer Zeitung arbeitete, schrieb einen Artikel und bat die Bevölkerung um Mithilfe. Aber keiner hatte etwas gesehen oder gehört. Auch die Ermittlungen der Polizei brachten kein Ergebnis.
Kurt und Irene waren verzweifelt und Irene machte sich immer wieder Vorwürfe, dass sie das Kind alleine auf der Terrasse gelassen hatte. Schließlich vermutete man, dass Karina heimlich eines ihrer Kinder geholt hatte. Vielleicht war sie nicht in der

Lage zwei Kinder großzuziehen und wollte deshalb nur eins nehmen. Sie haben sogar einen Aufruf an die Mutter in der Zeitung geschaltet. Vielleicht würde sie es lesen und sich melden. Die Zeitungen waren damals voll von diesem mysteriösen Fall. Aber nichts geschah. Irene war so unglücklich. Sie wollte nicht mehr in diesem Haus wohnen, das sie an dieses schreckliche Ereignis erinnerte. Es ging alles sehr schnell, und sie fanden in einer anderen Stadt ein Haus. Nach zwei Jahren war es ihnen möglich, mich zu adoptieren."

„Ja", schloss Meeryam, „das ist meine Geschichte. Meine Mutter hat mich verlassen, wer mein Vater ist, werde ich wohl nie erfahren und meinen Bruder habe ich auch verloren. Es ist ein komisches Gefühl, nicht zu wissen, wer seine Eltern sind. Wenn ich Freunde besuche, bin ich manchmal richtig neidisch, dass sie Mutter und Vater haben. Kurt und Irene sind sie besten Eltern die man sich nur wünschen kann, aber nicht zu wissen wo ich herkomme, ob ich Verwandte, Oma, Opa, vielleicht sogar noch mehr Geschwister habe, ist furchtbar.

Was waren meine Eltern für Menschen? Manchmal bin ich richtig wütend auf sie und denke, sie müssen Monster sein, sonst würden sie doch nicht ihre Kinder hergeben. Es gibt Tage, da komme ich aus dem Grübeln nicht mehr raus. Warum hat mich meine Mutter einfach abgegeben? Sie muss ein schlechter Mensch sein, sonst hätte sie sich doch um mich gekümmert. Das hieße, ich würde von einem schlechten Menschen abstammen. Wer ist mein Vater? Weiß mein Vater überhaupt dass es mich gibt? Oder hat er sogar meine Mutter verlassen als sie schwanger war? Dann war auch er ein schlechter Mensch. Auch ich fühle mich dann richtig schlecht und vor allem wertlos. Mein Selbstwertgefühl fällt dann regelmäßig in den tiefsten Keller. Aber es gibt auch Zeiten, in denen ich mir alles schön rede und denke mir die tollsten Geschichten aus. Mein Vater und meine Mutter haben sich riesig auf uns gefreut. Dann hatte mein Vater

kurz vor unserer Geburt einen tragischen Unfall. Meine Mutter war so verzweifelt, dass sie in einem unachtsamen Moment vor ein Auto gelaufen war und überfahren wurde. Da sie keinen Ausweis bei sich hatte und in einer fremden Stadt war, wusste keiner, wer sie war und man hat sie anonym beerdigt. Dann denke ich, meine Eltern waren die tollsten Eltern von der Welt und weine um sie. Aber wie es wirklich war, werde ich wohl nie erfahren. Das macht mich manchmal so traurig. Werde ich sie je wiedersehen? Leben sie überhaupt noch und mache ich mir Hoffnung auf etwas, was gar nicht mehr eintreten kann? Ich fühle mich manchmal wie ein Baum ohne Wurzeln und frage mich oft, wer bin ich?
Dann erinnere ich mich wieder an mein Amulett, nehme es in die Hand und drücke es an mein Herz. Sofort wird mir wohlig warm und mich überkommt ein Gefühl von Geborgenheit und ich fühle mich über alles geliebt und beschützt. Dann verschwinden die trüben Gedanken sofort. Ich könnte es ja jedes Mal sofort in die Hand nehmen wenn ich solche Gedanken habe, aber manchmal habe ich das Gefühl, leiden zu müssen, weil ich es nicht wert bin glücklich zu sein. Dann fühle ich mich als Opfer der Umstände und leide fürchterlich. Ja, das war meine Geschichte."

Alle waren sehr still geworden und Rumuck hat sogar ein paar Harztränchen vergossen. Die Geschichte hatte alle ihre Herzen berührt.
„Das einzige, was mir von meinem Bruder geblieben ist, ist sein Name", sprach Meeryam weiter, „er hieß Meelan."
Annomé und Carlotta sahen sich mit großen Augen an, und Rumuck wedelte vor Aufregung mit den Zweigen, so dass die Blätter ihnen nur so um die Ohren flogen. Nur Meelan blieb regungslos und verzog keine Miene. Es war so still, dass man gehört hätte, wenn eine Stecknadel auf den Boden gefallen wäre. Alle zuckten zusammen, als Meelan zu sprechen begann:

„Jetzt erzählte ich dir meine Geschichte. Es war einmal ein Elfenkönig...."

„...aber du wolltest mir doch deine Geschichte erzählen und kein Märchen", unterbrach ihn Meeryam.

Meelan legte seinen Zeigefinger auf seinen Mund und sagte: „Psst. Hör einfach zu, Meeryam."

Wie er das „Meeryam" auf einmal aussprach, Annomé und Carlotta wären beinahe dahingeschmolzen. Wieder begann Meelan:

„Es war einmal ein Elfenkönig, der hieß Togan. Sein Elfenreich war riesengroß, und dort lebten Wesen wie Feen, Trolle, Einhörner, natürlich Elfen und viele, viele andere Naturgeister. Eines Tages, alle hatten die Nacht zuvor im Feenschloss gefeiert, fand eine Fee unter einer alten Kastanie ein kleines wimmerndes Bündel. Es schien ein kleiner Elf zu sein und die Fee brachte ihn zum Elfenkönig Togan ins Elfenschloss."

Meelan erzählte Meeryam seine ganze Geschichte. Wie er aufgewachsen war, wer seine Freunde waren, und dass der Elfenjunge sich immer gefragt hat, wer wohl seine Eltern sein mögen und wo er her kam. Auch dieser Junge trug, als sie ihn fanden, ein Amulett um den Hals. Auch dieser Junge schrie furchtbar, wenn man versuchte, es ihm abzunehmen. Er erzählte ihr alles, bis auf die Geschichte mit der Verwandlung.

Meeryam war total durcheinander. Sie wusste nicht mehr, wo oben und unten war. Was war das gerade für eine Geschichte, die ihr dieser Junge erzählt hatte, und was hatte diese Geschichte mit ihm zu tun? Ihr Gesicht war ein einziges Fragezeichen. Sie sagte:

„Ein nettes trauriges Märchen, aber was hat sie mit dir zu tun?"

Meelan sprach ganz ruhig weiter und schaute dabei weiterhin in die Ferne.

„Und was würdest du sagen, wenn diese Geschichte gar kein Märchen ist, sondern alles wirklich genau so passiert ist?"

Meeryam war jetzt noch mehr verwirrt. War dieser Junge vielleicht ein bisschen verrückt? Sollte sie jetzt besser aufstehen und schleunigst verschwinden? Oder stimmte vielleicht alles, was er erzählt hatte? Und wieso trug er das gleiche Amulett wie sie? Der Junge, von dem er erzählte, war er das selbst? War das etwa seine Geschichte? Eine innere Stimme sagte ihr, dass sie hier bleiben sollte. Sie las ja gerade das Elfenbuch. Da bekannte sich ja auch eine namhafte Schriftstellerin dazu, dass sie Elfen sehen und mit ihnen sprechen konnte. Sollte hier vor ihr ein wahrhaftiger echter Elf sitzen? Na, dies würde sich doch wohl leicht überprüfen lassen. Meeryam sprach:
„Kannst du mir auch nur einen Beweis dafür liefern, dass das, was du mir erzählt hast, auch wirklich stimmt?"
Meelan grinste. „Einen? Jede Menge Beweise sogar, wenn du willst. Aber fall mir nicht vor Schreck um."
„Wer so eine Geschichte hat wie ich", entgegnete Meeryam, „den haut so schnell nix um."
„Na gut", sagte Meelan, „wir werden sehen. Die Geschichte, die ich dir erzählt habe, geht noch weiter."

Meelan erzählte von dem Elfenjungen, der sich plötzlich verwandelte, und von dem Mittsommerfest, an dem er dieses Mädchen mit dem Amulett im Garten entdeckte."
Meeryam starrte ihn an und konnte nichts sagen. Ihre Gedanken kreisten, Amulett und Verwandeln, Mittsommerfest, Garten, Mädchen, damit war wohl sie gemeint, und, und, und.
Annomé sagte zu Meelan: „Nun sprich doch nicht so in Rätseln mit ihr, sie ist ja schon ganz wuschig im Kopf."
Auch Carlotta meinte, er solle sich endlich outen und Klartext reden.
„Ihr habt ja Recht", sagte Meelan. „Ich sage es ihr jetzt."
Meeryam zog die Stirn kraus. Mit wem sprach er da wieder?
Meelan holte tief Luft und sagte: „Meeryam, auch wenn sich das

jetzt alles verrückt anhört, was ich dir sage, und ich weiß ja selber noch nicht, wie alles zusammenhängt, aber..."
„Nun mach schon", drängte Annomé und gab ihm einen kleinen Schubs. Sie hielt die Anspannung einfach nicht mehr aus, und sie dachte, du meine Güte, wie mag es Meeryam und Meelan erst gehen.
„Meeryam,....... der Junge in der Geschichte - das bin ich. Ich bin wirklich ein Elf." So, jetzt war es raus. Egal, was jetzt auch passierte, er war einfach erleichtert, dass er es gesagt hatte.
„Na endlich", sagte Carlotta. „Ich dachte schon, ich müsste mit meinem Besen nachhelfen."
Aus Meeryam platzte es raus: „Dann bin ich der Nikolaus, das ist genauso unwahrscheinlich."
Beide sahen sich in die Augen und mussten lachen. Sie lachten und lachten und so langsam fiel die Anspannung von ihnen ab. Auch Annomé, Carlotta und Rumuck mussten lachen. Als sich alle wieder beruhigt hatten, sagte Meelan: „Im Ernst Meeryam, ich bin ein Elf. Ich kann es dir auch beweisen."
„Und wie willst du das beweisen?" fragte Meeryam zweifelnd.
„Indem ich mich vor deinen Augen verwandeln werde. Du musst mir aber vorher versprechen, dass - egal was auch passiert - du nicht wegläufst. Warte, bis ich mich wieder zurück verwandelt habe."
„Versprochen", sagte Meeryam. Sie war gespannt bis unter die Haarwurzeln auf das, was nun passieren würde. Sie sah, wie der Junge sein Amulett in die Hand nahm und mit dem Finger die Konturen der Blume nachfuhr. Dabei schien er intensiv an etwas zudenken. Dann geschah es. Die Blume begann zu leuchten, in all ihren wunderbaren Farben. Das Leuchten wurde immer mehr und immer mehr und schließlich hüllte es Meelan ganz ein. Wie gebannt schaute Meeryam auf den Jungen und konnte so gar nicht glauben, was ihre Augen da sahen. Würde sie gleich aufwachen und hätte alles nur geträumt? Nein, sie saß hier im

Wald unter einer Kastanie, und es war alles Wirklichkeit. Ganz plötzlich erlosch das Licht und der Junge war wie vom Erdboden verschluckt.
„Na, glaubst du mir jetzt?" hörte sie die Stimme des Jungen in ihrem Kopf. Jetzt erinnerte sie sich wieder. Diese Stimme hatte sie doch schon auf dem Feldweg in ihrem Kopf gehört. Meeryam konnte nur noch stumm nicken.
Die Stimme in ihrem Kopf sagte: „Ich werde mich jetzt wieder zurückverwandeln." Wieder sah sie erst ein kleines Licht, das immer größer und größer wurde. Die Farben der Lichtsternblume leuchteten und Meeryam wurde es ganz warm ums Herz. Inmitten dieses Farbenspektakels tauchte der Junge wieder auf. Das Leuchten erlosch und er grinste Meeryam an.
„Das glaubt mir kein Mensch", murmelte Meeryam kopfschüttelnd. „Die stecken mich direkt in die Klapsmühle, wenn ich das jemandem erzähle."
„Musst du ja auch nicht", sagte Meelan. „Und das ist noch nicht alles." Er wurde wieder ernst. „Meeryam, ich habe dir noch gar nicht meinen Namen gesagt." Er machte eine kleine Pause, dann erst redete er weiter: „Ich heiße Meelan."
„Waa, waa, was hast du gerade gesagt? Hast du gesagt, du heißt Meelan? Wie mein Bruder?" Jetzt dämmerte es ihr. Das gleiche Amulett, der gleiche Name, Findelkind, und so weiter. Wie ein Puzzle fügte sich alles immer mehr zu einem Bild zusammen. „Du meinst, du bist mein Bruder Meelan?" platzte es aus Meeryam heraus.
„Ich weiß es ja auch nicht", gestand Meelan, „aber so viele Zufälle kann es doch gar nicht geben."
„Aber du bist ein Elf und ich bin ein Mensch. Schon deswegen kann es nicht sein", sagte Meeryam ganz aufgeregt.
„Meeryam, schau dir meine Ohren an. Er schob seine langen Haare hinter seine Ohren. Elfenohren sind normalerweise ganz spitz, meine sind zwar lang, aber oben eher rundlich. Hast du

dir mal deine Ohren richtig angeschaut?"
„Na klar, bin oft genug deswegen gehänselt worden. Was meinst du wohl, warum ich meine Haare lang über meine Ohren trage."
Dabei fuhr sie mit den Fingern die Konturen ihres Ohrs entlang.
„Meeryam", sprach Meelan, „ich habe den Verdacht, dass ein Elternteil von uns ein Elf ist und der andere ein Mensch."
„Ja geht das denn?" platzte Meeryam heraus.
„Ein ur-ur-alter Zwerg hat mir mal erzählt, dass an Mittsommer, wo sich die Menschen und die feinstofflichen Wesen ganz nah sind, es schon mal geschehen ist, dass sie sich vereinigt haben. Es muss aber schon ein ganz besonderer Mensch sein, weil er sonst die feinstofflichen Wesenheiten nicht sehen könnte.
„Na, das tröstet mich aber ungemein", sagte Meeryam. „Dann muss meine Mutter, oder von mir aus unsere Mutter, wenigstens ein ganz besonderer Mensch gewesen sein."
Meeryam wurde sehr nachdenklich. Dann sprang sie auf und rief: „Meelan, wenn du dich verwandeln kannst und wir wirklich Geschwister sein sollten, dann müsste ich mich doch auch verwandeln können." Ihre Wangen glühten vor Aufregung.
„Du hast recht", sagte Meelan, „versuch es doch einmal."
„Hier und jetzt?" fragte Meeryam, ganz außer Atem.
„Na klar, wenn nicht jetzt, wann dann? Was soll schon passieren, ich bin doch bei dir. Und außerdem", er grinste, „kann ich dir dann gleich mal meine Freundinnen vorstellen."
„Du meinst die, mit denen du die ganze Zeit quatschst?"
„Ja genau die", sprach Meelan und freute sich jetzt schon auf das Gesicht von Meeryam.
„Also los", sprach Meeryam und setzt sich wieder unter die Kastanie. Sie wollte lieber sitzen. Nicht dass sie noch umfiel und sich eine dicke Beule holte.
„Wenn du dich verwandelt hast, warte auf mich, ich komme dann nach. Will nur beobachten, ob auch alles glatt läuft.
„Okay" sagte Meeryam, „was muss ich tun?"

„Also, wenn ich mit dem Finger die Konturen der Lichtsternblume nachfahre und an meine Mutter denke, werde ich grobstofflich und wenn ich an meinen Vater denke, werde ich wieder feinstofflich", erklärte ihr Meelan.
„Hm, das sieht ja ganz so aus, als wenn unsere Mutter ein Mensch ist und unser Vater ein Elf", dachte Meeryam laut.
„Du hast recht", sprach Meelan, „darüber habe ich noch gar nicht nachgedacht."
Meeryam nahm ihr Amulett in die Hand und begann mit dem Zeigefinger die Konturen der Lichtsternblume nachzufahren und dachte an ihren Vater. Aber was sollte sie denken? Sie kannte ihn doch nicht. Nichts geschah. „Es funktioniert bei mir nicht", sagte Meeryam enttäuscht.
„Doch, hab nur ein bisschen Geduld. Stell dir doch einfach einen wunderschönen Elfen vor, mit wehendem Haar, der auf seinem Pferd durch den Wald reitet. Und dann denkst du, oh, mein Vater reitet dort."

Annomé und Carlotta konnten sich ein Kichern nicht verkneifen.
„Psssst", machte Meelan und die beiden verstummten wieder.
Meeryam war in Gedanken den Worten von Meelan gefolgt und fuhr weiterhin die Konturen der Lichtsternblume nach. Sie wollte schon aufgeben, da begann die Blume ganz leicht zu leuchten, dann immer mehr und immer mehr, bis Meeryam in den fantastischen Farben ganz eingehüllt war. Alle Zellen in ihrem Körper schienen zu vibrieren. Sie fühlte, wie sie immer leichter und leichter wurde. Dann erlosch das Licht, und was sie dann sah, haute sie um. Vor ihr standen grinsend eine Elfe, die ganz aufgeregt mit ihren Flügeln wackelte, und eine Hexe, die verlegen ihren Besen von einer in die andere Hand schob. Das war jetzt doch alles ein bisschen viel für Meeryam. Sie fiel einfach um.
„Wie gut, dass sie schon gesessen hat", meinte Carlotta trocken.

Als Meeryam aufwachte, sah sie, wie die Elfe ihr mit ihren Flügeln Luft zufächerte und die Hexe ihren Kopf hielt.
„Ich wusste gar nicht, dass Carlotta und ich so ein schrecklicher Anblick sind, dass man davon in Ohnmacht fällt", gickerte die Elfe albern. Carlotta reichte Meeryam die Hand und half ihr, sich wieder aufzurichten.
„Ich heiße übrigens Carlotta und bin die Hexe des Waldes."
„Und ich heiße Annomé und bin eine Elfe."
„Ich heiße Meeryam", sagte Meeryam mit dünner schüchterner Stimme.
„Wissen wir doch", kam es wie aus einem Mund von der Elfe und der Hexe. Und dabei lachten sie wieder. Jetzt sahen sie wieder dieses Leuchten und Meelan kam zu ihnen.
„Na", sagte er und grinste breit. „Habt Ihr euch schon bekannt gemacht?"
„Und wie", meinte Meeryam, „Ihr Anblick hat mich glatt umgehauen."
„Was habt Ihr wieder angestellt, Ihr Zwei?" fragte Meelan mit gespielter Strenge.
„Wir?" fragten beide zurück und schauten sich an. „Nix, wie immer."
Alle lachten wieder. Meeryam schaute an ihrem Körper herunter und staunte. Sie schien nur aus Lichtpartikeln zu bestehen, sogar ihre Kleidung, und sie fühlte sich wie eine Feder.
„Das Beste kommt noch", sagte Meelan und zeigte hinter sich. An Meelans Rücken waren zwei herrlich schillernde Elfenflügel zu sehen. Meeryam staunte.
„Heißt das, dass du auch fliegen kannst?" fragte sie ungläubig.
„Nicht nur ich, sondern du auch." Meelan lachte wieder, als er Meeryams verdutztes Gesicht sah.
„Wieso ich?" fragte Meeryam.
„Na, weil du, wie es ausschaut, auch Elfenblut in dir trägst, und wer Elfenblut hat, kann auch fliegen", klärte Meelan sie auf und

zeigte auf ihren Rücken. Meeryam griff vorsichtig nach hinten. Ihre Hand berührte etwas ganz Zartes.
„Oh, ich habe auch Flügel?"
„Ja", rief Annomé, „und was für welche, sie sind wunderschön."
„Und meint Ihr, damit kann ich auch fliegen?" fragte Meeryam ungläubig.
„Und wie noch", sagte Carlotta, „ungefähr so!"
Sie schwang sich auf ihren Besen und legte einen Blitzstart hin, der vom Feinsten war. Carlotta hatte so lange still stehen müssen, das war gar nichts für sie. In engen Kurven flog sie über den Wald und machte die wildesten Loopings.
„So isse, die Carlotta, immer flott unterwegs", sagte Annomé, während sie Carlotta hinterher schaute. Sie war wieder mal mächtig stolz auf ihre Freundin.
„Komm Meeryam", forderte Annomé sie auf, „lass uns auch ein Ründchen fliegen. Ich kann auch keine Minute mehr still stehen."
„Ja aber", meinte Meeryam noch, aber da war Annomé schon losgeflogen.
„Komm", sagte Meelan, „versuch es einfach. Es ist ganz leicht."
Meeryam bewegte leicht ihre Schultern und schon hob sie von der Erde ab. „Huch, das geht ja wirklich ganz leicht."
Meeryam flog erst ganz zaghaft nach oben. Dann flog sie die erste Kurve und langsam wurde sie immer sicherer. Und vor allem: Es machte ihr riesigen Spaß. Sie alberten herum. Elfen sind nämlich sehr albern, und gickerten und lachten. Rumuck seufzte und schüttelte ihre Äste. „Ne, ne, ne, diese Jugend." Auch für sie war dieser Tag ganz besonders aufregend gewesen.

Kapitel 14

Gayas Rose

**Das Licht der Hoffnung kommt immer dann,
wenn es wirklich gebrauch taber nicht erwartet wird.**

Karina war als Baby vor einem Krankenhaus ausgesetzt worden und in einem Heim aufgewachsen. Das Heim, in dem Karina lebte, lag am Stadtrand im Grünen. Dazu gehörten ein großer Garten und ein kleines Wäldchen. Karina, die die Natur liebte, verbrachte dort so viel Zeit wie möglich. Der Wald war Karinas liebster Spielplatz. Hier baute sie mit anderen Kindern Hütten, sie spielten Verstecken oder kletterten in den Bäumen herum. Manchmal ging sie aber auch ganz alleine ins Wäldchen, setzte sich unter einen Baum und lauschte einfach den Geräuschen des Waldes.

Eines Tages, als sie mal wieder im Wäldchen unter ihrem Lieblingsbaum saß und traurig war, passierte etwas Seltsames. Sie hatte das Gefühl, als wäre sie ein bisschen eingeschlafen. Es war aber ein anderer Schlaf als sonst, denn sie hörte noch alle Geräusche um sich herum, in der Ferne spielende und lachende Kinder, ja sogar die Vögel hörte sie zwitschern.

Aber trotzdem schien sie zu träumen, denn vor ihr erschien eine Frau wie aus dem Nichts. Sie war mit einem langen, dunkelroten Gewand bekleidet und von einem hellen Licht umgeben. Auf dem Kopf trug sie ein Tuch, das die gleiche Farbe hatte wie ihr Gewand. Sie setzte sich neben Karina, legte ihren Arm um sie und lächelte sie liebevoll an. Karina fühlte sich im Arm dieser Frau so geborgen wie noch nie zuvor in ihrem Leben. Ein ganz warmes Gefühl breitete sich überall in Karinas Körper aus.

Da die Frau nichts sagte, fragte Karina sie schüchtern:

„Wer bist du?"

„Ich heiße Gaya und bin die Mutter von allem was auf der Erde ist, was war und was sein wird." Die Stimme der Frau klang so angenehm und soooooo sanft.

Sie leuchtete so schön, als wenn in ihrem Innern eine riesengroße Taschenlampe wäre.

„Du leuchtest so schön", traute sich Karina weiter zu sagen.

„Auch du trägst dieses Licht in dir", sprach Gaya.

„Ich habe auch so ein Licht?" fragte Karina mit Zweifel in der Stimme.
„Ja, auch du hast so ein wunderschönes Licht in dir - und alle anderen Menschen auch."
„Aber was ist das, was so leuchtet?"
„Es ist deine Seele. Sie erstrahlt in einem wundervollen Licht, weil sie ein Teil von Gott ist."
„Du meinst, Gott wohnt in mir?" Karina zog ungläubig die Stirn kraus.
„Ja, Gott wohnt auch in Dir, besonders in deinem Herzen. Und wenn du auf die Stimme deines Herzens hörst, dann bist du Gott ganz nah."
„Aber mein Herz hat noch nie mit mir gesprochen", überlegte Karina laut.
Gaya lächelte. „Es spricht nicht mit Worten zu dir, es ist oft nur ein Gefühl. Es sagt dir, ob das, was du tust, gut oder nicht gut für dich ist. Dein Herz ist wie ein Kompass, der dich durchs Leben leitet. Du entscheidest selbst, ob du ihm folgst oder nicht."
Karina tat die Nähe von Gaya so gut, dass sie sich noch mehr in ihre Arme kuschelte. Sie spürte, dass sie ihr alles sagen konnte, was sie bedrückte und so erzählte sie ihr: „Weißt du, manchmal bin ich so traurig, weil ich keine Eltern habe."
Gaya antwortete: „Wenn du mal wieder traurig bist oder dich nach einer Umarmung sehnst, dann denk an mich und daran, dass ich dich über alles liebe. Ich werde immer für dich da sein, wenn du mich brauchst. Schließe einfach deine Augen. Erinnere dich an diesen Augenblick und an das Gefühl der Geborgenheit, das du gerade fühlst. So kannst du dich jederzeit wieder in meine Arme kuscheln.
Oh ja, dachte Karina, das mache ich.
Gaya lächelte. „Vergiss nie, dass du ein Teil Gottes bist und du mit dieser göttlichen Liebe, Kraft und Stärke vieles in deinem

Leben erschaffen kannst. Zur Erinnerung an unsere Begegnung schenke ich dir diese Rose, geliebtes Kind."
Sie legte Karina eine dunkelrote Rose in den Schoß, küsste sie zärtlich auf die Stirn und verschwand so plötzlich, wie sie gekommen war.
In der Nähe hupte ein Auto und Karina erwachte. Sie streckte ihre Arme und Beine und dachte: Was war das ein seltsamer Traum. Ihre Träume waren sonst immer so ganz anders, eher gruselig und eher in der Kategorie Albträume.
Mitten im Strecken und Recken erschrak Karina, denn sie entdeckte in ihrem Schoß eine Rose. Sollte alles doch kein Traum gewesen sein? Feine Schweißperlen bildeten sich auf ihrer Stirn. Aber das gibt es doch alles gar nicht, was sie da geträumt hatte. Und doch spürte sie die Rose in ihrer Hand.
Die Rose verströmte einen herrlichen lieblichen Duft. Und wieder breitete sich dieses wohlige Gefühl von Geborgenheit in ihr aus. So eine schöne Rose hatte sie noch nie gesehen. Sie hatte die gleiche Farbe wie das Gewand der Frau, die sie in ihrem Traum gesehen hatte. Ach du dickes Ei, dachte sie, das war alles gar kein Traum. Wo sollte sonst die Rose herkommen? Sie schaute sich um, sah aber weit und breit niemanden. Tausend Gedanken gingen ihr gleichzeitig durch den Kopf. Was hatte diese Frau, die Gaya hieß, nochmal alles gesagt? Würde sie alles wieder zusammen bekommen, was sie gesagt hatte?
Karina sprang auf und lief so schnell sie konnte zum Heim. Hoffentlich begegnete ihr niemand und hoffentlich konnte sie ungestört in ihrem Zimmer sein. Sie würde sich hinsetzten und alles aufschreiben, was die Frau zu ihr gesagt hatte.

Karina hatte Glück und gelangte ungesehen in ihr Zimmer. Jessica, mit der sie sich das Zimmer teilte, war heute bis zum späten Nachmittag in der Schule und somit war sie ungestört. Zuerst stellte sie die Rose in ein Glas Wasser, dann setzte sie sich an ihren Schreibtisch und legte einen Schreibblock vor sich. Sie schloss die Augen und versuchte sich an den Traum, der ja wohl keiner war, zu erinnern. Nach und nach fiel ihr alles wieder ein und sie schrieb und schrieb. Es schien, als würde ihr Stift von alleine übers Papier gleiten. Hoffentlich hatte sie auch nichts vergessen. Sie las sich nochmal alles durch und konnte es immer noch nicht glauben, dass sie dies alles wirklich erlebt haben sollte. Aber es gab ja einen Beweis, die Rose.

Plötzlich fühlte sie etwas, das sie noch nie zuvor in ihrem Leben gefühlt hatte, nämlich über alles geliebt zu sein. Sie spürte, wie sich eine große Freude und Kraft in ihr ausbreitete und es wurde sofort etwas heller im Zimmer.

Von diesem Tag an veränderte sich das Leben von Karina. Sie wusste jetzt, auch wenn sie keine Eltern hatte, sie wurde unendlich geliebt. Ja, sie konnte es sogar fühlen. Die Freude darüber gab ihr Kraft und Stärke, etwas in ihrem Leben zu verändern.

War sie sonst eher ein lustloses, gleichgültiges Kind gewesen, lebte sie nun förmlich auf. Die Erzieher im Kinderheim wunderten sich, wie sich Karina auf einmal veränderte. Sie lachte mehr, wirkte fröhlicher und ausgeglichener.

Auch ihre schulischen Leistungen verbesserten sich. Sie war nie eine gute Schülerin gewesen, die Schule war für sie nur ein notwendiges Übel. Jetzt sah sie es auf einmal anders. Wenn sie gut in der Schule war, hatte sie auch später bessere Chancen, den Beruf zu wählen, der ihr Spaß machte. Sie hatte viel mehr Möglichkeiten, in ihrem Leben etwas zu ändern, als sie dachte.

Als die Rose verblüht war, trocknete Karina die Blätter und steckte diese in eine Streichholzschachtel. Dazu legte sie einen kleinen Zettel, auf den sie in ihrer Kinderschrift „Für Karina von Gaya" schrieb. Auch im getrockneten Zustand verloren die Rosenblätter nie ihren Duft und ihr Magie. Die Streichholzschachtel trug sie stets bei sich.

Nach wie vor hielt sie sich am liebsten in der Natur auf. Hier konnte sie Kraft schöpfen und Energie tanken. Der Wald war wie eine Tankstelle für sie. Sie wuchs zu einer jungen, hübschen Frau heran und hatte viel Freude am Leben. Weil sie eine natürliche Fröhlichkeit ausstrahlte, war sie bei allen beliebt.

Noch so manches Mal dachte sie an die Zeit zurück, wo es anders war. In der sie sich als kleine graue Maus verlassen und ungeliebt gefühlt hatte. Dieser eine Tag im Wald hatte ihr ganzes Leben verändert. So oft sie sich auch nochmal unter den Baum gesetzt hatte, nie wieder hatte sie dieses Erlebnis. In Zeiten, in denen sie nochmal traurig war oder sich ungeliebt und allein fühlte, nahm sie einfach die Schachtel mit den Rosenblättern in die Hand und drückte sie an ihr Herz. Sie schloss die Augen und dachte an Gaya. Dann war sie wieder da, und Karina konnte sich in ihre Arme kuscheln. Dieses Gefühl von Geborgenheit und geliebt zu werden, war wie Heilsalbe für ihre Seele.

Kapitel 15

Magische Verbindung

**Wer sich von Herzen der Natur öffnet,
wird ihre unglaubliche Schönheit erkennen
und wahre Wunder erleben.**

Mit sechzehn Jahren war Karina aus dem Heim in eine Wohngruppe gezogen und lebte dort mit anderen Jugendlichen zusammen. Sie hatte mit viel Fleiß und Disziplin das Abitur geschafft. Da sie sich schon in jungen Jahren im Umwelt- und Tierschutz engagiert hatte, weil sie die Natur so liebte, beschloss sie, Umweltschutz zu studieren. Dazu musste sie zwar in eine andere Stadt ziehen, aber das machte ihr nichts. Sie hatte nicht nur die Zusage für den Studienplatz sondern auch noch die Zusage für das kleine Appartement und den Aushilfsjob bekommen. Karina hatte auch während der Schulzeit immer nebenher gejobbt. Sie war sich für keine Arbeit zu schade. Ob Küchenarbeit in einem Restaurant, Putzen, Kellnern, egal, Karina war dankbar, dass sie überhaupt die Gelegenheit hatte, ihr Taschengeld aufzubessern. Da sie immer sehr sparsam war, hatte sie sich schon ganz schön was angespart und darauf war sie sehr stolz.
Die anderen Jugendlichen bekamen von ihren Eltern, Großeltern, Tanten und Onkeln zu Festen wie Geburtstag, Weihnachten oder einfach nur so Geldgeschenke. Dies gab es ja alles für Karina nicht. Sie wusste genau, wenn sie nicht für sich selbst sorgte, würde es kein anderer tun.
Es war der 21. Juni als sie in der neuen Stadt ankam und ihr Appartement bezog. In zwei Reisetaschen hatte sie alles, was sie besaß. Sie hatte gelernt, dass sie keine Reichtümer brauchte, um glücklich zu sein. Glück und Zufriedenheit trug sie in sich. Natürlich freute auch sie sich, wenn sie etwas geschenkt bekam oder wenn sie etwas Schönes erlebte, aber ihr Glück war nicht davon abhängig.
Sie hatte es bei manchen Klassenkameraden gesehen, deren Eltern reich waren. Diese hatten alles, was sie sich nur wünschten, und waren trotzdem nicht glücklich. Sie brauchten immer neue Dinge, damit sie sich glücklich fühlten. Oft hatten sie das schönste Spielzeug, die tollsten und neusten Fahrräder, aber so richtig zufrieden waren sie trotzdem nicht, weil ihre Eltern keine

Zeit für sie hatten. Sie waren damit beschäftigt, immer mehr Geld zu verdienen, damit sie sich und ihren Kindern alle Wünsche erfüllen konnten. Je mehr sie sich leisten konnten, desto weniger Zeit hatten sie füreinander. Sie überhäuften ihre Kinder mit Geschenken und Geld und versuchten, auf diese Weise den Zeitmangel für die Kinder auszugleichen. Es war wie ein Teufelskreis, aus dem sie nicht herauskamen.
Karina war mit dem, was sie hatte, zufrieden. Das Appartement war zwar winzig klein, aber sehr gemütlich. Da es möbliert war, brauchte Karina nur ihre Sachen in den Schrank zu räumen, was schnell erledigt war. Sie schaute sich um. Ihre erste kleine eigene Wohnung, dachte sie, und war mächtig stolz auf sich. Das alles hatte sie alleine geschafft. Was wäre wohl aus ihrem Leben geworden, wenn sie damals als Kind im Wald diese Begegnung nicht gehabt hätte. Automatisch griff sie nach der Streichholzschachtel und fühlte eine große Dankbarkeit. Einen Moment stand sie da ganz still und in Gedanken versunken. Das Hupen eines Autos riss sie aus ihren Gedanken. Was sollte sie noch mit dem restlichen Tag anfangen? Es war ein wunderbarer Sommertag und draußen noch herrlich warm. Sie würde hier mal die Gegend erkunden.
Sie machte sich im Bad ein bisschen frisch und zog ihr blaues Sommerkleid an, das ihr zu den blonden langen Haaren besonders gut stand. Ein letzter Blick in den Spiegel und zufrieden verließ Karina das Appartement.
Draußen schlug ihr eine schwüle Luft entgegen. Ob sie noch eine Jacke mitnehmen sollte, falls es ein Gewitter geben würde? Ach was, es würde schon gut gehen. Sie stand vor dem Mehrfamilienhaus und schaute sich nach allen Seiten um. Sie hatte sich für eine Wohnung am Stadtrand entschieden, damit sie schnell in der Natur war und nicht noch erst mit der Bahn oder dem Bus fahren musste, um einen Waldspaziergang machen zu können. Dafür hatte sie einen längeren Anfahrtsweg zur Uni,

aber das war ihr egal. Sie feierte auch gerne mal mit Freunden oder ging durch die Geschäfte bummeln, aber die Nähe zur Natur war ihr wichtiger.

Sie ging ein kleines Stück die Straße entlang und dann die nächste Straße rechts in eine Sackgasse. Am Ende der Sackgasse bog sie in einen kleinen geteerten Weg ein, der rechts und links von Hecken gesäumt war. Dieser Weg endete direkt auf einem Feldweg. Links und rechts von ihr erstreckten sich große Felder, auf denen goldgelbes Getreide stand. Die Ähren wiegten sich im leichten Wind hin und her.
Karina blieb stehen und holte ein paarmal tief Luft. Oh, wie gut es hier duftete. Sie betrat den Weg, der zwischen den Feldern verlief und in einem Wald endete. Karina trat in den Wald ein und spürte die angenehme Kühle auf ihrer Haut. Auch hier roch es so gut, nach Moos und ein bisschen modrig. Langsam ging sie den Waldweg entlang.
Wie herrlich grün hier alles war. Die Vögel zwitscherten und Karina fühlte, wie ihr Herz vor Freude überlief. Es bedarf so wenig, um glücklich zu sein, dachte sie.
Karina spazierte weiter durch den Wald. Sie beschloss, den Weg zu verlassen und einfach quer durch den Wald zu gehen. Der Wald wurde immer dichter und Karina genoss die angenehme kühle Luft. Der moosige Boden unter ihren Füßen fühlte sich an wie Watte. Hier war es zwar ein bisschen finster, aber Karina hatte nie Angst im Wald, im Gegenteil, hier fühlte sie sich immer besonders beschützt und behütet. Und trotzdem hatte sie das Gefühl, dass sie jemand beobachtete. Mehrmals blieb sie stehen, schaute sich um und lauschte. Aber da war niemand. Komisch, dachte sie, dann habe ich mich wohl getäuscht.
An manchen Stellen musste sie sich bücken, um sich durch die dichten Sträucher ihren Weg zu bahnen. Plötzlich lichtete sich der Wald und sie stand auf einer kleinen Lichtung.

Karina war entzückt von dem Anblick, der sich ihr bot. Sie konnte sich vorstellen, dass hier im Morgennebel Elfen und Feen tanzen würden. Vielleicht sollte sie wirklich einmal morgens bei Sonnenaufgang hierhin kommen und nachschauen. Karina musste lachen, aber so abwegig war das ja auch nun wieder nicht, wenn sie an ihr Erlebnis mit Gaya dachte.

Mitten auf der Lichtung stand ein großer Eichenbaum, unter den sich Karina setzte. Wie schön es hier war und wie friedlich, dachte sie. Ihr fiel ein, das heute der 21. Juni und Mittsommer war. An diesem Tag sollte der Schleier zwischen den Menschen und den feinstofflichen Wesen ja besonders dünn sein. Wer weiß, dachte sie lachend, wem ich heute noch begegne. Vielleicht einer Wunschfee, dachte sie weiter, das wäre wunderbar. Aber so richtig konnte sie nicht daran glauben.

Es war früher Abend und für Karina war es ein aufregender Tag gewesen. Sie schloss die Augen und merkte jetzt erst, wie müde sie war. Sie fiel in einen seltsamen Schlaf. Sie hörte die Geräusche des Waldes um sich herum, das Zwitschern der Vögel und trotzdem hatte sie das Gefühl zu schlafen. Sie schlief nicht richtig, war aber auch nicht richtig wach. Karina dachte noch, genau wie damals, als ich Gaya begegnet bin.

Es schien ihr, als träumte sie. In ihrem Traum saß sie auch auf der Lichtung unter dem Eichenbaum. Überall auf der Wiese wuchsen Blumen, die sie noch nie zuvor gesehen hatte. Die Blumen sahen aus wie Sterne in dessen Mitte ein helles Licht leuchtete. Sie leuchteten so wunderschön in ihren Farben und verströmten nicht wie andere Blumen einen Duft, sondern ein Gefühl der Geborgenheit, Leichtigkeit und Freude.

Dann sah sie noch etwas. Am Waldrand entdeckte sie ein großes helles Licht, das langsam auf sie zukam. Bald schon konnte sie erkennen, dass dort ein Mann auf einem Pferd auf sie zugeritten kam. Der Mann und auch das Pferd waren in helles Licht eingehüllt. Ja, es sah so aus, als würden sie nur aus Licht be-

stehen. Je näher die beiden kamen, je besser konnte sie alles erkennen. Nicht nur das Pferd war bildschön, sondern auch sein Reiter. Alles war wieder so unwirklich. Karina war noch niemals in ihrem Leben so einem Mann begegnet. Er hatte ein eher kantiges Gesicht, das aber trotzdem weiche Züge hatte. Sein Haar war blond und es fiel ihm in wilden Locken bis auf die Schulter. Trotz der langen Haare sah er sehr männlich aus. Seine Augen strahlten sowohl Sanftheit als auch Entschlossenheit aus.
Alles an ihm glänzte und leuchtete. Kurz vor Karina zügelte er sein Pferd, schaute sie an und lächelte. Sie hätte nie gedacht, dass ein Mann so lächeln kann. Wie gut, dass sie schon saß, denn ihre Knie fühlen sich an, als seien sie aus Pudding.
Der Mann stieg vom Pferd, setzte sich neben Karina und schaute ihr tief in die Augen. Karina hatte das Gefühl, als wenn er ihr bis auf den Grund ihrer Seele schauen würde.
„Wie ist dein Name?" fragte er Karina.
Seine Stimme war sanft, aber auch kräftig und sehr klar. Sie verriet ihm ihren Namen und fragte ihn, wer er denn sei.
„Du würdest es mir doch nicht glauben", antwortete er lachend.
„Bist du ein Engel?" fragte ihn Karina.
„Nein", sagte der Mann lächelnd. „Stellst du dir so einen Engel vor?"
„Na ja, also, nicht wirklich", antwortete Karina. "Es ist nur, weil du so leuchtest."
„Ich bin ein Elf", sprach er und strahlte sie an. Stolz warf er seinen Kopf in den Nacken, dass seine wilden Locken nur so flogen.
„Ein Elf?" fragte Karina ungläubig. „Elfen habe ich mir immer viel kleiner vorgestellt."
„Oh, wir Elfen können jederzeit unsere Größe verändern, so wie es die Situation gerade erfordert", klärte er Karina auf.
Sie schaute ihn an und konnte sich kaum von seinem Anblick losreißen. Wenn er tatsächlich ein Elf ist, dann ist er bestimmt

der schönste Elf von der ganzen Welt, dachte sie.
Der Elf lachte wieder und sagte schmunzelnd: „Danke für das Kompliment."
„Wie, wie meinst du das?" stotterte Karina verlegen und wurde ganz rot im Gesicht.
„Ich kann nicht nur deine Worte hören, sondern auch deine Gedanken", erklärte er ihr.
„Ach du meine Güte", dachte Karina. Schnell wechselte sie das Thema und zeigte auf die Lichtsternblumen.
„Ähm, hier wachsen überall Blumen, die ich noch nie zuvor gesehen habe", sagte sie.
„Es ist die Lichtsternblume und nur die Menschen können sie nicht sehen. Aber manche können sie fühlen, die Liebe, die Freude, die Leichtigkeit und Geborgenheit, die sie ausströmen. Deshalb gibt es Menschen, die viel Zeit im Wald verbringen, ohne genau zu wissen, warum ihnen der Waldspaziergang so gut tut, so wie du."
„Bist du der einzige Elf hier im Wald?" fragte Karina.
„Oh nein!" sagte er und lachte auf. „Die meisten von uns feiern gerade Mittsommer, viele auch in den Gärten der Menschen."
„Die meisten von uns?" fragte Karina. "Wer sind die meisten von uns?"
„Oh, Elfen, Feen, Zwerge, Einhörner, Hüterwesen, Trolle und viele mehr."
„Es gibt sie also wirklich?" Karina staunte nicht schlecht.
„Natürlich. Hast du etwa daran gezweifelt? Gerade du, die du ein Kind des Waldes bist?"
„Woher weißt du das?"
„Es steht in deinem Herzen geschrieben", klärte der Elf sie auf.
Karina war sprachlos. „Du kannst in meinem Herzen lesen?"
„Ja, wie alle feinstofflichen Wesen. Ihr könntet das auch, wenn Ihr Menschen mehr aus dem Herzen leben würdet."
Der Elf legte ganz sanft seinen Arm um Karinas Schultern. Seine

Berührung war nur wie ein Hauch zu spüren. Obwohl Karina Fremden gegenüber immer eher zurück haltend war, fühlte sie sich zu diesem Mann magisch hingezogen. Es war wie ein Sog, dem sie sich nicht entziehen konnte. Ein kleiner Teil in ihr sträubte sich noch, sich in die Arme dieses Mannes fallen zu lassen.
„Lass dich einfach fallen, du wunderschönes Wesen, und lass deinen Gefühlen freien Lauf. Sperr sie nicht länger ein und lass sie fließen, einfach fließen und genieße es."
Seine Stimme war wie Musik in ihren Ohren. Sie spürte Gefühle, die sie nie zuvor gefühlt hatte. Karina konnte nicht anders, als ihren Kopf an seine Schulter zu lehnen. Sie dachte noch, es ist ja alles nur ein Traum, oder?
„Lass deinen Verstand ruhen, er würde diesen magischen Moment nur zerstören", flüsterte er ihr ins Ohr und küsste sie zärtlich auf die Stirn.
Karina genoss es, in den Armen dieses Mannes zu liegen und sich vollkommen ihren Gefühlen hinzugeben. Es fühlte sich an, als wenn ein Fluss der Gefühle sie durchströmte. Was für ein Traum, dachte Karina wieder.
Der Elf genoss es aber ebenso, Karina in den Armen zu halten. Ihm ging es nicht anders als ihr. Er fühlte sich magisch zu ihr hingezogen. Was geschieht hier, dachte Karina, und der Elf dachte das gleiche. Beide waren in einem Nebel von Licht und Gefühlen eingehüllt und ihre Körper schienen miteinander zu verschmelzen.
Vom Waldrand her beobachtete Lahmynana die Szene und sagte: „Es wird geschehen, was geschehen muss. Verbindungen werden hier und jetzt geknüpft, und eine Brücke wird entstehen, zwischen dieser und jener Welt. Die Zeit ist gekommen."
Liebevoll lächelte Lahmynana und sein goldenes Licht leuchtete nochmal so hell.
Seine Aufgabe war es, die Welt der Feinstofflichen und die der

Menschen wieder zu vereinen. Mit der Vereinigung von Karina und dem Elf hatte er den Samen für die Verbindung der Welten gesät. Er würde die Verbindung langsam und behutsam wachsen lassen wie eine kleine Pflanze, sie begleiten, leiten und sie beschützen. Er wusste, dass Dinge geschehen mussten, die weder Karina noch der Elf verstehen würden, aber zum Besten und zum Wohle aller sein würden.
Er schickte eine weitere Lichtwolke voller Liebe und Magie in Richtung Elf und Karina. Dann wurde das goldene Licht um Lahmynana größer und größer, bis er darin verschwand.

Kapitel 16

Ausgeträumt

Gegen die innere Stimme zu handeln,
bedeutet sich selbst die Lebenskraft zu nehmen.

Karina erwachte, wie aus einem ganz tiefen Schlaf. Sie öffnete die Augen und wusste im ersten Moment gar nicht, wo sie war. Warum saß sie hier im Wald unter einem Baum? Wie war sie hierhergekommen? Nebelschwaden zogen über die Lichtung und ein neuer Tag war angebrochen. Habe ich hier etwa die ganze Nacht verbracht? Was war geschehen? Karina hatte das Gefühl, als wenn nicht nur die Lichtung, sondern auch ihr Verstand vernebelt wäre.

Sie stand auf und taumelte, so dass sie sich am Baum abstützen musste. Reiß dich zusammen, dachte sie. Sie schüttelte ihren Kopf und holte ein paarmal tief Luft. So langsam wurde sie wieder klar im Kopf. Je klarer sie wurde, desto mehr erinnerte sie sich. Sie war hier unter dem Baum eingeschlafen und hatte von einem Elf geträumt. Er hatte sie in seinen Armen gehalten und geküsst. Sie hatte sich zu diesem Elf magisch hingezogen gefühlt. An mehr konnte sie sich nicht erinnern. So sehr sie auch grübelte, der Rest war wie in dichten Nebel eingehüllt. Was war noch alles geschehen? Karina konnte sich an nichts mehr erinnern. Nur dieses wunderbare Gefühl, dieser Zauber, den der Elf bei ihr ausgelöst hatte, war geblieben.

Sie schaute sich um. Die Lichtsternblumen, gestern leuchteten hier doch noch überall Lichtsternblumen. Wo waren sie? Mit ihren Händen glättete sie ihr Kleid, das ganz verknittert war. Dann machte sie sich auf den Weg nach Hause. Immer wieder schaute sie sich um, ob sie irgendwo den Elf oder eine Lichtsternblume entdecken konnte, aber es war so, als hätte es beides nie gegeben. Werde ich jetzt verrückt, dachte Karina oder was ist mit mir los?

Langsam und in Gedanken versunken ging Karina zurück in Richtung Stadt. Da es noch sehr früh am Morgen und Wochenende war, begegnete ihr niemand auf dem Weg zu ihrem Appartement. Sie merkte nicht, dass ihr jemand bis zu ihrer Wohnung folgte, denn die Nacht der Nächte war vorbei, und der

Schleier zwischen den Welten hatte sich wieder geschlossen. Er konnte sie sehen, sie ihn aber nicht. Auch seine Worte und sein Rufen konnten sie nicht mehr erreichen.
Je mehr Tage vergingen, desto mehr vergaß Karina das Erlebnis im Wald und je mehr verblasste das Bild von dem wunderschönen Elfen. Doch dann wurde sie jäh wieder an diese Nacht erinnert.
Mit Entsetzen stelle Karina nach ein paar Wochen fest, dass sie schwanger war. Das konnte doch nicht sein, es war doch alles nur ein Traum. Dieser Traum, der so schön begann, schien zu einem Albtraum zu werden. Um Gewissheit zu haben, suchte sie einen Arzt auf. Der bestätigte ihr, was sie schon geahnt hatte, aber nicht wahr haben wollte. Aber nicht nur das. Der Arzt stellte auch noch fest, dass es nicht nur ein Kind war, das sie unter ihrem Herzen trug, sondern zwei. Auch noch Zwillinge, dachte Karina verzweifelt. Was sollte sie bloß tun? Sie fühlte sich mit der Situation einfach überfordert.
Oft saß Karina in ihrem Appartement und weinte sich die Augen aus. Was sollte jetzt aus ihrem Studium werden? Wie gut, dass sie wenigsten den Aushilfsjob hatte. Jetzt hätte sie so dringend eine Mutter, einen Vater, eine Familie gebraucht. Aber sie hatte niemanden. Sie fühlte sich so verlassen und allein.
Wem konnte sie sich anvertrauen und ihr Herz ausschütten? Eine Nachbarin aus dem Haus gegenüber, sie hieß Irene, hatte wohl mitbekommen, dass es ihr nicht gut ging und Karina gefragt, ob sie ihr irgendwie helfen könnte. Sie war sehr nett und ab und zu hatten sie auf der Straße ein paar Worte gewechselt. Aber was sollte sie ihr erzählen? Dass sie mit Zwillingen schwanger war von einem Elf? Das glaubte ihr doch kein Mensch. Sie konnte es doch selbst nicht glauben.
Eines Morgens, Karina war noch in einer Art Halbschlaf, saß plötzlich Gaya an ihrem Bett und lächelte sie an. Sofort fühlte Karina wieder ihre Liebe und die Geborgenheit. Dann sprach sie

zu Karina: „Geliebtes Kind. Alles geschieht zum Wohle und zum Besten aller. Habe keine Angst, ich werde immer bei dir sein, auch wenn du mich nicht immer siehst. Du wirst Dinge erleben, die du nicht begreifst, aber alles hat einen Sinn."
„Aber warum hast du mich all die Jahre nicht besucht?" fragte Karina.
„Ich war immer da, auch wenn du mich nicht gesehen hast. Gefühlt hast du mich aber immer, wenn du an mich gedacht hast. Denke an deine Rosenblätter.
Jetzt bin ich hier, um dir Mut und Kraft zu geben. Denn deine Lebensaufgabe ist wichtig und wertvoll für diese Welt."
Gaya küsste Karina auf die Stirn und verschwand in dem Licht, aus dem sie gekommen war. Karina spürte auf einmal eine große Kraft in sich wachsen, die ihr Vertrauen und Hoffnung gab.

So oft er konnte, besuchte der Elf Karina, aber davon bekam sie nichts mit.
Dann war es soweit, die Zwillinge erblickten das Licht der Welt. Karina hatte Sorge, dass die Kinder irgendwie anders aussahen oder ihnen etwas fehlte. Oft hatte sie den Arzt bei den Untersuchungen gefragt, ob auch alles mit den Kindern in Ordnung sei. Aber er hatte ihr jedes Mal versichert, dass alles bestens sei. Das Einzige, was ein wenig anders aussah, waren die Ohren. Sie waren zwar nicht ganz so spitz wie Elfenohren, aber auch nicht so rund wie Menschenohren.
Als Karina mit den Zwillingen nach Hause kam, eilte die Nachbarin aus dem Haus gegenüber ihr zu Hilfe. Gemeinsam trugen sie Karinas Gepäck und die Zwillinge nach oben.
Als Karina die erste Nacht mit den Zwillingen zu Hause war, passierte wieder etwas Seltsames. Sie hatte den beiden ein Schlaflied gesungen und war dabei selbst eingeschlafen. Es war wieder so ein komischer Schlaf, nicht richtig wach und nicht richtig im Schlaf. Ein goldenes Licht erschien im Zimmer. Es

wurde größer und größer und hüllte den ganzen Raum in goldenes Licht. In diesem Licht erschien ein wunderschöner Engel. Er hatte goldene, sehr große Flüge. Er sah so sanft aus und schien nur aus Licht und Liebe zu bestehen. Er sprach zu Karina: „Mein Name ist Lahmynana. Ich überbringe den Kindern das Amulett mit der Lichtsternblume, denn auch sie werden Lichtbringer sein. Sie sind die Wegbereiter, die diese Welt wieder mit der anderen vereinen. Sie sollen dieses Amulett immer tragen, als Symbol für die Verbundenheit zwischen den Welten. Es wird ihnen noch große Dienste erweisen und verleiht ihnen ganz besondere magische Fähigkeiten.“ Dann legte er jedem Kind ein Amulett um den Hals, auf dem die Lichtsternblume zu sehen war. Lächelnd und zufrieden betrachtete er die Kinder. „Alles, was geschieht, ist genauso gewollt, und du bist immer beschützt und behütet, auch wenn du manchmal daran zweifelst. Habe Vertrauen und denke daran, dass die Dinge nicht immer so sind, wie sie zu sein scheinen.“ Er lächelte Karina an, schaute nochmals liebevoll auf die Zwillinge und verschwand in dem goldenen Licht.

Als Karina erwachte und die Amuletts bei ihren Kindern sah, war sie sprachlos. Ob es noch andere Menschen gab, die so etwas erlebten wie sie? Aber sie konnte ja schlecht jemanden fragen, ob er schon mal einen Engel oder einen Elf gesehen hätte. Na ja, obwohl: In vielen Religionen gibt es Engel und die Menschen glauben daran. Aber wenn jemand erzählen würde, dass er einen Engel gesehen hat, würden sie ihn wohl für verrückt erklären. Das war schon eine komische Welt. Die Menschen beteten zu Gott und glaubten an Engel, aber irgendwie auch nicht.

Karina liebte ihre Kinder über alles und konnte nicht verstehen, dass es Mütter gab, die ihre Kinder nicht haben wollten, so wie ihre Mutter.

Wenn sie die Zwillinge anschaute und ihre Ohren betrachtete, musste sie an den Elfen denken. Sie wusste nicht, dass er oft neben ihr stand und stolz und wehmütig auf seine Kinder schaute. Karina hatte zwar manchmal das Gefühl, dass sie nicht allein war, konnte aber niemanden sehen. Es war das gleiche Gefühl, das sie damals im Wald hatte, als sie dachte, es verfolge sie jemand.

Eine Woche bevor es wieder Mittsommer war, saß Karina am Bettchen ihrer Kinder, die nun fast drei Monate alt waren, und sagte zu ihnen: „In ein paar Tagen ist Mittsommer. Dann gehe ich mit euch in den Wald und dann besuchen wir euren Papa."

Vor ein paar Tagen war Karina dieser Gedanke gekommen. Sie wusste zwar auch nicht so recht, was sie sich davon versprach, aber ein Gefühl sagte ihr, dass sie dies tun sollte. Nicht nur die Zwillinge hatten gehört, was ihre Mama sagte, sondern auch der Elf, der gerade mal wieder zu Besuch war. Er freute sich jetzt schon auf ihr Wiedersehen.

Karina wollte aber noch vor dem 21. Juni etwas erledigen. In einer entfernten Stadt sollte es ein Heim für ledige junge Mütter geben. Die Kinder wurden tagsüber betreut, während die Mütter ihren Schulabschluss, eine Lehre oder Studium machten. Zwar sagte ihr ein Gefühl, dass sie damit noch warten sollte, aber Karina missachtete dieses Gefühl. Ach was, dachte sie, was erledigt ist, ist erledigt. Hätte sie mal lieber auf ihre innere Stimme gehört, denn mit der Entscheidung gegen ihr Gefühl zogen dunkle Wolken für Karina am Himmel auf.

Die Kinder konnte sie so lange bei ihrer Nachbarin Irene und ihrem Mann lassen. Sie wusste, dass sie bei den beiden in den allerbesten Händen waren. Da die Stadt weit entfernt war, würde sie zwei Tage weg sein. Sich von den Kindern zu verabschieden, fiel ihr sehr schwer.

An dem Morgen, als sie zum Bahnhof ging, zog ein schweres Gewitter auf und wieder hatte sie so ein ungutes und mulmiges Gefühl. Auch als sie schon im Zug saß, hatte sie das Bedürfnis, einfach wieder auszusteigen, aber sie tat es als albern ab und fuhr los. Als sie in der Stadt ankam, rief sie nochmal bei Irene

an, ob alles in Ordnung sei. Sie wusste, dass die Zwillinge gut versorgt waren, denn sie fühlte, wie sehr Irene die Kinder liebte.
Karina wollte vom Bahnhof aus die Straße überqueren, da passierte es. Ein Dieb entriss ihr die Handtasche und rannte damit davon. Karina schrie noch: „Halt, meine Tasche...!" und rannte dem Dieb über die Straße hinterher. Sie hörte Bremsen quietschen und einen blechernen Knall und sie fühlte, wie sie durch die Luft flog. Sie wartete darauf, dass sie auf dem harten Asphalt aufschlug, aber stattdessen landete sie weich in den Armen von Gaya. Sie hörte noch, wie diese zu ihr sagte: „Hab keine Angst mein Kind, ich bin bei dir." Dann wurde es dunkel um Karina.
Karina erwachte in einem Krankenbett. „Ah, sie ist wach", hörte sie eine Stimme sagen. Eine freundliche Krankenschwester kam an ihr Bett und sagte: „Der Arzt kommt gleich und wird mit ihnen sprechen." Dann war sie wieder verschwunden. Kurz darauf ging die Tür auf und ein Arzt betrat das Krankenzimmer. Er zog sich einen Stuhl an Karinas Bett und lächelte sie an.
„Mein Name ist Meurer und ich bin ihr behandelnder Arzt. Sie müssen mehr als einen Schutzengel gehabt haben. Sie haben nur eine leichte Kopfverletzung und ein paar geprellte Rippen. Es ist ein Wunder, dass sie keine größeren Verletzungen haben, ja dass sie überhaupt noch leben." Der Arzt schüttelte ungläubig und nachdenklich den Kopf.
„Was ist passiert?" fragte Karina.
Der Arzt runzelte die Stirn. „Sie können sich nicht mehr an den Unfallhergang erinnern?"
„Was für ein Unfall?" fragte Karina.
Dr. Meurer erzählte ihr, dass Passanten beobachtet hatten, wie ein Dieb ihr die Handtasche entriss und sie ihm, ohne nach rechts oder links zu schauen, über die Straße gefolgt und direkt vor ein Auto gelaufen sei. Karina konnte sich an nichts mehr erinnern.

„Dann nehmen wir jetzt erst mal ihre Personalien auf. Dr. Meurer hatte einen Bogen Papier vor sich liegen und fragte: „Wie heißen sie?" Er wollte schon losschreiben, aber Karina antwortete nicht. Er schaute auf und sah, dass Karina starr an die Decke schaute.
„Ich weiß es nicht", sagte Karina verzweifelt.
„Wie", sagte Dr. Meurer, „Sie wissen nicht wie sie heißen?" Karina zermarterte sich ihr Gehirn, aber da war nur eine große unendliche Leere. Panik überfiel sie. Wer war sie, wo wohnte sie, Fragen über Fragen. Tränen liefen ihr übers Gesicht.
Dr. Meurer hatte Mitleid mit der jungen Frau. „Das kommt schon mal vor, dass man nach so einem schweren Unfall für kurze Zeit sein Gedächtnis verliert. Aus meiner Erfahrung kommt das aber nach ein paar Tagen wieder." Manchmal aber auch nicht, dachte er. Aber das sagte er der Patientin natürlich nicht. Karina wurde immer panischer.
„Leider wurde der Dieb, der ihre Handtasche geklaut hat, nicht gefasst, sonst hätten wir ja ihre Papiere und wir wüssten, wer sie sind. Und sonst hatten sie nichts bei sich."
Oh mein Gott, dachte Karina, der Dieb hat nicht nur meine Tasche, sondern meine Identität und auch mein vergangenes Leben geklaut.
„Das Einzige, was wir bei ihnen gefunden haben, war diese Streichholzschachtel", sagte Dr. Meurer und deutete mit dem Kopf auf das Nachtschränkchen. Karina schaute auf die Streichholzschachtel und griff mit zitternden Fingern danach. Langsam schob sie das Schächtelchen heraus. In der Schachtel waren nicht wie erwartet Streichhölzer, sondern getrocknete Rosenblätter. Sie dufteten herrlich und ein angenehmes Gefühl durchströmte Karina. Aber es befand sich auch noch ein kleiner Zettel darin. In Kinderschrift stand darauf: „Für Karina von der Großen Mutter."
„Und?" fragte Dr. Meurer gespannt. „Können sie sich an etwas erinnern?" Karina zeigte ihm den Inhalt und den Zettel. Er

runzelte die Stirn und sagte: „Jetzt wissen wir schon mal, dass sie Karina heißen. Das ist doch schon mal ein Anfang." Er gab Karina die Streichholzschachtel zurück und sagte: „Ich gebe ihnen jetzt noch eine Beruhigungsspritze und morgen sieht die Welt vielleicht schon ganz anders aus."

Danach fiel Karina in einen tiefen Schlaf. In dieser Nacht träumte sie, dass eine Frau an ihrem Bett saß. Obwohl sie ihr Gedächtnis verloren hatte, konnte sie sich daran erinnern, dass es Gaya war und dass sie ihr schon mehrmals begegnet war. Sie sagte, sie solle Vertrauen haben und zur richtigen Zeit würde die Erinnerung wieder kommen.

Aber auch in den nächsten Tagen kam ihr Gedächtnis nicht wieder. Die Presse kam und machte Fotos von Karina. In allen Zeitungen erschien ein Artikel über Karinas Schicksal mit der Überschrift: „Wer kennt diese Frau?". Aber niemand meldete sich, der Karina kannte.

Die Ärzte versuchten alles, um Karina ihre Erinnerung wieder zu geben, aber vergeblich.

Dr. Meurer fand durch die ganzen Gespräche heraus, dass Karina sich sehr für die Natur und die Umwelt interessierte. Ein Freund von ihm war Biologe und arbeitete im Umweltschutz. Er machte die beiden bekannt und hoffte, dass sich Karina durch die Gespräche an irgendetwas aus ihrer Vergangenheit erinnerte. Das war leider nicht der Fall, aber dafür freundeten sich Karina und Jürgen, so hieß der Biologe, an. Sie waren sich beide sehr sympathisch und da Jürgen Single war und alleine in einem Haus mit viel Platz wohnte, bot er Karina an, erst mal zu ihm zu ziehen. Karina nahm das Angebot dankbar an, denn sie wusste ja nicht, wo sie hin sollte.

Jürgen wohnte außerhalb von der Stadt im Grünen. Karinas Herz machte einen Sprung als sie sah, das nicht weit hinter dem Haus ein riesiges Waldgebiet lag. Jürgen staunte immer wieder, was

Karina alles über die Natur wusste. Seine Firma arbeitete rund um den Umweltschutz. Sie beriet andere Firmen, wie sie umweltfreundlicher produzieren konnten. Auch war sie in der Forschung tätig und betrieb viele Aufklärungsprojekte, zum Beispiel an Schulen, um mit den Kindern über den respektvollen Umgang mit der Natur zu sprechen.
Karina war Jürgen bei seiner Arbeit eine richtige Hilfe, und deshalb stellte er sie nach einiger Zeit als seine Assistentin ein. Jetzt hatte sie ein eigenes Gehalt, was ihr ein gutes Gefühl gab und sie unabhängig machte.
Manchmal hatte sie so ein Gefühl, als wenn sie nach etwas suchen müsste, aber sie wusste nicht nach was. Dann verfiel sie wieder ins Grübeln darüber, wer sie war. Wartete vielleicht jemand auf sie? Was war mit ihren Eltern? Irgendwer musste doch auch nach ihr suchen! Aber sie wusste ja nicht, dass hunderte Kilometer von ihr entfernt tatsächlich nach ihr gesucht wurde, und ihre einzigen Angehörigen zwei drei Monate alte Kinder waren. Dummerweise hatte Karina Irene nicht erzählt, wo sie hinfahren wollte.

Mit der Zeit nahm Karina ihr Schicksal an. Immer wieder nahm sie ihre Streichholzschachtel und drückte sie an ihr Herz. Dann erinnerte sie sich immer an die Worte, die Gaya zu ihr im Krankenhaus gesagt hatte. Dass die Erinnerung zur rechten Zeit kommen würde. Das gab ihr jedes Mal Trost und Hoffnung.
Karina und Jürgen kamen sich mit der Zeit näher, wurden ein Paar und heirateten schließlich. Auch wenn Jürgen nichts über Karina wusste, liebte er sie von ganzem Herzen.

Am 21. Juni wartete der Elf damals vergeblich auf der Lichtung auf Karina. Er hatte sich schon so gefreut, und er wusste jetzt auch, wie sie einen Weg zueinander finden könnten, nämlich über das Amulett der Kinder. Das hatte ihm der Engel

Lahmynana gesagt. Die Amulette waren voller Magie, wodurch sich der Träger Zutritt in die Welt der Feinstofflichen verschaffen konnte. Es war die Verbindung zwischen der Welt der Menschen und der Welt der Feinstofflichen.

Als Karina an Mittsommer nicht im Wald erschien, begab sich der Elf zu Karinas Wohnung. Aber dort war sie auch nicht. Immer wieder ging er in den nächsten Tagen dort hin, aber weder sie noch die Zwillinge waren dort. Eines Tages, auf dem Weg zurück zum Wald, kam er an einem Haus vorbei und stutzte. Das waren doch seine Kinder, die dort auf der Terrasse in einem Kinderwagen lagen! Er näherte sich den Kindern und tatsächlich, das waren Meelan und Meeryam. Von den Menschen unbemerkt trat er ins Haus. Dort konnte er aus einem Gespräch zwischen dem Mann und der Frau entnehmen, was geschehen war.

Dass Karina für zwei Tage verreisen wollte und nicht wiedergekommen war. Er wusste genau, dass Karina niemals ihre Kinder freiwillig verlassen würde. Was war nur geschehen? Nachdem Karina auch in den nächsten Wochen nicht wieder auftauchte, beschloss der Elf, seine Kinder zu sich zu holen. Dank dem Lichtsternblumenanhänger war es ihm ja möglich, die Kinder mit in das Reich der feinstofflichen Wesen zu nehmen. Die Gelegenheit hat sich so ergeben, dass er zuerst Meelan holen konnte. Er würde kurze Zeit warten, bis die Menschen nicht mehr so aufmerksam waren, dann würde er wieder kommen und auch Meeryam holen. Doch als er das nächste Mal zu dem Haus kam, waren die Menschen ausgezogen. Würde er Meeryam und Karina je wiedersehen?

Kapitel 17

Das Amulett

Um einen Weg zu beginnen, braucht es ein großes Ziel und das Wissen, dass jeder einzelne Schritt schon das Erreichen eines kleinen Zieles ist.

Meelan saß unter Rumuck und wartete. Er war mit Meeryam, Carlotta und Annomé verabredet. Es war das erste Treffen nach ihrer ersten Begegnung. Meelan war ganz aufgeregt. Er war schon sehr früh hierhergekommen, damit er Meeryam ja nicht verpasste.

„Bin ich hier richtig bei der Mission Lichtsternblume?" fragte eine Stimme aus der Baumkrone von Rumuck.

Meelan schaute nach oben und entdeckte Annomé ganz oben auf dem höchsten Ast von Rumuck.

„Was machst du denn da oben?" fragte er sie.

„Ich schaue, ob ich Meeryam schon sehen kann."

„Und?" fragte Meelan. „Kannst du sie schon sehen?"

„Nö", sagte Annomé. „Aber aus der Richtung, aus der sie kommen müsste, nähert sich so was wie ein Wirbelsturm mit Carlottageschwindigkeit."

Und schon donnerte Carlotta über Rumuck. Von dem Fahrtwind wäre Annomé fast von ihrem Ast geweht worden. Im letzten Moment konnte sie sich noch festhalten. Puh, das war nochmal gut gegangen.

„Och Carlotta, musst du immer so einen Wind machen", schimpfte sie. Schnell flog sie runter zu Meelan.

„Was hat auch so ein kleines Elfchen wie du da oben im Baum zu suchen", konterte Carlotta.

„Jetzt streitet euch nicht", ging Meelan dazwischen.

„Wir? Streiten?" fragte Annomé unschuldig.

„Wir doch nicht", sagte Carlotta verschmitzt.

„Wo nur Meeryam bleibt", fragte Meelan und schaute zur kleinen Tannenschonung, durch die Meeryam kommen musste.

„Sei gaaaaanz entspannt und geduldig", sagte Annomé.

„Na, das sagt die Richtige". Meelan schmunzelte.

„Alles ist gut", sagte Carlotta. „War gerade schon nachschauen. Sie ist eben erst zur Tür raus. Also das wird noch ein bisschen dauern. Aber vielleicht können wir uns ja schon mal Gedanken

darüber machen, wie wir bei der Mission Lichtsternblume weitermachen können."
„Ich habe mir schon das Hirn zermartert, aber ich habe keine Idee", sagte Meelan verzweifelt.

Von der Tannenschonung hörten sie ein Geräusch, und dann trat auch schon Meeryam mit Puschel auf die Lichtung.
Nanu, dachte Meeryam, ist denn noch keiner da?
„Doch", hörte sie Meelans Stimme in ihrem Kopf. „Wir sind hier unter Rumuck. Am besten verwandelst du dich, dann können wir uns alle sehen und miteinander sprechen."
Meeryam hatte einen ganz roten Kopf, denn sie war die ganze Strecke vom Haus bis hierhin gelaufen, da sie so spät dran war.
„Oh je", sagte Meeryam, als sie auf Rumuck zuging, „hoffentlich überrenne ich hier niemanden, weil ich euch ja nicht sehen kann."
„Wir werden schon rechtzeitig auf Seite springen, denn wir sehen dich ja", beruhigte sie Meelan lachend.
Meeryam setzte sich unter Rumuck und holte erst ein paar Mal tief Luft. Dann nahm sie ihr Amulett in die Hand, schloss die Augen und begann mit dem Ritual. Sie dachte, vielleicht war die Verwandlung nur eine einmalige Sache und es klappt nicht noch einmal.
„Du musst dich ganz und gar konzentrieren und aus dem Herzen an unseren Vater denken", hörte sie Meelans Stimme.
Meeryam atmete drei Mal tief in ihr Herz, dachte an ihren Vater und wie sie sich danach sehnte zu wissen, wer er ist. Die Lichtsternblume begann zu leuchten, erst schwach und dann immer intensiver. Meeryam fühlte wieder dieses Kribbeln in all ihren Zellen und dann war es wieder vollbracht.
Grinsend standen Carlotta, Annomé und Meelan vor ihr. „Herzlich willkommen in der Welt der Elfen", sagte Meelan und machte eine ausladende Verbeugung.

„Ohhhhh", sprach Annomé mit gespielt beleidigter Stimme", für mich hat er das noch nie gemacht."
„Warum soll Meelan dich auch in der Welt der Elfen willkommen heißen?" fragte Carlotta sie kopfschüttelnd.
Annomé zuckte nur mit den Schultern. Alle lachten und setzten sich zusammen in einen Kreis.
„Und was ist mit mir?" fragte Puschel. „Wer spielt mit mir?"
„Du machst jetzt schön ein Mittagsschläfchen", tröstete Meeryam ihn, „und wenn wir wieder zu Hause sind, bekommst du einen extra großen Knochen."
„Oh ja", freute sich Puschel, „extragroß", und jeder konnte sich vorstellen, was Puschel sich gerade vorstellte. Brav suchte er sich ein Plätzchen unter dem Baum, schloss die kleinen dunklen Knopfaugen und mit einem Seufzer ging er in das Land der Träume, dort wo die extragroßen Knochen waren.
Ein weiterer Vorteil von Meeryams Verwandlung war, dass sie nun mit Puschel richtig sprechen konnte.
„Also", sprach Annomé ganz gewichtig, „wie gehen wir jetzt weiter vor und auf was konzentrieren wir uns zuerst. Auf die Suche nach eurem Vater oder eurer Mutter?"
„Sagtest du gerade konzentrieren und wir?" fragte Carlotta skeptisch und runzelte dabei nachdenklich die Stirn."
„Ihr werdet euch noch alle wundern", sagte Annomé. Denn wenn ich wirklich wollen würde, dann könnte ich es auch. Ich meine, mich konzentrieren und so. Ach, ich glaube, einer meiner Vorfahren war bestimmt ein Luftikus." Dabei schmiss Annomé die Arme nach oben, verdrehte die Augen und schaute zum Himmel.
„Und deswegen klappt dass mit meiner Erdung nicht immer so gut", schloss sie mit einem Seufzer.
Das sah so witzig aus, dass wieder alle lachten und auch Annomé grinste übers ganze Elfengesicht. Die Elfen waren ein lustiges Völkchen und sie lachten gerne und viel.
„Apropos wundern", ergriff Meelan das Wort. „Wie wäre es denn,

wenn wir Zadkiel nochmal um Hilfe bitten würden?"
„Wer ist Zadkiel?" fragte Meeryam.
„Zadkiel ist ein Engel", klärte Meelan sie auf.
„Was sagtest du gerade? Habe ich das richtig verstanden? Ihr wollt einfach so einen Engel fragen?"
„Na klar", bemerkte Annomé, „das ist eine unserer leichtesten Übungen."
„Besonders für Annomé", sagte Meelan, „weil sie da, da, da, dann immer so vor Aufregung stottert."
„Überhaupt nicht", fauchte Annomé und wurde ein klein wenig rot, denn sie dachte an ihre letzte Begegnung mit Zadkiel.
„Also", sagte Carlotta, „sollen wir ihn jetzt rufen oder nicht?"
„Wie jetzt?" schoss es aus Meeryam raus. „Der kommt dann auch noch hier her zu uns?"
„Na klar", sagte Meelan.

Bei der Vorstellung, dass hier gleich ein leibhaftiger Engel erscheinen würde, wurde Meeryam ganz schwindelig.
„Die Engel sind ganz oft hier auf der Erde und auch im Anderswald", klärte Meelan Meeryam auf. „Nur leider könnt Ihr Menschen sie nicht sehen, aber da sind sie trotzdem, so wie wir. Wir sind ja auch da, obwohl Ihr uns nicht sehen könnt."
„Viele Menschen glauben nur an das, was sie auch sehen können", gab Meeryam zu.
„Glaubst du daran, dass es Liebe, Angst oder Gedanken gibt?" fragte Meelan. Meeryam sagte ohne zu überlegen:
„Na klar gibt es die."
„Kannst du sie sehen, anfassen, schmecken, hören oder riechen?" fragte er weiter.
Meeryam überlegte kurz und schüttelte dann langsam den Kopf. „Nein."
„Siehst du, und trotzdem existieren sie."
Meeryam nickte. „Stimmt, ein schönes Beispiel."

„Und was ist jetzt mit Zadkiel?" fragte Annomé schon ganz unruhig.
„Ja", sagte Carlotta. „Lasst uns Zadkiel rufen, er ist ja für Wunder und Veränderung zuständig, und Ihr wollt ja, dass sich etwas ändert. Dafür brauchen wir wahrhaftig ein Wunder. Ich denke, wir sollten jetzt einen Moment still sein, alle an Zadkiel denken und ihn bitten, hierher zu kommen, um uns zu helfen. Auch die kleine zappelige Elfe neben mir", rügte Carlotta Annomé liebevoll.
„Ja, ja, ja. Bin ja schon ruhig", sagte Annomé schnell. Doch dann rief sie: „Stopp, stopp! Mir fällt da gerade etwas ein."
Alle schauten Annomé erwartungsvoll an.
„Ob Ihr es glaubt oder nicht, aber Ihr kennt ja alle den großen Engel Lahmynana?" Alle nickten. „Vor langer, langer Zeit, ich wollte gerade ein Mittagsschläfchen unter einer Lichtsternblume halten, da stand er plötzlich hinter mir. Mein Gott hatte ich mich erschrocken."
„Da wäre ich zu gerne dabei gewesen", sagte Carlotta schmunzelnd.
„Also, auf jeden Fall habe ich ganz locker mit ihm über die Lichtsternblume geplaudert."
Jetzt mussten alle schallend lachen, denn jeder konnte sich vorstellen, wie aufgeregt Annomé damals gewesen war. Von wegen locker. Selbst Annomé konnte sich ein Lachen kaum verkneifen, wenn sie an ihre Begegnung mit Lahmynana und ihr Stottern dachte. Wie aufgeregt war sie damals gewesen!
Aber sie sprach ruhig weiter: „Lahmynana erklärte mir damals, dass er die Lichtsternblume erschaffen hat und sie die gleiche Aufgabe hat wie er, nämlich die Welten wieder zu vereinen. Da auch Ihr durch euer Amulett eng mit der Lichtsternblume verbunden seid, was liegt da eigentlich näher, als Lahmynana um Hilfe zu bitten?" Annomé zuckte mit den Schultern und legte die Stirn in Falten. „Ich kann euch nicht sagen warum, aber ich habe so ein Gefühl, als wenn er mit all dem hier etwas zu tun hat."

Bei dem Gedanken, dass Lahmynana hier gleich erscheinen könnte, wurde ihr jetzt schon ganz warm ums Herz.
„Ja", stimmte Meelan ihr zu. „Wenn das so ist wie du sagst, macht es echt Sinn, Lahmynana um Hilfe zu bitten."
„Dann lasst uns jetzt alle an Lahmynana denken, und wir bitten ihn zu kommen", schlug Carlotta vor.
Alle schlossen die Augen und dachten an den großen, prächtigen Engel mit seinen goldenen Flügeln und dem goldenem Licht.
Nach einem kurzen Moment der Stille sagte Meelan: „So, jetzt brauchen wir nur geduldig zu warten." Meelan hatte das Wort „geduldig" mit Nachdruck ausgesprochen und dabei grinsend auf Annomé geschaut.
Die stützte ihr hübsches Elfenköpfchen auf ihre Hände, verdrehte die Augen und stöhnte.
Kurz darauf stieß sie einen spitzen, kurzen Schrei aus, so dass alle vor Schreck zusammenzuckten. Sogar Rumuck hatte vor Schreck ein paar Blätter fallen lassen.
„Mensch Annomé, spinnst du!" bollerte Carlotta sie an. „Ich hab mich vielleicht erschrocken!"
Annomé ignorierte Carlotta, zeigte ganz aufgeregt auf die Tannenschonung und rief. „Da, da, da, kommt er schon."
„Ich sagte doch, sie stottert immer, wenn sie einen Engel sieht", sagte Meelan, nicht ohne Triumph in der Stimme.
Meeryam staunte über das, was sie nun sah. Tatsächlich kam ein goldenes Licht auf sie zugeschwebt, aus dem ein Engel erschien.
„Ihr habt mich gerufen?" begrüßte Lahmynana sie freundlich und liebevoll. Wenn Meeryam nicht schon gesessen hätte, sie wäre glatt umgefallen. Sie konnte kaum glauben, was sie da sah. Der Engel aus maigrünem und cremefarbenem Licht war riesengroß und komplett in ein strahlendes goldenes Licht gehüllt.
Alle waren so beeindruckt, dass erst mal keiner ein Wort sagen konnte. Nur Annomé brachte ein schüchternes „Ha, ha, ha, hallo" hervor, worüber Carlotta in schallendes Gelächter aus-

brach. Das war so ansteckend, dass alle erst mal kräftig lachen mussten, einschließlich Rumuck, die dadurch wieder ein paar Blätter verlor. Lahmynana strahlte noch mehr als vorher.
Nachdem sich alle wieder beruhigt hatten, sprach Meelan: „Entschuldige Lahmynana, aber Annomé ist immer für einen Lacher gut.“ Annomé rammte ihm liebevoll ihren Ellenbogen in die Seite und musste selbst über sich grinsen.
„Aber warum entschuldigst du dich für euer Lachen", sprach Lahmynana. „Wir Engel sind gerne dort, wo gelacht wird und wo Fröhlichkeit herrscht. Das ist eine wunderbare Energie und dann ist meistens auch Jophiel nicht weit."
Und tatsächlich sahen sie einen Engel in goldgelbem Licht lustig über die Wiese hüpfen. Seine Freude, die er ausstrahlte, war geradezu ansteckend.
„Ach der schon wieder!" kreischte Annomé lachend los, als sie ihn sah. Die anderen brachen ebenfalls in albernes Gelächter aus. Alle hielten sich die Bäuche vor Lachen bis sie nicht mehr konnten.
So plötzlich Jophiel gekommen war, war er auch wieder verschwunden.
„Das war doch schon mal ein guter Anfang", bemerkte Lahmynana.
„Was für ein Anfang?" fragte Meelan.
„Schaut euch euer Amulett mal genau an", forderte Lahmynana Meeryam und Meelan auf. Euer Vorhaben steht wahrlich unter einem guten Stern.“ Er deutete auf den Stern der Lichtsternblume. „Die Energien aller Engel habe ich in diesem Stern vereint. Sie alle werden euch bei eurer Aufgabe, die Ihr hier auf der Erde zu erfüllen habt, unterstützen. Eure Eltern zu finden, ist nur ein Teil eurer Lebensaufgabe."
Meelan hatte eine wunderbare Idee. „Lahmynana, kannst du uns nicht sagen, wer unsere Eltern sind? Das wäre doch das Einfachste.“

Annomé nickte ganz heftig mit ihrem Elfenköpfchen und ihre Augen wurden immer größer. Jetzt, dachte sie, jetzt endlich würde sich das Geheimnis lüften. Aber falsch gedacht, denn Lahmynana klärte sie auf:

„Natürlich könnte ich euch sagen wer eure Eltern sind." Annomé hielt die Luft an und traute sich kaum zu atmen.

„Aber es hat auch einen Sinn, warum Ihr es nicht wisst."

Alle Anwesenden hatten auf einmal ein großes Fragezeichen auf der Stirn. Jetzt musste Lahmynana lachen, als er in ihre Gesichter schaute.

„Ihr habt das Ziel herauszufinden, wer eure Eltern sind und zu diesem Ziel führt ein Weg. Das Ziel ist für euch wichtig, aber noch wichtiger ist der Weg dorthin. Die Probleme und Aufgaben, die euch auf eurem Weg begegnen, sind mit vielen Gefühlen und Erfahrungen verbunden. Und genau darum geht es. Eure Seele ist hier auf der Erde, um viele Gefühlserfahrungen zu sammeln, um sich weiter zu entwickeln. Wir helfen euch dabei, aber dies findet oft im Verborgenen statt, so dass Ihr es gar nicht mitbekommt.

An den sogenannten Zufällen haben immer Engel und Helfer mitgewirkt, damit sie überhaupt geschehen konnten. Alles geschieht immer dann, wenn die Zeit, und besonders Ihr, dafür reif seid. Dass das Mittsommerfest im Garten von Meeryam stattfand, war auch kein Zufall. Viele Engel haben dabei geholfen, dass Ihr euch dort begegnen seid, weil genau jetzt der richtige Zeitpunkt für euer Zusammenkommen ist. Habt Vertrauen und hört auf die Stimme eures Herzens, denn sie ist wie ein Kompass auf eurem Lebensweg. Gott und die Engel leiten euch.

Die Welt ist voller Engel, die sich bemühen den Seelen dabei zu helfen, ihre Lebensaufgabe zu erfüllen. Geht euren Weg mit Freude und einer großen Portion Humor, das gibt euch Kraft, Mut und Leichtigkeit."

Wieder nickte Annomé heftig, so dass Lahmynana lächeln musste.
Er sprach weiter: „Versteht Ihr jetzt, warum ich euch nicht sagen kann, wer eure Eltern sind?"
Ein zögerliches Nicken kam von allen Anwesenden. So langsam verstanden sie, worum es ging.
Jetzt traute sich auch Meeryam etwas zu sagen: „Aber wir wissen ja noch nicht mal, ob unsere Eltern noch leben. Vielleicht ist unsere Suche ja zwecklos." Traurigkeit überfiel Meeryam und Tränen traten in ihre Augen.
„So viel kann ich euch verraten", sprach Lahmynana, „eure Eltern leben. Wenn es an der Zeit ist, werden sie für euch da sein, genau in dem Moment, in dem Ihr sie braucht. Und noch etwas: Die Dinge sind nicht immer so, wie sie zu sein scheinen."
Mit diesen rätselhaften Worten entschwand Lahmynana in seinem goldenen Licht so plötzlich, wie er gekommen war.

Einen Moment war es sehr still unter der alten Kastanie.
Erst jetzt schienen sie begriffen zu haben, was Lahmynana gesagt hat.
„Meeryam, Meeryam, hast du gehört was er gesagt hat?" fragte Meelan ganz aufgeregt und freudig. „Er hat gesagt, dass unsere Eltern noch leben!"
„Oh Meelan!". Meeryam schmiss sich förmlich in Meelans Arme und dieser hielt sie ganz fest. Die ganze Anspannung, die Zweifel, die Ängste, die Ungewissheit, schienen auf einmal aus ihr herauszubrechen. Sie weinte bitterlich, so dass es sie schüttelte und rüttelte. Meelan hielt sie ganz fest. Er streichelte ihr immer wieder über den Kopf und sagte: „Ist ja gut, ist ja gut, meine liebe Schwester. Lass alles raus, lass einfach laufen."
Die Freunde schauten stumm zu. Der Anblick der Geschwister berührte alle ihre Herzen. Es gab keinen, der nicht auch ein Tränchen im Auge hatte.

Als sich Meeryam wieder beruhigt hatte, konnte auch sie die Freude über das, was Lahmynana gesagt hatte, spüren. Die Hoffnung, die er ihnen geschenkt hatte, das spürten beide, gab ihnen die Kraft, die sie brauchten, um ihren Weg weiter zu gehen.

„Das war ja ganz schön aufregend", entfuhr es Carlotta.

„Und ich kann noch immer nicht glauben, gerade wirklich und wahrhaftig einen Engel gesehen und mit ihm gesprochen zu haben", sagte Meeryam fassungslos.

„Ja und nu?" fragte Annomé neugierig. "Wie geht´s jetzt weiter?"

Meelan und Meeryam zuckten nur hilflos mit den Schultern.

„Wie wäre es denn, wenn wir das Gremium für die Mission Lichtsternblume etwas erweitern würden?" fragte Carlotta in die Runde.

„An wen hattest du denn gedacht?" fragte Meelan.

„Wie wäre es mit Fips, Farina und, jetzt schlag mich bitte nicht, Annomé,..." Carlotta ging gespielt in Deckung, „...Jasper?"

„Waaas?" rief Annomé aufgebracht. „Dieser eingebildete Fatzke? Was versprichst du dir denn von dem?"

„Wir wissen doch alle, dass Jasper ein wandelndes Lexikon ist und über uraltes Wissen von Anbeginn der Zeit verfügt. Dies könnte uns vielleicht für unsere Mission nützlich sein."

„Carlotta hat recht", sagte Meelan. „Wir sollten jede Hilfe in Anspruch nehmen, die wir bekommen können."

„Aber können wir Jasper vertrauen?" fragte Annomé. Sie hatte da Zweifel.

„Wer ist Jasper und wer ist Farina?" wollte Meeryam jetzt wissen.

„Jasper und Farina sind die Einhörner des Waldes", klärte Meelan sie auf.

„Einhörner? Das wird ja immer besser. Ich dachte die gibt es nur im Film", sagte Meeryam. Sie kam aus dem Staunen gar nicht mehr heraus.

„Wie wäre es denn, wenn wir erst Farina fragen, ob sie bereit ist uns zu helfen, und ob sie Jasper für vertrauenswürdig hält. Sie ist ja schließlich auch ein Einhorn und kann das bestimmt besser beurteilen als wir", schlug Meelan vor.
„Gute Idee", sagte Annomé, „und Fips laden wir dann auch gleich dazu ein. Er weiß ja sowieso schon Bescheid und er kann uns vielleicht mit seinen guten Ideen helfen."
„Ich muss auch gleich nach Hause", sagte Meeryam, „damit meine Eltern keinen Verdacht schöpfen. Aber bevor ich wieder nach Hause gehe, möchte ich noch eine Runde drehen. Das fliegen war soooo schön."
„Wir können dich ja alle zusammen bis zur Brücke begleiten, und du verwandelst dich dann dort im Schutze der Bäume", schlug Carlotta vor.
„Eine gute Idee", fand Meeryam. „An das Fliegen könnte ich mich glatt gewöhnen."
Sie vereinbarten das nächste Treffen und flogen los. Puschel rannte fröhlich bellend am Boden mit. Carlotta war nicht mehr zu halten und flog wilde Kurven und Loopings, dass Meeryam nur so staunte. Annomé amüsierte sich prächtig über die Kunststücke ihrer Freundin und klatschte immer wieder begeistert Beifall. Sie liebte es, Carlotta bei Fliegen zuzuschauen, wenn diese so ungestüm durch den Wald düste. Hauptsache, sie musste dann nicht hinter Carlotta sitzen.
Am Waldrand verabschiedeten sie sich von Meeryam und Puschel und alle freuten sich schon auf das nächste Treffen. Carlotta hatte noch eine ganz besondere Überraschung für Puschel.
„Weil du so brav warst, bekommst du jetzt schon deinen extragroßen Knochen." Carlotta öffnete Wumpi, murmelte etwas, sagte dann Ratz-fatz und holte einen Knochen aus Wumpi. Er sah recht klein und mickrig aus und Puschels Gesicht zeigte unverkennbar, dass er sichtlich enttäuscht war. Alle konnten sich ein Lachen kaum verkneifen. Sobald Carlotta den Knochen auf

die Erde legte, mutierte er zum Riesenknochen. Puschel bellte laut vor Freude und wedelte wild mit seinem Schwänzchen. Alle freuten sich mit Puschel. Bevor dieser sich den Knochen schnappte, sagte er noch zu Wumpi:
„Duuu. Magst du mein Freund sein?"
„Ja gerne", antwortete Wumpi und wurde wieder etwas verlegen.
„Duuuuuu. Hast du da noch mehr Knochen drin?" fragte Puschel Wumpi erwartungsvoll. Wieder mussten alle über den raffinierten kleinen Puschel lachen.
„Nein", sagte Wumpi, „nur wenn Carlotta welche zaubert."
„Ooooooo schade", sagte Puschel enttäuscht. „Aber du bist trotzdem mein Freund." Dann schnappte er sich den Knochen, den er kaum tragen konnte und stolzierte davon.
Noch lange schaute Meelan Meeryam hinterher, bis er sah, dass sie vom Feldweg aus in ihren Garten verschwand. „Bis bald, meine liebe Schwester", sagte er ganz leise.
„Bis bald, mein lieber Bruder", hörte er in seinem Kopf. Über Meelans Gesicht ging ein strahlendes Lächeln

Kapitel 18

Müllalarm

In einer guten Gemeinschaft kann niemand Fremdes seine Altlasten entsorgen.

In der gleichen Nacht gab es eine weitere Aufregung im Anderswald. Arta sah schon von weitem die Lichter eines Autos langsam herankommen. Nanu, dachte sie, was macht ein Auto zu so später Stunde hier im Wald? Der Wagen kam langsam näher. Arta hatte ein komisches Gefühl, dass hier etwas nicht stimmte. Das Auto, das an ihr vorbeifuhr, war ein großer Geländewagen, und es saß nur ein Mann im Auto. Jetzt konnte Arta erkennen, dass das Auto mit blauen Plastiksäcken vollbepackt war.
Arta ahnte Schlimmes. Bestimmt wollte dieser Mensch die Säcke hier in ihrem schönen Wald entsorgen. Immer wieder kam es vor, dass Menschen ihren Müll im Wald abluden. Manchmal sogar riesige Müllsäcke, alte Farbeimer oder Bauschutt. Was dachten sich diese Menschen nur dabei, wenn sie den schönen Wald so verschmutzten?
Was sollte sie tun? Hinterherlaufen konnte sie ja schlecht. Sie musste jemanden rufen, aber wen? Da fiel ihr plötzlich ein, dass Annomé es sich heute Nacht in ihrer Krone in einem alten Bussardnest gemütlich gemacht hatte.
„Annomé, Annomé, wach auf! Aaaaaaaufwaaaaachen", rief sie ganz laut, aber Annomé schlief immer noch selig in ihrem Vogelnest. Na gut, dachte Arta, dann eben auf die weniger sanfte Tour. Sie wippte mit dem Ast, auf dem das Vogelnest war, immer auf und nieder, immer stärker. Annomé träumte gerade, dass sie mit einem Boot auf dem Meer fuhr. Ein Sturm kam auf und das Boot fing an, wie wild zu schaukeln. Annomé wurde fast übel. Bevor sie von einer großen Welle aus dem Boot geschleudert werden konnte, wachte sie auf. Puh, war das ein schrecklicher Traum, dachte sie noch, da merkte sie, dass der ganze Baum wackelte und die Blätter von Arta laut rauschten.
Ach Arta war das und kein Meeresrauschen. Aber, es war gar kein Wind. Warum wackelte der ganze Baum? Jetzt hörte sie Artas Stimme: „Na endlich bist du wach. Du hast ja einen Bärenschlaf." Arta war ganz aufgeregt. Annomé rieb sich die

Augen und sagte noch ganz verschlafen: „Was ist denn los? Warum weckst du mich aus meinem schönem Traum?" Doch dann fiel ihr ein, so wirklich schön war der ja gar nicht. Wie gut, dass Arta sie geweckt hatte, noch bevor sie im großen Meer gelandet war. Annomé schüttelte sich bei diesem Gedanken.
„Mach schnell!" rief Arta. „Da vorne fährt ein Auto, vollgeladen mit Müllsäcken. Die will der bestimmt hier im Wald entsorgen."
„Was?" rief Annomé entsetzt und war auf einmal hellwach. „Wo?"
„Siehst du da hinten die zwei roten Lichter? Das sind die Rücklichter von dem Auto." Annomé schaute den Weg entlang und tatsächlich, da fuhr ganz langsam ein Auto. Plötzlich waren die Lichter nicht mehr zu sehen.
„Arta!" rief Annomé erschrocken." Das Auto ist bestimmt rechts in den Weg abgebogen, der zum Bach führt, da wo Rumuck steht. Ja, er will bestimmt seinen Müll in den Bach werfen."
„Oh wie schrecklich", rief Annomé aufgeregt. „Wir müssen die anderen verständigen und versuchen, es zu verhindern." Annomé dachte, bis ich bei Meelan, Carlotta oder sonst wem bin, hat der schon seinen ganzen Müll entladen.
„Arta, wir müssen mit der Kraft unserer Gedanken die anderen verständigen, das geht am schnellsten. Sie sollen alle hierher zu dir kommen."
Einen kleinen Moment war es ganz still, dann sagte Arta: „Sagtest du gerade – wir?"
„Ja, ich weiß", antwortete Annomé, „das ist nicht gerade meine Stärke, aber ich versuche es. Das ist unsere einzige Chance. Ich versuche, Carlotta zu erreichen, sie wird mich wohl am ehesten hören."
„Na, dann mal los", sagte Arta und begann in Gedanken die Freunde zu rufen. Annomé konzentrierte sich ganz auf Carlotta und dachte an sie. In Gedanken stand sie in Carlottas Hexenhaus neben ihrem Bett. Doch schon schweiften ihre Gedanken wieder fort und sie dachte, was der wohl für Müll im Auto hat. „Oh,

Mist", sagte Annomé, als sie merkte, dass sie mit ihren Gedanken nicht mehr bei Carlotta war.
„Was ist los?" fragte Arta.
„Meine Gedanken auf eine Sache zu konzentrieren, ist gar nicht so einfach, aber ich versuche es nochmal."
„Ja, tu das", seufzte Arta. Dann war es wieder still. Wieder dachte Annomé an Carlotta, stand in Gedanken an ihrem Bett und jetzt rief sie in Gedanken immer wieder ihren Namen. Carlotta, Carlotta, wach auf. Wir brauchen deine Hilfe. Komm zu Arta und zwar flott, flott! Carlotta wachte auf und dachte, hat mich da nicht Annomé gerufen? Sie schaute sich um, aber ihre Freundin war nirgends zu sehen. Jetzt hörte sie wieder die Stimme von Annomé, aber in ihrem Kopf, so wie ein Gedanke, nur mit Annome's Stimme. Carlotta schloss die Augen und antwortete Annomé in Gedanken:
„Was ist los? Warum weckst du mich?" Annomé hörte plötzlich Carlottas Stimme in ihrem Elfenköpfchen.
Sie schrie ganz aufgeregt „Juchhuuuuu, ich hab´s geschafft, ich hab´s geschafft!"
Arta schüttelte sich, dass Annomé fast aus ihrem Nest gefallen wäre.
„Pssst, nicht so laut", flüsterte Arta.
Annomé war aber schon wieder ganz konzentriert und hatte die Augen geschlossen. Sie antwortete Carlotta:
„Alarmstufe 1, ich sage nur, Müllalarm! Verständige bitte auch die anderen, das geht schneller, als wenn ich das mache."
„Geht klar", antwortete Carlotta. Es dauerte nur einen Augenblick, bis sich die Freunde bei Arta eingefunden hatten.
Meelan hatte Thilion mitgebracht. Die beiden kamen in halsbrecherischem Tempo auf Aragon angeritten. Es schien, als würden Aragons Hufe gar nicht den Boden berühren. Auch jetzt, im Licht des Mondes, glänzte sein Fell, dass es nur so funkelte. Als Annomé sie kommen sah, versuchte sie noch schnell ihr

wuscheliges Haar in Ordnung zu bringen. Carlotta, die gerade neben ihr gelandet war, sagte nur:
„Vergiss es.“
„Okay”, sagte Annomé und ließ es bei dem Versuch, denn ihr Haar war eh nicht zu bändigen.
Fips kam mit Sir Wieselflink und Farina mit Jasper. Als die Freunde Farina fragend anschauten, erklärte sie etwas verlegen:
„Ach, Jasper war zufällig in der Nähe, und ich dachte, ich dachte, äh, ja, er weiß ja so viel und vielleicht kann er uns ja behilflich sein, bei was auch immer.“
Fragend schaute sie Annomé an. Jasper sagte nichts, sondern schmiss mal wieder mit einer eleganten Kopfbewegung sein Schopfhaar zur Seite. Annomé und Carlotta schauten sich an und verdrehten nur die Augen. Dann erkläre Annomé ihren Freunden die Situation. Alle redeten durcheinander:
„Unverschämt“ schimpfte Fips. „So eine Frechheit”, wetterte Farina. „Das dürfen wir nicht zulassen”, rief Meelan.
„Ruhe jetzt!” rief Arta mit kräftiger Stimme. „Wenn Ihr noch lange hier herum palavert, ist es zu spät, und der Müll liegt in unserem schönen Wald.“
„Er will sein Auto bestimmt am Bach ausladen”, rief Annomé.
„Ich verständige alle Zwerge, die dort in der Nähe wohnen”, sagte Fips und sauste mit Sir Wieselflink davon. „Wir treffen uns am Bach bei Rumuck”, rief er seinen Freunden noch zu und war auch schon verschwunden.
„Wir nehmen die Abkürzung quer durch den Wald”, rief Farina und galoppierte mit Jasper in einem Affenzahn davon. Es war ein phantastischer Anblick, wie die zwei schneeweißen Einhörner nebeneinander in wilder Jagd davonstoben.
„Annomé”, rief Carlotta, „du fliegst bei mir mit, dann geht es etwas schneller.“
„Wenn´s dann sein muss”, murmelte Annomé.
„Hast du was gesagt?” fragte Carlotta.

„Ich, äh, nee, wieso?" tat Annomé ganz unschuldig.
Carlotta griemelte und schwang sich auf ihren Besen.
„Nun komm schon, du Angsthase", drängelte sie Annomé. Jetzt schwang sich auch Annomé hinter Carlotta auf den Besen. Als Carlotta in ihrer üblich ungestümen Art startete, kniff sie die Augen zusammen und dachte, mir ist jetzt schon übel.
Neben sich bemerkte sie einen Luftzug und öffnete ein wenig die Augen. Auch Aragon hatte den hindernisfreien Weg durch die Luft gewählt.Thilion und Meelan waren jetzt genau neben ihnen und grinsten sie an. Oh, dachte Annomé, nur keine Schwäche zeigen. Sie biss die Zähne zusammen und versuchte zu lächeln. Statt sich auf den Flug zu konzentrieren, war sie mal wieder mit etwas anderem beschäftigt, nämlich hinter Carlotta eine gute Figur zu machen. Dadurch bekam sie nicht mit, dass Carlotta Speedy zum Landeanflug senkte und wäre ihr fast über die Schulter gefallen. Das Lächeln war ihr dabei allemal aus dem Gesicht gefallen und sie hörte noch wie Meelan laut lachte.
„Mist, Mist", dachte sie, „so ein Mist."
„Halt dich fest!" brüllte Carlotta nach hinten. Krampfhaft krallte sie sich an ihrer Freundin fest und war heilfroh, als sie wieder festen Boden unter den Füßen spürte. Direkt neben ihnen landete Aragon. Annomé stieg von Speedy und wäre beinahe umgefallen, wenn Thilion sie nicht gestützt hätte, so wackelig war sie auf den Beinen. „Danke", hauchte Annomé und lächelte Thilion mit einem hinreißenden Augenaufschlag an.
„Immer wieder gerne", sagte Thilion und schenkte ihr ein Lächeln.
Oh ja, dachte Annomé, von mir aus mindestens drei Mal täglich.
Sie schaute sich um und staunte, wen Arta noch alles herbestellt hatte. Die Feen Barbarella, Monja und Nelly waren da. Grimminius, Molli und Trolli waren auch gekommen. Die Bachelfen schwirrten aufgeregt hin und her und wussten nicht, was los war. Auch Rumuck verstand die Welt nicht mehr.

„Was ist denn hier los, was ist denn hier los?" fragte sie immer wieder aufgeregt. Aber in dem ganzen Durcheinander nahm keiner Notiz von ihr. Fips war auch schon eingetroffen und hatte noch einige Zwerge mitgebracht.
„Einer muss hier mal das Kommando übernehmen", sagte Carlotta zu Meelan, „sonst wird das heute hier nix mit Waldverteidigung und so."
„Ja, am besten Thilion. Er vertritt ja schon jetzt oft seinen Vater, wenn es um allgemeine Angelegenheiten im Anderswald geht. He, Thilion, bring hier mal ein bisschen Ordnung rein", rief Meelan Thilion zu.
„Geht klar Bruder", lachte Thilion und sprang mit einem Satz auf Aragons Rücken und erhob eine Hand. Laut wieherte Aragon und die beiden hatten die volle Aufmerksamkeit. Die Kombination Thilion und Aragon war immer wieder eine imposante Erscheinung. Alle schauten stumm und erwartungsvoll auf Thilion. Nur noch die nörgelnde Stimme von Rumuck war jetzt zu hören, die immer noch den gleichen Satz sagte: „Kann mir mal einer sagen, was hier los ist?" Alle lachten, und jetzt verstummte auch Rumuck.
Thilion begann zu sprechen: „Freunde, es sieht so aus, als wenn wieder mal jemand seinen Müll hier bei uns im Wald entsorgen möchte. Arta hat ein Auto beobachtet, das vollgeladen mit blauen Säcken in Richtung Bach gefahren ist. Wenn es wirklich so ist, müssen wir das verhindern. Jeder tut das, was ihm möglich ist. Wir wollen diesem Menschen nichts Böses antun, aber eine kleine Lektion in Sachen Respekt vor der Natur können wir ihm erteilen."
Fips trat mit seinen Zwergen vor und sprach: „Wir haben unsere Schleudern dabei und Molli und Trolli haben Munition mitgebracht." Fips freute sich königlich als er eine große Blaubeere hochhielt. In diesem Moment leuchteten auf dem Weg ein paar Scheinwerfer auf.

„Ah", sagte Thilion, „na, dann wollen wir ihm mal einen gebührenden Empfang bereiten. Aber wir warten erst, bis wir auch wirklich wissen, was er vorhat. Vielleicht gibt es ja doch einen anderen Grund, warum er hier ist."
Alle warteten gespannt auf das Auto, das langsam immer näher kam. Unmittelbar hinter Rumuck schlängelte sich der Bach entlang. Das Auto fuhr an Rumuck vorbei und hielt. Der Fahrer schaltete den Motor aus und das Abblendlicht ein. Einen Moment passierte gar nichts. Alle hielten den Atem an. Jetzt öffnete der Mann im Auto die Tür und stieg aus. Es war ein großer Mann von bulliger Gestalt. Er war ganz in Schwarz gekleidet und hatte einen Hut an, den er tief ins Gesicht gezogen hatte. Vorsichtig schaute er sich nach allen Seiten um. Jetzt ging er hinter das Auto und öffnete die hintere Klappe. Der große Geländewagen war voll mit Säcken bepackt. Auf einmal ging alles ganz schnell. Er griff nach einem blauen Sack und schmiss ihn den kleinen Hang runter in Richtung Bach. Der Schwung war nicht groß genug, denn der Sack landete nicht im Bach, sondern am Rand des Baches und platzte auf. Bauschutt gemischt mit Hausmüll ergoss sich über den Waldboden. Plastikbecher, Styropor, Verpackungen, Teerpappe und jede Menge anderer Unrat. Einige Teile kullerten bis in den Bach. Ein empörter Aufschrei ging durch die Waldbewohner.
„Das reicht.", sagte Thilion. „Die Lektion kann beginnen."
Dann legten sie los, jeder so wie er konnte. Rumuck begann ihre Äste zu schwingen, dass es nur so rauschte. Einen Moment stutzte der Mann, denn es wehte auch nicht das kleinste Lüftchen. Wie ein Hagelschauer prasselten auf einmal Kastanien auf den Mann nieder. Er versuchte, sie mit den Armen abzuwehren, aber es waren so viele, dass es ohne Erfolg blieb. Die Feen verwandelten die Kastanien, die eigentlich um diese Jahreszeit noch recht klein waren, mit ihren Zauberstäben in schwere Geschosse. Jede Menge Kastanien trafen auch das Auto, und

diese hatte Carlotta mit ihrem Zauberstab in kleine Kanonenkugeln verwandelt. Überall, wo sie auf das Auto trafen, verursachten sie dicke, hässliche Beulen.
Meelan und Annomé bereiteten den Einsatz von Fips und seinen Freunden vor. Ganz dicht flogen sie im Formationsflug über den Kopf des Mannes hinweg und entwendeten seinen Hut. Erschrocken schaute der Mann seinem Hut hinterher, der in den Zweigen des Kastanienbaums verschwand. Er dachte, der Wind, den die Zweige des Baumes verursachten, hätte ihm den Hut vom Kopf geweht. Er glaubte nicht an Waldgeister, Elfen und Feen. Aber spätestens als ihn die erste Blaubeere mitten zwischen die Augen traf, wurde er eines Besseren belehrt. Was war das, dachte er, und griff sich an die Stirn, an der noch die Blaubeere klebte. Er schüttelte den Kopf und hatte für einen Moment die Kastanien vergessen. Er verstand gar nichts mehr. Nun traf ihn ein wahrer Blaubeerregen im Gesicht. Grimminius, der etwas größer als die anderen Zwerge war, hatte heute ein besonders grimmiges Gesicht und legte sogar immer zwei Himbeeren in seine Schleuder. Die Zwerge gaben alles und schossen eine Beere nach der andern auf den Mann ab. Molli und Trolli reichten ihnen die Munition an. Meelan und Annomé klatschten bei jedem Treffer Beifall. Der Mann hatte mittlerweile einen fast irren Blick. Trotz der ganzen Angriffe bückte er sich erneut, um einen weiteren Sack aus dem Auto zu holen. Thilion, der mit Aragon auf dem kleinen Wall gegenüber von Rumuck Stellung bezogen hatte und das ganze Spektakel beobachtete, rief: „Farina, Jasper, eurer Einsatz!"
Farina und Jasper schauten sich tief in die Augen. „Du die linke und ich die rechte Seite?" fragte Jasper.
„Geht klar", antwortete Farina grimmig. Wütend schnaubten sie, und ihre Nüstern blähten sich dabei auf. Damit ihr Vorhaben auch Wirkung zeigte, ihre Hörner waren ja auch nur aus Licht, schwangen Barbarella und Monja ihre Feenzauberstäbe und

gaben ihnen die nötige Festigkeit. Die Hörner waren nun spitz wie eine Nadel. Alle staunten über Jasper. So hatten sie ihn noch nie gesehen. Wild entschlossen, mit gesenktem Kopf und gar nicht auf sein Aussehen bedacht, mit grimmigem Gesicht, stürmte er an der Seite von Farina los. Fast gleichzeitig rammten sie ihre Hörner in die beiden Hälften des Hinterteils des Mannes. Der schrie auf, hielt sich sein Hinterteil und hüpfte durch die Gegend wie Rumpelstilzchen.

Alle Anwesenden klatschten Beifall. Der Mann hörte ein Tosen und Sausen und Rauschen. Er hielt sich die Ohren zu. In wilder Panik rannte er zu seinem Auto.

„Er will fliehen!" rief Thilion.

„Das wissen wir zu verhindern", rief Meelan und warf dem Mann einen Stock zwischen die Füße, so dass er stolperte und der Länge nach auf dem Waldboden landete.

„Der Autoschlüssel!" rief Annomé.

„Bin schon unterwegs", antwortete Carlotta. Sie sauste mit Speedy neben die offene Autotür und murmelte etwas vor sich hin. Dann hörten sie nur ihr bekanntes Ratz-fatz, schon kam der Autoschlüssel klimpernd angeflogen und landete in Carlottas Hand. Wie eine Trophäe schwenkte sie ihn hin und her und rief:

„Ich habe ihn, ich habe ihn!" Wieder klatschten alle Beifall und freuten sich. Der Mann, der sich gerade von der Erde erhoben hatte, sah nur noch, wie sein Autoschlüssel in Richtung Baumkrone davonflog. Er war dem Wahnsinn nahe und raufte sich das Haar. Er schrie panisch: „Das gibt´s doch alles gar nicht, das gibt´s doch gar nicht! Ich glaub, ich werde verrückt!"

Wieder murmelte Carlotta etwas, und mit einem lauten Krachen schloss sich die Heckklappe des Autos. Das Fenster des Autos schloss sich wie von Geisterhand und die Fahrertüre ebenfalls. Der Mann stürmte los und wollte die Autotür öffnen, aber sie ging nicht auf. Es hätte ja eh nichts genutzt, da sein Autoschlüssel entschwunden war.

Jetzt blieb ihm nur noch eins, die Flucht zu Fuß. Er rannte den Waldweg entlang, den er gekommen war. Die Zwerge verfolgten ihn noch ein Stück und gaben ihm eine Abschiedssalve Himbeeren. Der Mann schrie: „Nein, nein, aufhören, aufhören!"
Thilion rief die Zwerge zurück. „Ich glaube, das reicht. Der wird nie wieder Müll in unseren schönen Wald kippen."
Die siegreichen Freunde versammelten sich in einem großen Kreis unter Rumuck.
„Ich bin stolz auf euch", sprach Thilion. „Ich werde meinem Vater von eurem tapferen Einsatz berichten."
Alle waren sich einig, dass es eine aufregende Aktion war, aber auch Spaß gemacht hatte. Die Feinstofflichen sind eben ein meist lustiges und friedliches Völkchen, so lange man sie nicht reizte.
Am nächsten Tag entdeckte der Förster des Waldes das Auto und rief die Polizei. Es war unverkennbar, dass hier jemand seinen Müll abladen wollte. Anhand des Kennzeichens konnten sie den Besitzer des Autos ausfindig machen und Anzeige erstatten. Sie konnten nicht verstehen, warum der Besitzer des Autos sich strikt weigerte, sein Auto selbst im Wald abzuholen. Der Mann stammelte etwas von Geistern und dass sie ihm auch seinen Autoschlüssel entwendet hätten. Das Auto sah aus, als wäre es in einen Hagelsturm geraten, dabei hatte es letzte Nacht noch nicht mal geregnet, geschweige denn gehagelt. Die Polizisten fanden das alles sehr mysteriös. Sie suchten noch rund um das Auto nach dem Autoschlüssel, konnten ihn aber nicht finden. Wenn sie ihren Blick nach oben in die Zweige erhoben hätten, hätten sie ihn zwischen den Ästen hängen gesehen. Aber wer sucht schon einen Autoschlüssel in den Zweigen eines Baumes. Das Auto wurde abgeschleppt und der Müll am Bach entfernt. Der Täter bekam eine saftige Geldstrafe. Rumuck fand es schick, dass sie jetzt mit ihren Ästen nicht nur ein Rauschen, sondern auch ein feines Klirren erzeugen konnte, und sie weigerte sich

strikt, den Schlüssel herzugeben. Nach dieser erfolgreichen Aktion fand eine Versammlung aller Waldbewohner statt. Sie beschlossen, in Kooperation mit den Nachtschwärmern wie etwa den Eulen ein Warnsystem aufzubauen, das sofort Alarm schlägt, wenn nochmal jemand die Dunkelheit der Nacht benutzt, um ungesehen seinen Müll zu entsorgen.

Kapitel 19

Der Angeber

Alle Wesen haben einen Grund so zu sein, wie sie sind.
Das darf jeder bedenken, bevor er urteilt.

Zur verabredeten Zeit trafen sich die Freunde wieder bei Rumuck. Sie unterhielten sich über das nächtliche Erlebnis mit der Müllentsorgung und amüsierten sich, als sie sich die eine oder andere Szene nochmal vorstellten.
„Siehst du Meelan", sagte Annomé, „was man gemeinsam alles erreichen kann. Und gemeinsam werden wir auch dir und Meeryam helfen, eure Eltern zu finden."
„Wer ist Meeryam?" fragte Farina neugierig.
„Ja, weißt du, Farina, das ist so", begann Meelan und erzählte Farina die ganze Geschichte. Von der Magie des Amuletts, von seiner Verwandlung und von Meeryam.
„Und ich wollte dich fragen, ob du auch bereit bist, uns zu helfen", schloss er seinen Bericht.
„Aber natürlich helfe ich euch und ich freue mich, dass auch ich bei der Mission Lichtsternblume dabei sein darf."
„Wir wollten dich auch noch fragen", meinte Meelan, „ob du es für sinnvoll hältst, wenn wir auch Jasper um Hilfe bitten, da er über uraltes Wissen verfügt."
Farina überlegte kurz. Dann sagte sie: „Jasper weiß wirklich viel, und er könnte eine große Hilfe sein. Ich glaube schon, dass er vertrauenswürdig ist und ich glaube auch, dass er in Wirklichkeit gar nicht so ist, wie er immer tut. Ihr alle habt ihn bei der Müllaktion erlebt. Das war nicht der Jasper, den wir alle kennen. Wer weiß warum er, sobald er Publikum hat, sich so aufspielt. Wir wissen so gut wie nichts über ihn. Durch die Diamanten auf seinem Horn wissen wir nur, dass er von einer uralten Linie abstammt und alles weiß, was man nur wissen kann. Eigentlich ist er ein prima Kerl. Ich habe ihn manchmal heimlich beobachtet und auch schon anders kennen gelernt."

„Faaaaarina", sagte Annomé ganz langsam und grinste, „du wirst doch nicht etwas? Mit Jasper?" Annomés Grinsen wurde immer breiter.

Farina wurde ein bisschen nervös, begann, mit den Hufen zu scharren und schlug verlegen die Augen nieder. „Ach nein, Annomé, was du schon wieder denkst."
„Ich denke gar nix", sagte Annomé schnell.
„Wo sie recht hat, hat sie recht. Sie denkt nie was", lachte Carlotta. Annomé streckte ihr schelmisch ihre kleine Zunge raus. Alle brachen in schallendes Gelächter aus.
„Was ist denn da schon wieder los", nörgelte Rumuck. „Ach nix, Annomé hat nur gesagt, dass sie nix denkt", sagte Carlotta.
„Na, das ist doch nix Neues", nörgelte Rumuck weiter.
„Mensch Rumuck", rief Annomé mit gespielter Empörung, „du wirst mir doch nicht auch noch in den Rücken fallen."
„Sag nicht Mensch zu mir!" rief Rumuck entsetzt. Annomé zeigte mit dem Daumen hinter sich und sagte: „Sie wird es mir nie verzeihen", und seufzte laut.
Quer über die Lichtung kam Fips mit Sir Wieselflink angeschossen. „Hurra, hurra, Fips und Sir Wieselflink sind da", begrüßte er seine Freunde.
„Prima", sagte Meelan, „dann sind wir ja fast vollständig. Jetzt fehlt nur noch Meeryam. Aber was ist jetzt mit Jasper, sollen wir ihn noch dazu holen oder nicht?"
„Ich hole ihn schon", beeilte sich Farina zu sagen und galoppierte auch schon davon. Nachdenklich schauten ihr alle hinterher und Annomé sagte schelmisch: „Oh, oh, Farina, Farina."
Es war wohl der Tag der Überraschungen, denn im nächsten Moment kam Meeryam nicht durch die Tannenschonung, sondern über die Tannenschonung - und zwar angeflogen! Den Versammelten blieb vor Staunen der Mund offen stehen. Meeryam lachte, als sie ihre Freunde so sah.
„Na, die Überraschung ist mir wohl gelungen", sagte sie, sichtlich erfreut. „Ich habe heimlich geübt und es klappt immer besser!"
Meerlan stahlte sie an. „Schwesterchen", sagte er, „ich bin mächtig stolz auf dich."

„Du solltest auch mal lieber üben mein Bruder, denn ich habe mir zu Hause in meinem stillen Kämmerlein schon was überlegt."
Jetzt wollten alle wissen, was Meeryam ihnen zu berichten hatte.
„Warte noch einen Moment", meinte Fips, „bis Farina und Jasper hier sind, sonst musst du alles zwei Mal erzählen. Wir können dir in der Zeit ja schon mal von unserem Müllskandal erzählen, bis die Einhörner hier sind."
Puschel hatte Sir Wieselflink entdeckt und freute sich mächtig, wieder einen Spielkameraden zu haben. Es dauerte auch nicht lange, da hörten sie, dass sich donnernde Hufe näherten. Es war ein imposanter Anblick, als die beiden Einhörner elegant nebeneinander mit wehender Mähne über die Lichtung galoppierten. Kurz vor den Freunden stoppten sie ihren Lauf und schnaubten.
„Ich habe Jasper auf dem Weg hierher schon alles erzählt. Auch er würde euch gerne helfen", berichtete Farina.
Jasper machte seine berühmte Kopfbewegung, schmiss seine Mähne nach hinten und streckte seine Nüstern hoch in die Luft. Annomé verdrehte schon wieder die Augen.
„Also", begann er, „am besten hört Ihr ab jetzt alle auf mein Kommando."
Farina seufzte resigniert und Annomés Augen wurden immer dunkler, bis sie sich zu schmalen Schlitzen verengt hatten. Sie holte tief Luft. Carlotta, die Annomé beobachtet hatte und wusste was jetzt kam, sagte nur noch: „Oh, Oh..., " und ging in Deckung. Und dann platzt es aus Annomé heraus:
„Das eine will ich dir sagen, du eingebildeter Pinsel", fauchte sie Jasper an. „Was bildest du dir eigentlich ein? Meinst du, du wärst was Besonderes, nur weil du ein paar lumpige Diamanten auf deinem Horn hast?"
„Annomé...", versuchte Meelan sie noch zu bremsen, aber es gab kein Halten mehr. „Lass mich!" raunzte sie Meelan an. „Das wollte ich dem schon immer mal sagen. Dein vornehmes Getue und deine Belehrungen gehen mir so was von auf den Keks.

Kannst du nicht einfach....." Sie suchte nach Worten, „...einfach nur der sein, der du wirklich bist? Du kommst mir vor wie eine Mogelpackung, und das ist ganz schön anstrengend für alle." Sie schnaufte noch einmal verächtlich und verschränkte die Arme vor der Brust.

Es war mucksmäuschenstill auf der Lichtung. Jeder von ihnen schien die Luft anzuhalten.
„Sie hat ja recht", begann Jasper leise und gar nicht mehr vornehm, eher traurig. „Ich möchte euch etwas erzählen. Als ich noch ein kleines Einhorn war, wurde ich von den anderen Einhornkindern wegen meines Diamanthorns immer gehänselt. Ein Einhorn Kind hat sich dann aber mit mir angefreundet, dachte ich jedenfalls. Es besuchte mich im Schloss meiner Eltern und ich dachte, ich hätte endlich einen Freund gefunden. Aber er hatte sich mit mir nur angefreundet, um im Schloss zu spionieren. Er hat den anderen alles erzählt. Wie es bei uns zugeht und dass wir Bedienstete haben. Die anderen haben dann immer so vornehm gespielt und unsere Familie nachgemacht, sobald ich in ihre Nähe kam. Alle lachten mich aus, auch mein angeblicher Freund. Ich habe mir dann so etwas wie einen Schutzmantel, eine Maske angelegt und gedacht, wenn Ihr denkt, ich bin eingebildet, dann bin ich es eben. Ich dachte, wenn ich so überheblich bin, dann kommt mir auch keiner mehr zu nahe. Dann kann mich auch keiner mehr enttäuschen und verletzen. Irgendwann habe ich es nicht mehr ertragen und bin gelaufen, immer nur gelaufen. Jahrelang bin ich umhergeirrt und habe mich in die Einsamkeit geflüchtet. Aber irgendwann habe ich die Einsamkeit nicht mehr ertragen und bin hier zu euch gekommen.
Ich habe gedacht, damit ich nicht wieder enttäuscht werde, muss ich meine Rolle weiterspielen. Mit meinem Wissen wollte ich Eindruck schinden und dachte, dann würde man mich

mögen. Aber wie es aussieht, habe ich ja nur das Gegenteil davon erreicht. Ich passe einfach nirgendwo hin", sagte Jasper traurig.
So hatten die Freunde Jasper noch nie gesehen und sie waren sichtlich erschüttert und berührt.
Er wollte sich gerade umdrehen und gehen da sagte Annomé zu ihm: „Es tut mir leid, Jasper, dass ich das alles so zu dir gesagt habe. Ich schäme mich direkt ein bisschen dafür. Das habe ich doch alles nicht gewusst."
„Du kannst dich ruhig ein bisschen mehr als ein bisschen schämen. Das hättest du alles auch liebevoller sagen können", rügte sie Carlotta.
„Ach ja, Carlotta, du hast ja recht. Da sind wohl mal wieder alle Einhörner des Waldes mit mir durchgegangen", antwortete Annomé reuig.
„Na, das sind ja in diesem Falle nur zwei", stelle Jasper nüchtern fest. „Wie gehst du dann ab, wenn eine ganze Herde mit dir durchgeht. Dann möchte ich aber nicht in deiner Nähe sein." Jasper blies dabei, zur allgemeinen Heiterkeit, gespielt ängstlich seine Nüstern auf.
Das Eis war gebrochen und Jasper schien doch tatsächlich auch eine humorvolle Seite zu haben. Annomé grinste verschmitzt und sagte zu Jasper: „Frieden?"
„Frieden", sagte er wieder ernst.
„Freunde?" fragte Annomé vorsichtig weiter.
„Freunde!" sagte Jasper mit fester und hoffnungsvoller Stimme.
Die anderen klatschten Beifall und Meelan sagte zu Jasper: „Willkommen im Team."
Jasper war mächtig stolz und Farina atmete erleichtert auf.
„Und was ist jetzt mit der Mission Lichtsternblume?" fragte Rumuck.
„Rumuck", rief Annomé mit gespielter empörter Stimme, „du hast doch nicht etwa gelauscht?"

„Geraucht?" fragte Rumuck zurück. „Ich rauche doch nicht, ne so was."
„Wenn ich mich erwischt fühle, dann tue ich auch immer so, als wenn ich nix verstanden hätte", sagte Annomé.
„Na gut, dass ich das jetzt auch weiß", sagte Carlotta und griemelte.
„Aber Rumuck hat recht, Leute, wie geht es jetzt mit Meeryam und Meelan weiter? Es gilt, eine Menschenmutter und einen Elfenvater zu finden. Hat jemand einen Vorschlag zu machen?"
„Ich habe mir zu Hause überlegt, wenn meine Eltern mal länger außer Haus sind, könnte Meelan sich verwandeln und mich besuchen. Dann könnten wir gemeinsam im Haus suchen, ob es nicht irgendeinen versteckten Hinweis auf unsere Mutter gibt", schlug Meeryam vor.
„Wir könnten doch alle mit suchen", meinte Annomé, denn sie war so neugierig und wollte zu gerne mal sehen, wie die Menschen in einem Haus so lebten.
„Na klar. Viele Augen sehen mehr als vier", antwortete Meeryam.
Oh, das würde ein Spaß, dachte Annomé.
„Und wir können uns ja mal alle ganz unauffällig bei all denen erkundigen, die damals an Meelans Entdeckung beteiligt waren, wie es sich zugetragen hat", schlug Fips vor.
„Nicht schon wieder", stöhnte Rumuck.
„Ja, das ist eine gute Idee", sagte Meelan. „Bis zu unserem nächsten Treffen sammeln wir so viele Informationen, wie wir können."
„Wir müssen aber sehr vorsichtig und behutsam vorgehen", warf Farina ein. „Wenn euer Vater jemand hier aus dem Volk ist, wird er einen Grund haben, warum er sich nicht zu dir bekennt, Meelan. Er muss sich weiterhin in Sicherheit wiegen, damit er nicht noch eventuelle verwertbare Spuren verwischen kann."
„Du hast recht", sagte Meelan. „Wir müssen mit äußerster Vorsicht vorgehen."

„Jasper", sprach Meelan ihn an, „ist es denn überhaupt möglich, dass Menschen und Elfen sich vereinen? Es ist ja alles nur eine Vermutung von uns, dass wir halb Elf und halb Mensch sind, aber genau wissen wir es ja nicht."

„Ja", antwortete Jasper, „es ist möglich. Vor langer, langer Zeit war es keine Seltenheit, dass die Menschen und die Feinstofflichen sich vereinten. Über die vielen Jahrtausende, nachdem die Welten getrennt wurden, ist wohl bei den Menschen davon nicht mehr viel übrig geblieben. Aber vielleicht trägt der eine oder andere immer noch ein Tröpfchen Elfenblut in sich."

„Dann würde ich vorschlagen", sagte Meelan, „dass Meeryam uns Bescheid gibt, sobald ihre Eltern für etwas länger außer Haus sind."

Alle waren damit einverstanden, und Carlotta würde sie über das nächste Treffen informieren. Es war - wieder einmal - ein aufregender Tag gewesen. Sie verabschiedeten sich und jeder ging wieder seiner Wege.

Die Freunde waren so sehr mit sich beschäftigt, dass sie nicht bemerkten, dass sie aus der Ferne beobachtet wurden.

Kapitel 20

Erkannt

Irgendwann kommt der Tag, an dem sich die unerledigte Vergangenheit nach oben drängt.

Meeryam hatte in der Schule Projektwoche. Das Thema war Umweltschutz. Hierzu hatte die Schule zwei Referenten eingeladen, die erst einen Vortrag hielten und anschließend sollte ein Workshop stattfinden.
Heute wollte Meeryam mal ausnahmsweise schwänzen. So etwas hatte sie noch nie gemacht, denn sie war eine eifrige und gute Schülerin. Aber sie dachte, dass es sich gerade in der Projektwoche anbieten würde, mal einen Tag zu Hause zu bleiben. Dann könnte sie schon mal im Haus eine Vorsuche starten, bevor die große geplante Suchaktion stattfand.
Morgens sagte sie zu Irene, dass sie Bauchschmerzen hätte und sich gar nicht wohl fühlen würde. Irene sagte: „Dann bleib zu Hause, mein Schatz. Ich koche dir einen Kamillentee, und wenn ich gleich zum Einkaufen gehe, sage ich schnell in der Schule Bescheid. Ich komme ja direkt daran vorbei." Das hat ja gut geklappt, dachte Meeryam.
Irene brachte Meeryam den Kamillentee und fühlte ihre Stirn, ob sie Fieber hatte, aber das schien nicht der Fall zu sein. Dann machte sie sich mit ihrem Einkaufskorb auf den Weg. Die Schule war nicht sehr weit von ihrem Haus entfernt, was für Meeryam immer sehr praktisch war. So konnte sie in einer Freistunde eben mal nach Hause laufen.
Irene betrat das Schulgebäude, ging ins Büro und meldete Meeryam krank. Auf dem Weg zum Ausgang begegnete ihr eine Frau, die sie freundlich grüßte. Irene blieb wie vom Donner gerührt stehen und schaute der Frau mit Entsetzen hinterher. Feine Schweißperlen bildeten sich auf Irenes Stirn. Die Frau ging den Flur entlang und verschwand in Meeryams Klassenzimmer, das sich im Erdgeschoß befand.
Nach all den Jahren hatte sie sie sofort wiedererkannt. Irene war Karina begegnet. Karina und ihr Mann Jürgen waren die Referenten, die von der Schule eingeladen worden waren. Karina liebte es, wenn sie in ihrem Fach mit Kindern arbeiten konnte.

Die waren immer so motiviert und die Lebendigkeit der Kinder tat ihr gut. Sie selbst hatte mit Jürgen keine Kinder, da er keine Kinder zeugen konnte. Aber in ihrem Herzen hatte sie immer so eine stille Sehnsucht nach Kindern. Deswegen freute sie sich immer ganz besonders, wenn sie im Auftrag ihrer Firma als Referenten in einer Schule unterwegs waren.

Irene stand da, starr vor Schreck wie angewurzelt. Was sollte sie jetzt tun? All die Jahre hatte sie es tief in ihr Unterbewusstsein verdrängt.

Sie war damals so glücklich, Meeryam zu haben, da sie ja selbst keine Kinder bekommen konnte. Endlich war ihr größter Lebenstraum in Erfüllung gegangen. Ihr Leben hatte wieder einen Sinn und sie liebte Meeryam über alles. Doch dann geschah etwas.

Meeryam war etwa zwei Jahre alt, als eine weit entfernte Freundin Irene ein Päckchen schickte. Es war mit alten zusammengeknüllten Zeitungen als Füllmaterial ausgestopft. Das Foto einer Frau auf einem Zeitungsblatt sprang ihr ins Auge. Sie nahm das Blatt und strich es mit der Hand wieder glatt. Die Überschrift lautete: „Wer kennt diese Frau?" In dem Bericht stand, dass diese junge Frau bei einem Verkehrsunfall ihr Gedächtnis verloren hatte. Zeugen hatten beobachtet, dass vorher ein Dieb der Frau die Tasche gestohlen hatte. Deshalb konnte ihre Identität nicht festgestellt werden, und sie selbst konnte sich an nichts erinnern. Für Irene gab es keinen Zweifel, auf dem Bild, das war Karina. Sie schaute auf das Datum der Zeitung. Sie war zwei Jahre alt. Alles passte. Jetzt wusste Irene, warum Karina sich nicht mehr gemeldet hatte. Sie hatte es damals kaum glauben können, dass sie ihre Kinder im Stich lassen würde. So hatte sie sie gar nicht eingeschätzt. Tausend Gedanken gingen ihr damals durch den Kopf.

Sie musste Kontakt zur Zeitung aufnehmen. Sie musste herausfinden, in welcher Klinik Karina gelegen hatte. Vielleicht gab es von dort eine Adresse. Mitten in ihren Gedanken stoppte

sie damals. Erst jetzt wurde ihr bewusst, was das bedeutete. Sie würde Meeryam verlieren. Schluchzend war sie damals zusammengebrochen. Das würde sie nicht ertragen. Sie konnte doch nicht ihr Glück weggeben. Nein, nein, schrie alles in ihr. Niemals würde sie Meeryam, ihr ein und alles, wieder hergeben. Aber was sollte sie tun? Irene war verzweifelt. Sie dachte: Und wenn ich einfach so tue, als hätte ich diesen Zeitungsausschnitt nie gesehen? Wenn ihre Freundin nicht das Paket geschickt hätte, und ausgerechnet diese Zeitung mit darin gelandet wäre, dann wüsste sie doch von nichts.
Ja, genau so würde sie es machen. Sie dachte kurz daran, dass sie Karina ihr Kind stehlen würde und Meeryam ihre Mutter nahm, aber sie setzte sich über diese Gedanken einfach hinweg. Es gab keine andere Möglichkeit. Zuerst wollte sie den Zeitungsausschnitt vernichten, aber ein Gefühl sagte ihr, dass sie ihn aufbewahren sollte. Ganz tief in ihrem Schrank bei ihren ganz persönlichen Sachen hatte sie ihn versteckt. Da lag er gut und dort sollte er auch bleiben.
Sie dachte damals, Karina war jung und könnte noch viele Kinder bekommen, sie aber nicht.
All die Jahre hatte sie dieses Erlebnis erfolgreich verdrängt. Jetzt hatte sie die Vergangenheit eingeholt. Alles kam wieder hoch, die Schuldgefühle, das schlechte Gewissen und die Scham.
Wie gut, dass Meeryam heute krank war. Nicht auszudenken, was hätte passieren können, wenn sie in die Schule gegangen wäre. Langsam ging Irene nach Hause. Ihre Beine fühlten sich an wie Blei. Karina schien immer noch an dem Gedächtnisverlust zu leiden, denn sie hatte Irene nicht wiedererkannt.

Tagelang kämpfte Irene mit ihrem schlechten Gewissen, aber sie konnte es nicht wie damals in die Tiefen ihres Unterbewusstseins verdrängen. Es ging einfach nicht. Die schlechten Gefühle, die sie hatte und die an ihr nagten, schienen sie aufzufressen. Kurt und Meeryam fragten sie immer wieder, was sie hätte. Sie wich aus und sagte, ihr ginge es nicht so gut.

Am fünften Tag hielt sie es nicht mehr aus. Sie bat Kurt, heute nicht zur Arbeit zu gehen, weil sie dringend mit ihm reden müsse. Da Kurt freier Mitarbeiter bei einer Zeitung war, konnte er sich seine Arbeitszeit flexibel einteilen. Nachdem Meeryam das Haus verlassen hatte, um zur Schule zu gehen, setzten sie sich beide an den Küchentisch.

Wie ein Vulkan brach es aus Irene heraus, und sie erzählte ihm alles, was ihr auf der Seele brannte. Von dem Zeitungsausschnitt und davon, dass sie gestern Karina begegnet war. Sie sei sich ganz sicher, dass sie es gewesen ist. Dann schob sie Kurt den Zeitungsausschnitt zu. Er las ihn und konnte nicht glauben, was er gerade gehört hatte. Er dachte, das sei ein schlechter Traum, aus dem er jetzt gleich aufwachen würde. Aber es war kein Traum, es war die Realität.

Lange war es sehr, sehr still in der Küche. Tränen standen Kurt in den Augen, denn auch er liebte Meeryam über alles. Irena sagte: „Sag was, Kurt, bitte sag was." Er schaute sie an und sagte mit gepresster Stimme: „Wir müssen zu Karina Kontakt aufnehmen."

Irene bekam einen Heulkrampf und konnte sich gar nicht mehr beruhigen. Kurt verstand die Welt nicht mehr. Er hatte immer geglaubt, er kenne Irene. Dass sie zu so etwas fähig war, hätte er nie gedacht. Zweifel, Wut, Trauer ein ganzer Schwall an Gefühlen stieg in ihm auf.

Stumm ging er zum Telefon und rief in der Schule an. Eine Ausrede war schnell gefunden, warum er um die Telefonnummer der Referenten bat. Er wählte die Nummer von Karina. Er wollte nicht gleich mit der Tür ins Haus fallen, sondern sich, unter dem Vorwand eventuell einen Vortrag zu buchen, mit Karina treffen.

Als Karina sich am Telefon meldete, stockte ihm fast der Atem. Er hatte ihre glockenklare Stimme nach all den Jahren sofort wiedererkannt. Er hatte so gehofft, dass alles doch nur ein

dummes Missverständnis sei, aber das war es nicht. Spätestens jetzt wurde ihm bewusst, dass er den Weg gehen musste, der vor ihm lag. Es gab kein Entkommen.
Er vereinbarte mit Karina einen Termin für übermorgen und verabschiedete sich. Kurt setzte sich wieder an den Küchentisch. Irene hatte sich etwas beruhigt. Beide schwiegen lange Zeit.
Dann sagte Kurt: „Wir werden Meeryam erst mal nichts sagen. Nicht bevor wir mit Karina gesprochen haben. Wir werden Ihr sagen, dass du mich bei einem Geschäftstermin begleitest."
Irene nickte stumm.
Mit einem Schlag hatte sich ihr ganzes Leben verändert.

Kapitel 21

Rückwege

Die Seele bleibt – ganz egal was passiert.

Meeryam freute sich königlich, denn Kurt und Irene hatten ihr gesagt, dass sie am Samstag den ganzen Tag unterwegs sein würden und wohl auch erst spät abends wieder zurück wären. Das war doch genau der richtige Zeitpunkt für ihre Abenteuer-Spezial-Aktion. Sie hatte sich kurz mit Meelan im Wald getroffen und alles mit ihm besprochen. Da Kurt und Irene schon morgens um fünf Uhr starten wollten, hätten sie einen riesenlangen Tag ganz für sich. Das würde ein Spaß, dachte Meeryam, den ganzen Tag ihre Freunde hier im Haus zu haben.

Nachdem Kurt und Irene gestartet waren, wartete Meeryam vorsichtshalber noch eine Stunde, falls die beiden etwas vergessen haben sollten und zurückkämen. Aber nichts geschah. Meeryam eilte durch den Garten, trat auf den Feldweg und schwenkte die Arme. Das war das verabredete Zeichen.

Sie hörte ein Zischen in der Luft und wusste, ah, Carlotta war eingetroffen. Dann sah sie Sir Wieselflink und wusste, Fips war da. Meeryam klatsche vor Begeisterung in die Hände, so freute sie sich. Dann hörte sie Meelans Stimme. „Wir sind jetzt alle da."

„Dann kommt mit ins Haus", forderte Meeryam ihre Freunde auf. Sie ließ die Terrassentür offen stehen, damit Puschel und Sir Wieselflink jederzeit raus und rein konnten.

Im Haus sagte Meeryam: „Besser ist es wohl, wenn ich mich verwandle, dann sehe ich euch besser." Meeryam konnte mittlerweile auch ohne Verwandlung die feinstofflichen Wesen zumindest schemenhaft erkennen.

„Dann leg mal los", hörte sie Meelan sagen. Meeryam hatte schon Übung im Verwandeln, und es dauerte nur einen Augenblick, bis sie wieder eine Elfe war.

Da standen sie alle in ihrem Wohnzimmer, Annomé, Carlotta, Fips Meelan, Jasper und Farina. Die Freunde grinsten Meeryam an.

„Herzlich willkommen in meinem Zuhause", begrüßte Meeryam

sie. „Ich habe euch zur Begrüßung ein paar Häppchen hingestellt. Ich weiß ja, dass Ihr Leckereien liebt."
Annomé, die ein richtiges Schleckermäulchen war, konnte schon seit sie das Wohnzimmer betreten hatten kaum ihre Finger unter Kontrolle halten. Es gab kleine Törtchen, Plätzchen und viele andere wunderbare Köstlichkeiten. Mit einem glücklichen Lächeln im Gesicht rief Annomé: „Und Himbeerküchlein gibt es auch!" Vor Freude klatschte sie in ihre Hände und strahlte.
„Ja", sagte Meeryam lachend. „Die habe ich speziell für dich gebacken, weil du sie doch so gerne isst."
Jetzt fragte Annomé vorsichtshalber noch mal nach, denn sie hatte mal wieder nicht richtig zugehört, weil sie nur noch Augen für die Köstlichkeiten hatte.
„Sind die in echt für uns? Jeetzt?"
Meeryam lachte. „Ja", sagte sie, als sie Annomés Augen vor Freude funkeln sah, „sagte ich doch gerade."
„Wenn es alle verstanden haben, heißt das noch lange nicht, dass es auch unsere Annomé verstanden hat", stichelte Carlotta liebevoll.
„Was hab ich nicht verbunden?" fragte Annomé zurück.
„Siehste", sagte Carlotta zu Meeryam, „so isse, wie sie leibt und lebt. Fang endlich an, Annomé, ich kann es nicht mehr mit ansehen, wie du leidest, ich ertrage es nicht mehr", witzelte Carlotta und verzog ihr Gesicht. Alle lachten und hatten einen Heidenspaß.
Das ließ sich Annomé nicht zweimal sagen und schnappte sich ein Himbeerküchlein. Sie schloss die Augen und man hörte nur noch ein genüssliches „Mmm, ist das lecker."
Aber auch die anderen Gäste ließen es sich schmecken. Nachdem alle ihren Hunger gestillt hatten und sogar Annomé satt geworden war, setzten sie sich in eine Runde. „Ich glaube, ich kann nie wieder fliegen, so schwer fühle ich mich", klagte Annomé.

„Musst du auch immer direkt so übertreiben", sagte Carlotta und stöhnte.
„Ja, man muss die Gelegenheit beim Schopfe fassen, denn wer weiß, wann es das nächste Mal Himbeerküchlein gibt." Schon wie sie Himbeerküchlein sagte, löste bei allen Gelächtern aus.
„Dann kuller ich mich eben nach Hause. Das war es mir wert", sagte Annomé. Mit einem Finger drückte sie vorsichtig auf ihren Elfenbauch, der gerade wie eine kleine Kugel aussah.
„Lass das bloß sein", warnte Carlotta sie. „Sonst platzt du noch und wir müssen dich und deine Himbeerküchlein hier überall von den Wänden kratzen."
Annomé zog eine Grimasse.

Der Tag fing ja schon gut an, dachte Meeryam. So viel hatte sie schon lange nicht mehr gelacht. Sie wusste nicht, dass sich bereits dunkle Wolken über ihr zusammenzogen.
Meelan sagte, dass es vielleicht doch besser wäre, wenn er und Meeryam sich wieder verwandelten, falls schwerere Gegenstände angehoben werden müssten oder so. Das wäre nämlich als Lichtgestalt etwas schwieriger zu handhaben gewesen.
„Du hast recht", meinte Meeryam, „dann verwandeln wir uns eben wieder."
Auch Meelan hatte heimlich geübt, damit er sich besser an die ungewohnte Schwere gewöhnen konnte.
Kaum hatten sie sich verwandelt, klingelte es an der Haustür. Wer sollte das sein? Hatten Irene und Kurt doch etwas vergessen? Meeryam ging zögernd zur Tür und sagte noch zu Meelan über die Schulter. „Wenn dich jemand fragt, du bist ein Klassenkamerad von mir."
„Ist okay", antwortete Meelan.
Vorsichtig öffnete sie die Haustür. Dort standen zwei Polizisten. Sie fragten Meeryam, wie sie heißen würde. Meeryam nannte ihnen ihren Namen und sah die Polizisten fragend an.

„Dürfen wir reinkommen?" fragte der eine Polizist höflich und etwas betreten. „Wir müssen ihnen etwas sagen."
Wie unter Trance bat Meeryam die Polizisten herein und ging voraus ins Wohnzimmer. Ein ganz komisches Gefühl stieg in ihr hoch. Sie wusste erst nicht, was es für ein Gefühl war, dann wusste sie es. Es war Angst. Ihr Herz klopfte bis zum Hals, feine Schweißperlen bildeten sich auf ihrer Stirn. Ihre Hände begannen zu schwitzen.

Die Polizisten baten sie, sich zu setzen. Meeryam stelle Meelan noch kurz als ihren Klassenkameraden vor. Es war totenstill im Wohnzimmer. Keiner traute sich zu atmen. Eine Stimme in ihr sagte, bitte sagt es nicht, bitte sagt es nicht. Dabei wusste sie gar nicht, was die Polizisten ihr sagen wollten, aber irgendwie schien sie es zu ahnen.
In die Stille sagte der ältere der beiden Polizisten: „Sind Irene und Kurt Schmitz deine Eltern?"
Meeryam nickte nur mit dem Kopf und sah die Polizisten ängstlich an.
Dem Polizisten fiel es sichtlich schwer, weiter zu sprechen. „Deine Eltern hatten einen schweren Unfall. Dein Vater hat den Unfall leider nicht überlebt, und deine Mutter liegt schwerverletzt auf der Intensivstation."
Jetzt war es raus. Meeryam sagte nichts. Ihre Augen füllten sich mit Tränen, bis diese überliefen. „Aber das kann doch nicht sein, das kann doch nicht sein", schluchzte Meeryam. Ihr ganzer Körper wurde von einer Schmerzwelle geschüttelt. Meelan setzte sich neben Meeryam, legte seinen Arm um sie und hielt sie fest. Meeryam konnte gar nicht mehr aufhören zu weinen. Immer wieder schrie sie: „Nein, nein, nein!"

Die Freunde, die das alles mit ansahen, waren zutiefst erschüttert. Keiner sprach ein Wort. Nach einer Weile sagte der

Polizist: „Wir bringen dich zu deiner Mutter ins Krankenhaus, wenn du das möchtest."

„Ja", sagte Meeryam mit verheulten Augen, „bitte bringen Sie mich zu meiner Mutter."

„Ich komme auch mit Meeryam", sagte Meelan fest entschlossen.

„Wir warten hier auf euch", rief Farina ihnen hinterher.

Meeryam und Meelan stiegen in den Polizeiwagen. Meelan legte wieder seinen Arm um Meeryam, die wieder bitterlich weinte.

Im Krankenhaus angekommen brachten die Polizisten die beiden auf die Intensivstation. Irene war an viele Apparate und Schläuche angeschlossen. Mitleidig sah die Krankenschwester Meeryam an und Meelan ahnte nichts Gutes.

Irene hatte die Augen geschlossen. Meeryam ergriff ihre Hand und drückte sie leicht. Langsam öffnete sie die Augen und sah Meeryam müde an. Ein kleines Lächeln huschte über ihr Gesicht.

„Meeryam, mein Schatz", sagte sie mit dünner Stimme. „Schön, dass du da bist. Ich muss dir etwas erzählen."

„Nicht sprechen, Mama, das strengt dich zu sehr an. Du musst erst gesund werden", flüstere Meeryam.

„Ich habe viel zu lange geschwiegen, Meeryam. Hör mir jetzt einfach zu, bevor es zu spät ist", sagte Irene leise.

Zu spät? Was meinte Irene damit? Sie würde wieder gesund werden und alles würde wieder gut.

Stockend begann Irene Meeryam alles zu erzählen. Von dem Zeitungsausschnitt, von der Begegnung mit Karina, und wo sie eigentlich heute hin wollten. Immer wieder musste sie Pausen einlegen, weil sie das Sprechen so anstrengte.

Meeryam und auch Meelan wollten nicht glauben, was sie zu hören bekamen. Immer wieder schüttelte Meeryam ungläubig den Kopf. Dicke Tränen liefen ihr die Wangen herunter.

Als Irene alles erzählt hatte, war es für einen Moment ganz still.

Dann sagte Irene zu Meeryam, und sie schien dafür die letzten Kräfte zu mobilisieren:

„Meeryam, mein Kind. Kannst du mir verzeihen?"
„Ja!" rief Meeryam. „Ja, ich verzeihe dir, ich verzeihe dir alles, nur bitte, bitte werde wieder gesund."
„Ich danke dir, mein Kind. Und verzeih mir bitte, dass ich damals nicht gut genug aufgepasst habe, und du deswegen ohne deinen Bruder aufwachsen musstest. Mein ganzes Leben habe ich mich dafür schuldig gefühlt und mich immer gefragt, wo Meelan wohl ist und ob es ihm gut geht."
„Mama, er ist hier", rief Meeryam schnell. „Schau, er sitzt neben mir. Wir haben uns wiedergefunden."
Jetzt erst bemerkte Irene den Jungen neben Meeryam. Sie schaute ihn an und fragte mit zitternder Stimme: „Bist du es wirklich? Bist du es, Meelan?" Aber sie wusste die Antwort selbst, denn die Ähnlichkeit der beiden Kinder war unverkennbar.
„Ja, ich bin Meelan, Meeryams Zwillingsbruder, mir geht es gut und mir ist es immer gut ergangen", sagte Meelan.
„Danke für das Geschenk. Jetzt kann ich in Frieden gehen", flüsterte Irene. „Ich hoffe nur, dass eure Mutter mir auch verzeihen kann." Noch einmal lächelte Irene Meeryam und Meelan an. Dann nahm sie einen tiefen Atemzug. Es war ihr letzter.
Meeryam rüttelte an Irenes Hand und rief immer wieder schluchzend: „Mama, Mama bleib hier! Bitte, bitte."
Die Krankenschwester kam zu Meeryam und legte ihr tröstend die Hand auf die Schulter und sagte: „Es ist vorbei."
Ununterbrochen hatte Meelan Meeryams Hand gehalten.
Die Schwester sagte weiter: „Ich lasse euch jetzt noch etwas allein", und verließ leise das Zimmer.
Meeryam hatte ihr Gesicht in der Hand von Irene vergraben und weinte leise vor sich hin. Meelan brach es fast das Herz, als er Meeryam so leiden sah.
Dann sah er das Licht. Leise flüsterte er Meeryam ins Ohr. „Meeryam, Meeryam schau, bitte schau, was hier geschieht. Du

bist eine Elfe, du kannst es auch sehen, bitte schau hin."
Müde hob Meeryam ihren Kopf. Dann sah auch sie es. Erst war es ein Licht, dann zwei, dann drei Lichter. Sie kamen immer näher an Irenes Bett. Es war ein warmes, weißes Licht. Die Lichter wurden immer größer und heller. Jetzt konnten sie erkennen, dass es Engel waren. Einen von ihnen kannte Meelan, es war Azarel, der Engel für die Übergänge. Er stand für Ende und Neubeginn. Wenn etwas zu Ende geht, beginnt auch gleichzeitig immer etwas Neues.
Neben ihm stand jemand im hellen Licht. Dies schien aber kein Engel zu sein. Seine Gestalt war eher durchscheinend grau. Jetzt erkannte ihn Meeryam, es war Kurt. Wieder liefen ihr Tränen die Wangen herunter. Er schien ihr zuzulächeln.
Plötzlich trat aus Irene ebenfalls ein Licht. In diesem Licht schien ihr geistiger Körper sich von dem physischen Körper zu lösen. Sie erhob sich und trat neben Kurt, der sie anlächelte. Alle Engel lächelten liebevoll und dieser Moment hatte etwas Heiliges. Sie sahen Meeryam an und sie hörte in ihrem Kopf ihre Stimmen, die sagten: „Unsere Aufgabe hier auf der Erde ist erfüllt. Wir gehen nach Hause, zurück ins Licht, wo wir hergekommen sind. Macht euch keine Sorgen, alles ist richtig und gut. Wir lieben euch."

Irene dankte ihrem physischen Körper, dass ihre Seele hier auf der Erde darin wohnen durfte, um zu wirken. Dann drehten sie sich um und gingen mit den Engeln davon. Was blieb, war ein leichter Duft nach Vanille, denn Azarel immer verströmte.

Meelan nahm Meeryam in den Arm und hielt sie ganz fest. Die Schwester kam wieder herein und sagte, ob sie noch etwas bleiben möchten. Meeryam schaute auf den Körper von Irene. Das war nicht mehr Irene. Die Irene, die sie kannte war eben mit den Engeln davon gegangen.
„Nein", sagte Meeryam müde und wollte gehen.

„Halt", sagte die Schwester, „du hast die Handtasche deiner Mutter vergessen." Meeryam ging noch einmal zurück und nahm die Handtasche an sich.
Als sie auf den Flur traten, sahen sie, dass die zwei Polizisten auf sie gewartet hatten. Sie sprachen Meeryam ihr Beileid aus und sagten, dass sie sie wieder nach Hause fahren würden. Keiner sprach während der Fahrt ein Wort. Als sie zu Hause angekommen waren, fragten die Polizisten, ob sie noch Verwandte hätte, ansonsten müssten sie das Jugendamt verständigen, da sie ja noch minderjährig sei. Meeryam sagte ihnen, dass sie kaum Verwandtschaft hätte, aber ein Bruder von Kurt, Onkel Fritz, in der Nachbarschaft wohnen würde.
Die Polizisten sagten, dass sie den Onkel jetzt informieren würden, und gingen.
Meeryam und Meelan gingen ins Haus. Alle ihre Freunde waren noch da und Meelan berichtete ihnen, was passiert war.
Einen wirklichen Trost gab es in diesem Moment nicht für Meeryam, so sehr sich die Freunde auch bemühten, sie zu trösten.
Das Einzige, was sie tröstete, war, dass sie gesehen hatte, wie Kurt und Irene ins Licht gegangen waren und wie glücklich sie dabei aussahen. Immer wenn sie an diese Szene dachte, empfand sie keinen Schmerz mehr, es war dann eher wie ein Verstehen. Aber trotzdem stiegen immer wieder Trauer und Schmerz in ihr hoch, denn sie hatte zwei geliebte Menschen verloren.
Meelan und Meeryam saßen auf der Couch und hielten sich an den Händen. Als der Schmerz über den Verlust unerträglich wurde, hörten sie und Meelan eine Stimme. Es war die von Lahmynana.
Er sagte: „Denkt an das, was ich euch gesagt habe. Eure Eltern werden in dem Moment für euch da sein, in dem Ihr sie wirklich braucht."

Jetzt fiel Meeryam wieder ein, was Irene ihr alles erzählt hatte. In ihrem Schmerz hätte sie es fast vergessen. Sie nahm aus Irenes Handtasche einen Umschlag und öffnete ihn. Ein ziemlich verknitterter Zeitungsauschnitt fiel ihr in die Hände. Eine schöne, junge blonde Frau war darauf zu sehen. Meelan saß neben Meeryam und beide betrachteten das Bild. Zum ersten Mal sahen sie ihre Mutter. Es war, als wenn ein Licht in ihnen angezündet würde. Ihre Herzen pochten ganz aufgeregt und die Flamme des Lichts, die Hoffnung hieß, machte ihre Herzen ganz weit. Es gab sie wirklich, ihre Mutter. Jetzt war sie kein Phantom mehr für sie, jetzt hatten sie ein Bild von ihr.
In dem Umschlag lag noch ein Zettel mit einem Namen und einer Telefonnummer. Ihre Mutter hieß Karina Schmitz. Meeryam sah Meelan an und der nickte. Dann griff Meeryam zum Telefonhörer, hielt ihn einen Moment in der Hand und legte wieder auf.
„Ich kann noch nicht, Meelan, es ist alles noch so frisch. Morgen, ich werde es morgen tun.“ Stumm nickte Meelan.
Die Freunde beschlossen, Meeryam erst mal in Ruhe zu lassen. Meelan würde hier bei ihr bleiben. Nachdem die Freunde leise das Haus verlassen hatten, kam Meeryams Onkel. Er war untröstlich, und auch er weinte. Meeryam sollte mit zu ihm kommen, aber Meeryam weigerte sich, sie wollte hier im Haus bleiben. Irgendwann ging ihr Onkel wieder und sagte ihr, dass sie sich sofort melden sollte, wenn sie etwas bräuchte. Auch er war im Moment mit der Situation überfordert. Wie soll das alles nur werden, dachte er. Er war froh, dass gerade Meeryams Freund zu Besuch war, dann war sie nicht so alleine.

Kapitel 22

Bestimmung

Die himmlischen Pläne bringen uns zu Taten, die sich jedem Verstand entziehen.

Es war schon später Vormittag, als Meeryam erwachte. Sie hatte die ganze Nacht kaum geschlafen. Erst in den frühen Morgenstunden war sie in einen unruhigen Schlaf gefallen. Jetzt fühlte sie sich wie gerädert. Ihr ganzer Körper schmerzte, und ihr Kopf dröhnte vom vielen Weinen.
Meeryam setzte sich zu Meelan auf die Couch, der sie sanft in seine Arme schloss und sie einfach nur hielt. Elfen haben heilende Fähigkeiten und je länger Meeryam in Meelans Armen lag, desto besser fühlte sie sich. Es war schon fast Mittag, als ihr wieder Irenes Handtasche mit der Telefonnummer von Karina einfiel.
„Meelan", sagte sie, „ich werde es jetzt tun."
Er wusste direkt, was sie meinte und nickte nur stumm.
Meeryam nahm das Telefon und wählte die Nummer von Karina.
Es läutete nur einmal, dann ging eine Mailbox an. „Guten Tag, Sie sind mit dem Anschluss von Karina Schmitz verbunden. Wegen eines Forschungsprojekts in Südamerika bin ich erst wieder in drei Monaten hier in der Firma zu erreichen. Gerne können sie mir aber eine Nachricht hinterlassen, dann rufe ich sie nach meiner Rückkehr zurück. Auf Wiederhören". Dann machte es piep.
Meeryam rief verzweifelt in den Hörer: „Nein, bitte nicht! Bitte melden sie sich bei mir, hier spricht ihre Tochter." Dann legte sie entsetzt auf.
„Sie ist für drei Monate wegen einem Forschungsprojekt in Südamerika. Hätte ich doch bloß gestern angerufen", sagte Meeryam verzweifelt zu Meelan. Gestern wäre sie noch da gewesen, denn sie war ja mit Irene und Kurt verabredet."
Verzweifelt begann Meeryam wieder zu weinen.
„Meeryam, Meeryam, he, kleine Schwester, hör mir bitte zu."
Meeryam schniefte sich die Nase und sah Meelan mit rotgeweinten Augen an.
Meelan sagte: „Wir versuchen jetzt alles, was in unserer Macht

steht, um Kontakt zu unserer Mutter aufzunehmen. Wir haben ja jetzt sogar ein Bild von ihr. Schau, wie schön sie ausschaut, so schön wie du", versuchte er Meeryam zu trösten.
„Und was können wir jetzt tun?" fragte sie schniefend.
„Wir denken jetzt ganz intensiv an unsere Mutter, ganz fest. Und außerdem bitten wir Lahmynana, uns zu helfen."
Er nahm Meeryams Hand in seine, dann schlossen sie die Augen, baten um Hilfe und dachten an ihre Mutter.

Karina hatte am Vortag vergeblich in der Firma auf einen Herrn Schmitz gewartet. Nach einer Stunde war sie schulterzuckend nach Hause gefahren. Es gab noch viel zu tun. Morgen würden sie und Jürgen für drei Monate nach Südamerika fliegen. Sie nahmen dort im Auftrag ihrer Firma an einem Forschungsprojekt teil, worauf Karina sich schon sehr freute. Sie erledigte zu Hause noch alles, was es zu tun gab und packte ihren Koffer. Abends schaltete sie noch kurz vor dem zu Bett gehen die Nachrichten an. Ein Geisterfahrer war auf der Autobahn mit einem anderen Auto zusammengestoßen. Ein Ehepaar und der Geisterfahrer waren dabei ums Leben gekommen. Wie schrecklich, dachte Karina und schaltete den Fernseher sofort wieder aus. Sie wusste nicht, dass in dem einem Auto genau der Herr Schmitz saß, mit dem sie verabredet gewesen war.
Der Flug ging schon sehr früh, und Jürgen und Karina machten sich rechtzeitig auf den Weg, um zum Flughafen zu fahren. Dort angekommen stellen sie fest, dass sich ihr Flug verschoben hatte, und sie erst gegen Mittag fliegen würden.
„Sehr komisch", sagte Jürgen nachdenklich. „Ich habe doch bevor wir losgefahren sind noch extra im Internet nachgeschaut. Da stand nichts von einem späteren Abflug."
Karina zuckte nur mit den Schultern.
Gegen Mittag konnten sie endlich ihr Gepäck aufgeben. Nun wollten sie noch in Ruhe einen Kaffee trinken, bevor sie an Bord

ihres Fliegers gingen. Doch plötzlich wurde Karina sehr unruhig. Dann hörte sie eine sanfte Stimme, die zu ihr sprach und sagte: „Karina, es gibt eine telefonische Nachricht für dich. Diese Nachricht wird dein Herz erfreuen."
Karina schaute sich um, sah aber niemanden, der zu ihr sprach. Sie sah den großen Engel mit den goldenen Flügeln nicht, der neben ihr stand und sie anlächelte.
„Was ist mit dir los?" fragte Jürgen sie.
„Ich weiß nicht", antwortete Karina. „Ich habe nur so ein komisches Gefühl. Ich glaube, ich rufe noch mal in der Firma an."
Da Karina eine Rufumleitung von ihrem privaten Telefon auf ihr Handy hatte, konnte die Nachricht nur auf ihrem Firmentelefon sein.
„Schatz", sagte Jürgen, „lass doch mal los. Was soll schon sein? Wenn es etwas Wichtiges wäre, dann hätten die uns doch angerufen."
Vielleicht hatte Jürgen Recht und sie bildete sich das alles nur ein. Dann kam auch schon ihr Aufruf zum Boarding. Sie stellten sich in die Reihe der Wartenden. Karina wurde immer nervöser. Jürgen lächelte sie an und sagte:
„Du hast doch nicht etwa Flugangst mein Schatz. Du bist doch schon hundertmal geflogen."
„Ich kann dir auch nicht sagen, was es ist, einfach nur so ein Gefühl." Karina wartete noch einen Augenblick, dann nahm sie entschlossen ihr Handy aus der Tasche und wählte die Nummer ihres Firmentelefons. Jürgen versuchte noch ein vergebliches „Schatz, bitte, es sind nur noch drei Leute vor uns", aber er wusste, wenn Karina sich zu etwas entschlossen hatte, war sie nicht mehr davon abzuhalten. Mit einem Seufzer ließ er sie gewähren.
Die Mailbox ihres Firmenanschlusses war dran, mit einer Pin unterbrach sie die Ansage, dann kam die Mitteilung: Sie haben eine neue Nachricht – piep.

Jürgen sah nur wie Karina kreidebleich wurde. Sie blieb stehen wo sie stand. Die nachkommenden Leute drängelten sich an ihr vorbei und schauten zum Teil kopfschüttelnd auf Karina.
„Karina, was ist los?” fragte Jürgen besorgt und runzelte die Stirn. Sie drückte hastig ein paar Knöpfe auf ihrem Handy und hielt es dann Jürgen ans Ohr.
„Karina, vielleicht hat sich jemand einen Scherz erlaubt”, versuchte er noch schwach.
Karina schüttelte langsam den Kopf und sagte:
„Das ist kein Scherz Jürgen, das ist kein Scherz.“ Sie drehte sich um und ging Richtung Ausgang.
„Karina, unser Flieger. Wir können doch jetzt nicht einfach gehen. So warte doch mal! Unser Gepäck ist doch auch schon im Flieger. Mensch, Karina...“
Sie wurde immer schneller und hektischer. Sie verließ das Flughafengebäude und steuerte zielstrebig das nächste Taxi an. Jürgen konnte gerade noch zu ihr ins Auto springen und sagte: „Das glaube ich jetzt alles nicht.“
Lahmynana freute sich, dass alles nach dem himmlischen Plan verlief und schaute dem Taxi lächelnd hinterher.
Nicht nur Karina, sondern auch Jürgen gingen tausend Gedanken durch den Kopf. In der Firma angekommen, gingen sie in ihr Büro. Auf ihrem Telefonapparat konnte sie nun die Nummer sehen, von der die Nachricht kam. Das Mädchen hatte nämlich keine Telefonnummer und keinen Namen hinterlassen.Sie notierte sich die Nummer und jagte wieder aus dem Büro, Jürgen hinter ihr her. Mit dem Taxi ließen sie sich nach Hause fahren. Zielstrebig ging sie dort zum Telefon, wählte die Nummer und wartete.
Es klingelte dreimal, dann meldete sich eine Mädchenstimme: „Hier Meeryam Schmitz“. Karina stutzte einen Moment. Hieß nicht auch der Mann, mit dem sie gestern verabredet war, Schmitz?

„Hier Karina Schmitz, hattest du mich heute angerufen?" Was für ein Zufall, dass Karina und Meeryam den gleichen Nachnamen hatten.
Am anderen Ende war Stille. Karinas Herz schlug ihr fast zum Hals heraus. Dann hörte sie ein schüchternes „Ja...".
Karina traute es sich gar nicht auszusprechen, doch dann fragte sie mit zitternder Stimme: „Warum glaubst du, dass ich deine Mutter bin?"
„Das ist eine lange Geschichte. Können Sie kommen?" fragte das Mädchen.
„Ja, ich komme", sagte Karina. Dann notierte sie sich die Adresse und legte auf. Sie sah Jürgen an und sagte: „Bitte hilf mir Jürgen. Ich habe solche Angst." Jürgen nahm sie in die Arme und hielt sie ganz fest. Karina zitterte wie Espenlaub.
Jürgen schob sie entschlossen von sich und sagte: „Komm, wir fahren."
„Jetzt?" fragte Karina.
„Worauf willst du noch warten? Du kannst im Auto ein wenig schlafen. Wir könnten am frühen Abend dort sein."
Karina nickte dankbar. Schnell packten sie ein paar Sachen zusammen, dann verließen sie das Haus.
An Schlafen war gar nicht zu denken. Karina wusste nicht mehr, was sie denken sollte. Würde sie tatsächlich etwas über ihre Vergangenheit erfahren? Hatte sie wirklich ein Kind? Ihr fiel der Zettel in der Streichholzschachtel ein. War das die Handschrift ihres Kindes gewesen? Ihre Hand griff nach der Streichholzschachtel mit den Rosenblättern. Das beruhigt sie etwas.
Jetzt stutzte Jürgen. „Karina, da wo wir jetzt hinfahren, da hatten wir doch erst vor ein paar Tagen einen Workshop in einer Schule."
Stimmt, Jürgen hatte Recht. Jetzt fiel ihr auch wieder diese Frau ein, die sie in der Schule so entgeistert angeschaut hatte. Karina hatte sich noch gewundert. Sie hatte gedacht, sehe ich wie ein

Gespenst aus oder warum schaut diese Frau mich so entgeistert an.
Sie konnte sich jetzt noch so sehr das Hirn zermartern, sie würde erst heute Abend eine Antwort bekommen.
Jürgen sah den ängstlichen Blick in Karinas Augen. Sie tat ihm richtig leid. Zärtlich streichelte er ihre Hand und lächelte sie an. Karina lächelte ein wenig zurück und dann fiel sie in einen unruhigen Schlaf.

Kapitel 23

Das große Scheppern

In jeder vermeintlichen Katastrophe wohnt immer auch eine große Chance.

Die Zeit schien zu kriechen. Meelan und Meeryam saßen auf dem Sofa im Wohnzimmer und warteten auf Karina. Wie sie wohl so sein wird, dachte Meeryam. Vielleicht sind wir ja auch total enttäuscht und wünschen uns, wir hätten sie nie kennengelernt.
„Meelan", sagte Meeryam leise, „ich habe mir so oft gewünscht, dass ich meine Mutter kennen lerne, aber jetzt habe ich ein bisschen Angst davor."
„Mir geht es genauso. Ich denke, hoffentlich bin ich nicht enttäuscht. In meinen Vorstellungen konnte ich sie mir ja so erschaffen, wie ich sie gerne hätte. Aber ich freue mich auch. Der Nebel, der mich immer zu umgeben schien, löst sich so langsam auf."
„Wie gut, dass wir uns haben", sagte Meeryam. Er nickte nur stumm und drückte ihre Hand.

Vorsichtig wurde die Terrassentür geöffnet.
„Wir sind es, Annomé und Carlotta. Dürfen wir reinkommen?" fragte Annomé leise. In der Zwischenzeit konnte auch Meeryam als Mensch die Stimmen ihrer Freunde hören, nicht nur die von Meelan.
„Ja, kommt rein", sagte sie müde. Ein kleiner Wirbel ging durchs Zimmer. Annomé und Carlotta setzte sich auf die Sessel gegenüber von Meeryam und Meelan.
„Wisst Ihr", sagte Meeryam plötzlich, „ich bin so traurig, dass Kurt und Irene nicht mehr da sind, dabei liefen ihr wieder ein paar Tränen die Wangen runter, aber das, was ich da im Krankenhaus erlebt habe, kann ich immer noch nicht fassen. Wenn ich es nicht mit eigenen Augen gesehen hätte, ich würde es nicht glauben. Es war alles so friedlich und so würdevoll. Ich bin so dankbar, dass ich das erleben durfte. Es gibt mir so einen inneren Frieden. In Wirklichkeit sind sie ja gar nicht weg, sondern haben nur ihren Körper, ihre Hülle abgelegt. Sie sahen so frei und glücklich aus."

„Dieses Licht sind wir alle", sprach Meelan. „Jedes Tier, jede Pflanze, jeder Mensch birgt dieses göttliche Licht in sich. Denk an die Lichtsternblume. Deren Licht ist so schön, und so schön leuchtet unser aller Licht. Jedes Ende birgt auch gleichzeitig etwas Neues. Es hört nie einfach etwas auf und das war es."
„Besonders nicht Annomés Geplapper", witzelte Carlotta vorsichtig. Annomé blies empört ihre Elfenbäckchen auf. Über Meeryams Gesicht huschte schon wieder Lächeln. Sie war so froh, dass ihre Freunde da waren.
„Ich habe das Gefühl", sagte Meeryam nachdenklich, „dass Kurt und Irene gar nicht wirklich weg sind. Denn sie waren ja nicht ihre Körper, sondern wunderschöne Lichtwesen, die in den Körpern nur wohnten."
„Und ohne Körper", sprach Meelan, „hätten ihre Seelen hier auf der Erde nicht wirken können. Sie haben das Leben anderer Menschen verändert und andere Menschen das ihre. Alles steht immer im Zusammenhang. So kehren ihre Seelen nun reich an Gefühlserfahrungen nach Hause, zu Gott zurück", schloss Meelan.
Jetzt konnten sie nichts weiter tun als warten. Alle waren so auf Karina gespannt. Annomé hielt es fast nicht mehr aus. Immer wieder flog sie zum Fenster und schaute hinaus, in der Hoffnung, Karina zu entdecken.
„Gras wächst auch nicht schneller, wenn man daran zieht!" rief Carlotta Annomé zu.
„Das Warten macht mich noch ganz kirre", sagte Annomé ungeduldig. „Carlotta, kannst du nicht irgendetwas zaubern und ratz-fatz sind sie hier?"
„Nee", sagte Carlotta, „das lassen wir mal lieber sein. Wer weiß, wie deren Lebensplanung ist, und ich habe nicht das Recht, da einzugreifen."
„Och, schade" sagte Annomé. Gut, dann würde sie sich die Zeit eben mit etwas anderem vertreiben. Was sie ganz faszinierend

fand, war die Ritterrüstung, die im Wohnzimmer stand. Kurt hatte eine Vorliebe fürs Mittelalter und irgendwann mal als Gag diese Rüstung gekauft. Da das Wohnzimmer riesengroß war, wirkte sie auch nicht so wuchtig.
Annomé konnte gar nicht glauben, dass sich früher die Menschen so etwas freiwillig angezogen hatten. Das Visier war aufgeklappt und gerade wollte sie dort hineinschauen, da hörte sie ein Auto auf den Hof fahren. Na endlich, dachte sie und flog schnell zum Fenster.
Meeryam und Meelan sprangen beide gleichzeitig auf. Gemeinsam gingen sie zur Tür und hielten sich fest an den Händen. Sie öffneten die Tür, als Karina gerade den Klingelknopf drücken wollte.
Vor Karina standen ein Mädchen und ein Junge mit hellblonden Haaren. Sie schienen gleich alt zu sein und sahen sich irgendwie ähnlich. Erwartungsvoll schauten sie die Frau an. Jürgen sah sofort die Ähnlichkeit mit Karina.
Alle waren irgendwie verlegen, und keiner wusste so richtig, was er sagen sollte.
Meelan und Meeryam wussten selbst nicht, was sie erwartet hatten. Hier vor ihnen stand nun endlich ihre Mutter, aber für sie war es eine Fremde. Es wollte sich kein Gefühl der Freude oder des Wiedererkennens einstellen. Sie warteten auf irgendeine Reaktion von Karina, aber nichts geschah.
Meeryam sagte: „Ich bin Meeryam, und das ist mein Zwillingsbruder Meelan."
Das wird ja immer spannender, dachte Jürgen.
Dann bat Meeryam sie ins Haus. Karina hatte noch kein Wort gesprochen. Sie wartete auf irgendeine Reaktion in sich, ein Wiedererkennen oder irgendein Gefühl, aber nichts geschah. Eine kleine Welle der Enttäuschung stieg in ihr auf. Sie folgten Meeryam ins Wohnzimmer und nahmen dort Platz.
Karina sagte: „Das ist Jürgen, mein Mann."

Meeryam räusperte sich kurz und sagte: „Am besten fange ich ganz vorne an." Sie erzählte unermüdlich ihre ganze Geschichte. Alles das, was sie ihren Freunden beim ersten Treffen auch erzählt hatte. Sie erzählte, was auf dem Mittsommerfest passiert war, wie sie und Meelan sich kennen gelernt hatten, bis hin zu dem gestrigen Tag, der so dramatisch endete.

Karina und auch Jürgen schüttelten immer wieder die Köpfe. Das konnte doch alles nicht wahr sein, was sie da hörten. Das Mädel schien nicht verrückt zu sein, und trotzdem erzählte sie etwas von Elfen und einem Elfenvater. In Karinas Kopf schwirrte alles.

Keiner hatte auf Annomé geachtet, die die Geschichte ja schon kannte und sich etwas langweilte. Sie beschloss, da weiter zu machen wo sie, bevor Karina und Jürgen kamen, aufgehört hatte. Neugierig flog sie in Richtung Ritterrüstung. Sie setzte sich unter das geöffnete Visier und dachte: Schöne Aussicht von hier oben! Dann dachte sie an die leckeren Himbeerküchlein von gestern Morgen und überlegte, ob wohl davon noch ein winzig kleiner Rest für sie übrig war.

Sie war so in Gedanken, dass sie die große Spinne nicht sah, die aus dem Inneren der Ritterrüstung gekrabbelt kam und über ihre Hand lief.

Und dann nahm das Schicksal seinen Lauf. Annomé hatte sich so erschrocken, dass sie rücklings mit einem lauten spitzen Schrei in den Helm der Rüstung fiel. Durch ihren Sturz löste sich das Visier und fiel mit einem lauten Krachen zu. Annomé war im Dunkeln der Rüstung gefangen. Panik überfiel sie. Wer weiß, dachte sie, wie viel Spinnen noch hier herumkrabbeln. Annomé hatte panische Angst vor diesen Krabbeltierchen. Sie machte in der Rüstung so eine Randale, um wieder herauszukommen, dass die ganze Rüstung erst leicht wankte und dann wie in Zeitlupe umfiel.

Den anderen im Wohnzimmer bot sich ein ganz besonderes Spektakel, besonders Jürgen und Karina. Als das Visier herunter fiel, hörten sie, wie Meelan und Meeryam panisch nach einer Annomé riefen. Vielleicht ist das eine Katze, dachte Karina. Jetzt sahen sie, wie am anderen Ende des Wohnzimmers die große Ritterrüstung zu wanken begann. Der Junge rief noch: „Carlotta, tu was", dann stürmten er und Meeryam in Richtung Ritterrüstung. Alles ging sehr schnell. Doch noch bevor die beiden die Rüstung erreichten, schlug diese scheppernd auf dem Boden auf. Das ohrenbetäubende Geräusch klang wie schepperndes Autoblech bei einem Unfall.

Meelan rief wieder: „Carlotta tu was, Annomé hängt in der Rüstung fest." Meeryam öffnete das Visier der Rüstung. Sie sahen, dass das Innere des Helms mit weicher Watte ausgepolstert war. Das hatte Carlotta auf die Schnelle gehext, damit Annomé weich fiel.

„Oh je, oh je", hörten sie Annomés leidende Stimme.

„Ist dir was passiert, Frau Elfenkatastrophe?" rief Carlotta ihr entgegen.

„Oh je, oh je", jammerte Annomé wieder.

Meelan grinste. „Solange sie noch so jammern kann, geht es ihr gut."

„Was hast du nur wieder angestellt, Annomé!" schimpfte Carlotta. „Dich kann man auch keine Minute aus den Augen lassen."

Annomé krabbelte aus dem Kopf der Rüstung heraus. „Ich muss mich erst mal wieder ordnen", sagte sie noch ganz benommen und versuchte, ihre Kleidung in Ordnung zu bringen.

„Vergiss es", sagte Carlotta. „Bringt nix, denn du bist die Unordnung in Person." Annomé sah wirklich mitgenommen aus.

„Lass mich mal machen", sagte Carlotta gutmütig. Kurz schwang sie ihren Zauberstab. Ein zischendes ratz-fatz und Annomé erstrahlte wieder in ihrem Glanz.

„Oh danke liebe Carlotta", freute sich Annomé. „Du bist einfach die bezauberndste Hexe, die ich kenne."

Keiner hatte in dem Durcheinander auf Karina geachtet. Jürgen war ganz in dem Bann der Rettungsaktion gezogen und bemerkte erst jetzt, dass Karina mit weitaufgerissenen Augen aufgesprungen war. Er wollte gerade sagen, Karina was ist mit dir, da verdreht sie die Augen und sackte in sich zusammen.
Der Aufprall der Ritterrüstung, der sich anhörte, als wenn zwei Autos ineinander fuhren, hatte bei Karina die Erinnerung an ihren eigenen Unfall geweckt. Eine Flut an Informationen wurde in ihrem Kopf auf einmal freigesetzt. Ihr ganzes altes Leben drängte nach oben. Es war wie ein Tsunami in ihrem Gehirn. Tausende von Bildern, Filmen, Situationen sah sie. Das war einfach zu viel, und eine erlösende Schwärze umgab sie. Das letzte, was Karina mitbekam, war, dass Gaya wie aus dem Nichts da war, sie anlächelte und sie in ihren Armen auffing. Sie sagte: „Mein geliebtes Kind, es ist soweit, der Schleier des Vergessens wird von dir genommen."

Als sie wieder wach wurde, lag Karina auf dem Boden des Wohnzimmers. Jürgen hatte ihre Beine hochgelagert. Das macht man so bei Ohnmächtigen, damit wieder Blut ins Gehirn fließen kann.
„Karina!" rief Jürgen immer wieder, „Karina!"
Sie hörte seine Stimme von ganz weit her. Langsam wurde die Welt um sie herum wieder klarer. Sie schaute in die ängstlichen Gesichter von Meeryam und Meelan, und mit einem Schlag wurde ihr klar, was passiert war.
„Es ist wieder da", sagte sie zaghaft. „Es ist wieder da", sagte sie noch einmal und immer wieder. Dann brach sie in Tränen aus.
Meeryam und Meelan sahen sich verständnislos an und zuckten mit den Schultern. „Was ist wieder da, mein Schatz?" fragte Jürgen sie.
Karina schaute nacheinander in die Gesichter um sie herum und sagte: „Mein Gedächtnis". Sie weinte und weinte. Die ganze

Anspannung der letzten Jahre schien sich mit einem mal aufzulösen.
Jürgen hielt sie in den Armen und sagte immer wieder: „Ganz ruhig mein Schatz, ganz ruhig."
Als Karina sich wieder beruhigt hatte, setzte sie sich in ihren Sessel.
Annomé hatte ein ganz schlechtes Gewissen, weil sie sicham Zustand von Karina schuldig fühlte.
„Oh, es tut mir ja so leid. Es tut mir so unendlich leid. Was habe ich da nur wieder angestellt? Meelan, bitte sag Karina, dass ich mich bei ihr in aller Form entschuldige."
„Meelan erzählte Karina von Annomé, der Elfe, dass sie das Chaos ausgelöst hatte, und sich bei ihr dafür entschuldigen wolle.
„Entschuldigen", sagte Karina langsam, „entschuldigen? Wofür? Ich werde dieser Elfe mein Leben lang dankbar sein. Dieser Knall hat meine Blockade im Gehirn gelöst. Ich weiß gar nicht, wie ich ihr danken soll für das, was sie getan hat."
Annomé, die eben noch das schlechte Gewissen in Person war, dachte, sie höre mal wieder nicht richtig.
„Danken? Mir? Da wüsste ich was. Ich sage nur, Himbeerküchlein", und dabei strahlte sie übers ganze Elfengesicht.
Erleichtertes Lachen machte die Runde und Carlotta sagte: „Du ruinierst dir noch deine schöne Elfenfigur mit deinen Himbeerküchlein."
„Ist doch nur mal eine Ausnahme", winkte Annomé schmunzelnd ab.
„Wie gut, dass du keine Hauselfe bist", gab Carlotta zu bedenken. „Sonst wäre deine neue Fortbewegungsart kugeln statt fliegen."
„Man kann sich an alles gewöhnen", sagte Annomé leichthin.
Als sich alle wieder beruhigt hatten, fragte Jürgen Karina: „An was kannst du dich erinnern?"

Karina sah Jürgen an und sagte: „An alles." Jetzt war es an Karina zu erzählen. Erst zögerlich, dann immer schneller erzählte sie ihre Lebensgeschichte. Während sie erzählte, hielt sie die ganze Zeit ihre Streichholzschachtel in der Hand, die sie aus ihrer Hosentasche gezogen hatte. Jetzt war es an den anderen zu staunen, was Karina schon alles erlebt hatte. Auch bei der Geschichte Gayaund der Begegnung mit dem Elfen hörten sie aufmerksam zu. „Ich kann es immer noch nicht glauben, dass ich zwei so wunderbare Kinder habe", schloss Karina ihren Bericht.
Sie schaute Meeryam und Meelan in die Augen und dabei passierte mit allen dreien etwas. Es war wie ein stummes Erinnern, ja, wie ein Erwachen. Allen dreien wurde es warm im Herzen. Das Gefühl des Fremdseins verschwand mehr und mehr und machte einem zarten und sanften Gefühl der Vertrautheit Platz. Und noch etwas kam hinzu. Die Freude. Die Freude darüber, sich endlich wiedergefunden zu haben.
Lahmynana beobachtete von weitem das Geschehen und auch er strahlte ganz besonders, weil er sich darüber freute, dass sein Pflänzchen Vereinigung der Welten wuchs und wuchs.
Meeryam und Meelan wussten, wer ihnen geholfen hatte. Sie schauten sich an und sagten wie aus einem Mund: „Danke Lahmynana."
„Und ich kann immer noch nicht glauben", sagte Jürgen, „dass es Elfen gibt. Und wer ist eigentlich Carlotta?"
„Carlotta ist die Hexe des Waldes", sagte Meelan und grinste ihn an.
„Ich glaube, ich werde verrückt", sagte Jürgen und ließ sich resigniert in den Sessel fallen. Alle mussten darüber herzhaft lachen.
Es gab so viel zu erzählen und vor allen Dingen zu regeln. Sie saßen noch bis in die frühen Morgenstunden zusammen und redeten und redeten. Sie hatten ja viel nachzuholen. Meelan und Meeryam führten auch ihren Verwandlungsvorgang vor.

Spätestens ab da musste auch Jürgen an Elfen glauben, ob er wollte oder nicht. Die Heldin des Abends aber war Annomé. Das war ihr auch noch nie passiert, dass sie für ihre Schusseligkeit gelobt und ihr dafür gedankt wurde.

Kapitel 24

Unsichtbare Wände

**Aus der Angst vor innerem Schmerz,
werden seltsamste Dinge getan.**

Karina und Jürgen blieben eine ganze Woche bei Meeryam und Meelan. Sie organisierten die Beerdigung von Kurt und Irene, was nochmal ein ganz schmerzhafter Tag für Meeryam war. Karina konnte bis heute nicht begreifen, wie Irene so etwas tun konnte. Aber sie merkte, dass sie nur Frieden finden konnte, wenn sie Irene verzeihen würde.
Da Meeryam und Meelan nicht in eine andere Stadt ziehen wollten, würden Karina und Jürgen ihr Haus verkaufen und zu ihnen ziehen. In der Nachbarstadt gab es eine Zweigstelle ihrer Firma, so dass sie auch dort arbeiten konnten.
Jetzt waren sie eine echte kleine Familie. Nur Meelan fühlte sich immer wieder hin und her gerissen. Er wollte so gerne bei Meeryam und seiner Mutter sein, aber er vermisste auch seine Freunde im Wald. Es wird sich schon alles einspielen, tröstete ihn dann Karina. Sie genoss die Zeit mit ihren Kindern und freute sich jeden Tag aufs Neue, wenn die Schule zu Ende war, und sie Meeryam wieder in ihre Arme schließen konnte.
Wenn Meelan sich mal wieder verabschiedete, um einige Tage im Wald zu verbringen, schaute sie ihm sehnsüchtig hinterher. Sie wollte ihn nicht zwingen, ganz bei ihnen zu wohnen. Wenn er glücklich war, dann war auch sie glücklich. Es schmerzte sie ein wenig, dass sie offiziell nicht angeben konnte, zwei Kinder zu haben. Lange hatten sie hin und her diskutiert. Wenn sie gesagt hätte, dass auch Meelan ihr Kind sei, hätte er eine Schule besuchen müssen, und das wollte er auf gar keinen Fall. Das war der einzige Wermutstropfen bei der ganzen Geschichte. Für andere war Meelan einfach der Freund des Hauses. Er fühlte sich mehr zu dem Leben als Elf hingezogen als zum Menschleben. Das lag wohl daran, dass er als Elf unter Elfen aufgewachsen war. Was für eine Wende hatte doch Karinas Leben auf einmal genommen. Sie sagte so oft, dass sie wohl der glücklichste Mensch auf der Welt sei. Auch Jürgen freute sich, als er sah, wie Karina förmlich aufblühte.

Als nach einigen Wochen alles geregelt war und ein wenig der Alltag einkehrte, beschlossen Meelan und Meeryam, nochmal gemeinsam ihre Freunde im Wald zu besuchen. Puschel blieb zu Hause bei Karina, denn er war auch gerne mit ihr zusammen. Karina wusste Bescheid und ließ an alle schöne Grüße ausrichten. "Besonders an die Chaoselfe Annomé", sagte sie lachend.

Als sie den Waldrand erreichten, verwandelten sie sich in Elfen und flogen in den Wald hinein. Sie waren noch nicht weit geflogen, als sie neben sich im Gebüsch ein lautes Rascheln hörten. Erschrocken flogen sie zur Seite. Das Buschwerk bog sich auseinander und Farina und Jasper sprangen auf den Weg.
„Du meine Güte habt Ihr uns erschreckt", sagte Meelan.
„Wir haben nur eine Abkürzung genommen, damit wir pünktlich sind", entgegnete Farina. Aber die Zwei waren nicht alleine. Auf Farinas Rücken saß, zum Erstaunen von Meeryam und Meelan, Annomé. Sie sah etwas bleich um die Nasenspitze aus und irgendwie ein bisschen verkrampft.
„Puh", sagte sie, „das war ja mal ein Ritt."
„Was machst du denn auf Farinas Rücken?" fragte Meelan sie.
„Ja weißt du, mein Mittagsschläfchen hat einen Ticken zu lange gedauert, und wenn ich mit Elfengeschwindigkeit geflogen wäre, dann wäre ich wieder mal zu spät gekommen. Also habe ich mich auf den Waldweg gestellt und wollte per Anhalter fahren. Und da kamen zufällig Jasper und Farina, haben angehalten und mich mitgenommen."
Meelan lachte. „Also, wie immer zu spät dran!" Annomé zuckte nur mit ihren Elfenschultern.
„Und warum bist du so blass um die Nase?" fragte Meelan weiter.
„Ja also, weißt du, die wilde Jagd im Galopp ist mir einfach nicht bekommen. Das war ganz schön holprig für mein kleines Elfenpopöchen."

„Na dann musst du demnächst eben etwas früher aufstehen", entgegnete ihr Meelan.
„Du weißt, wie schwer mir das fällt, Meelan", sagte Annomé. Sie erhob sich von Farinas Rücken, bedankte sich bei ihr fürs mitnehmen und flog zu Meeryam.
„Wir laufen schon mal vor", sagte Farina zu den Freunden, und zu Jasper: „Wer zuerst bei Rumuck ist?"
„Einverstanden", sagte er und schon ging es im rasenden Galopp Richtung Rumuck.

Die Freunde schauten den davon galoppierenden Einhörnern hinterher.
„Na", sagte Annomé schmunzelnd, „die beiden hat´s ja ganz schön erwischt."
„Ich freue mich für die zwei", sagte Meelan, „besonders für Jasper. Der hat sich ja ganz schön geändert seit dem Vorfall damals."
„Du meinst, seit ich ihm mal ordentlich die Meinung gegeigt habe?" fragte Annomé amüsiert.
„Ja", er ist wirklich viel verträglicher geworden und nicht mehr so eingebildet."
„Weil wir ihn so nehmen wie er ist, und er sich nicht mehr hinter einer Maske verstecken muss", sagte Annomé.
Sie waren mittlerweile auf der Lichtung angekommen, auf der Rumuck stand. Carlotta war schon da und übte gerade ein paar neue Starts, was wahre Staubwolken aufwirbelte.
„Puh, Carlotta", Annomé zog ihr Elfennäschen kraus, „willst du uns hier alle einnebeln oder was?"
„Ah, da seid Ihr ja endlich", rief Carlotta und brach den Start ab.
„Mal wieder beim Mittagsschläfchen verpennt?" fragte sie Annomé.
„Woher weißt..." Dann sah sie Farina und sagte: „Ah, Farina hat gepetzt."

„Und sag mal", fragte Carlotta scheinheilig, „warum bist du denn so blass um die Nase?"
„Am besten berichtet morgen der Waldkurier über meinen ersten Ausritt, dann wissen es wenigstens alle", gab Annomé zurück. „Ich wollte schon immer mal aufs Titelblatt vom Waldkurier." Sie stellte sich wie ein Model in Pose. Das sah so ulkig aus, dass sie die Lacher wieder einmal auf ihrer Seite hatte.
„Warum lacht Ihr so?" fragte Rumuck.
„Ach", antwortete Carlotta, „die Annomé wird Elfenmodel."
„Diiiiie?" fragte Rumuck. „Die kann doch nicht eine Sekunde still stehen!"
„Man kann alles lernen", gab Annomé zurück.
„Mann ja", sagte Rumuck, „du nicht."
„Oh Rumuck, du wirst dich noch wundern."
„Bei dir wundert mich schon lange nix mehr."

Über die Lichtung kamen jetzt Fips und Sir Wieselflink geflitzt.
„Prima", sagte Meelan, „dann sind wir ja vollzählig."
Die Freunde setzten sich in eine Runde, und Meeryam und Meelan erzählten, was sich in der Zeit, in der sie sich nicht gesehen hatten, ereignet hat.
„Aber die Mission Lichtsternblume ist nur zur Hälfte erledigt", sagte Annomé.
„Ja", sagte Meeryam, „es gilt ja noch das Geheimnis um unseren Vater zu lösen."
„Und wie gehen wir da am besten weiter vor?" fragte Meelan. „Hat jemand einen Vorschlag zu machen?"
„Ich!" rief Annomé spontan. „Wie wäre es, wenn wir eine Flugblattaktion starten und für Hinweise auf die Ergreifung eures Vaters eine Belohnung aussetzten?"
„Und wie soll die Belohnung aussehen?" fragte Meelan.
Annomé überlegte nur ganz kurz, dann platzte es aus ihr heraus: „Zwanzig Himbeerküchlein, zum Beispiel."

„Glaubt mir”, sagte Carlotta, „Annomé würde ihn finden, allein wegen der Himbeerküchlein.“

„Ich würde ihr hundert Himbeerküchlein spendieren, wenn sie ihn finden würde”, sagte Meeryam. Man sah, dass Annomé schon jetzt das Wasser im Mund zusammen lief.

„In echt?” fragte Annomé. „Das mach ich glatt.“

„Jetzt mal ernst”, sagte Meelan, „hat noch jemand einen brauchbaren”, und er betonte das Wort "brauchbaren" ganz besonders, „Vorschlag?“. Annomé zog einen Schmollmund.

„Der Vorschlag von Annomé ist gar nicht so schlecht”, sagte Jasper. Annomés Mund verzog sich zu einem breiten Grinsen, so dass ihre Ohren Besuch bekamen.

„Karina hat doch ihr Gedächtnis wieder und könnte nun eine genaue Beschreibung von dem Elfen geben. Vielleicht finden wir jemanden, der gut zeichnen kann. Dann könnten wir sogar ein Bild zum Plakat hinzufügen.“

„Stimmt”, sagte Meelan freudig. „Wir werden Karina fragen. Wenn es jemand hier aus der Gegend ist, würden wir ihn erkennen. Wenn es keiner aus unserem Königreich ist, könnten wir Togan fragen, er besucht doch schon mal andere Elfenvölker. Vielleicht ist er ihm schon mal auf seinen Reisen begegnet.“

„Ja”, sagte Carlotta, „ich könnte mit Speedy und Wumpi die Flugblätter überall verteilen und über dem Anderswald abwerfen.“

„Und Sir Wieselflink und ich übernehmen die Verteilung für die Unterirdischen”, bot sich Fips an.

„Ach, ist das wieder alles aufregend”, sagte Annomé und rieb sich vergnügt ihre Elfenhändchen. „Ich bin ja sooo gespannt auf die Beschreibung. Stellt euch mal vor, es wäre jemand, den wir kennen.“ Sie dachte kurz nach und verzog dann ihr Gesicht. „Oh, hoffentlich ist es nicht...“. Ganz vorsichtig sagte sie: „Grimminius“ und schnitt dabei eine Grimasse.

„Mensch Annomé!” rief Carlotta. „Grimminius ist doch ein Zwerg und kein Elf.“

„Ach ja, stimmt", sagte Annomé und atmete erleichtert auf.
„Du kommst aber auch immer auf Ideen", sagte Carlotta kopfschüttelnd.
„Na dann ist ja fürs Erste alles geklärt", sagte Meelan. „Sobald wir die Beschreibung von Karina haben, treffen wir uns wieder hier bei Rumuck."
Alle waren damit einverstanden und jeder ging wieder seiner Wege. Meelan und Meeryam waren schon fast wieder aus dem Wald heraus, da fragte Meeryam:
„Meelan, du hast mir schon so viel von dem Elfenschloss erzählt. Kannst du es mir nicht mal zeigen?"
„Ich weiß nicht", zögerte er. Bei dem Gedanken, Meeryam mit ins Schloss zu nehmen, hatte er ein ungutes Gefühl, ohne zu wissen warum.
„Ach bitte, Meelan, bitte", bettelte Meeryam. „Karina wollte doch noch in die Firma und kommt erst heute Abend wieder nach Hause."
Meelan konnte Meeryam einfach nichts abschlagen und so willigte er schließlich ein.
„Na gut", sagte er, „aber nur kurz."
„Juchhuuu!" jubelte Meeryam freudig.
Sie machten kehrt und Meelan flog mit Meeryam in Richtung Elfenschloss. Als sie dort ankamen, staunte Meeryam.
„Ach du meine Güte", entfuhr es ihr, „das ist ja wie im Märchen."
Das Schloss war ganz in Weiß und Gold gehalten. Überall gab es kleine und große Türmchen. Eine breite weiße Freitreppe führte ins Schloss hinein. Auf der Wiese davor blühten Blumen in allen erdenklichen Farben und Formen. So etwas hatte Meeryam noch nie zuvor gesehen. Das Schloss war noch schöner und prächtiger, als sie es sich vorgestellt hatte.
Meeryam konnte sich gar nicht satt sehen an diesem märchenhaften Gebäude.
„Und da bist du aufgewachsen?" fragte sie Meelan staunend.

„Ja, da bin ich aufgewachsen. Es war für mich nie etwas Besonderes, da ich es nie anders kannte."
Meeryam wollte Meelan gerade fragen, ob sie sich das Schloss auch von innen mal anschauen könnte, als sie lautes Hufgetrappel hörten. Togan kam mit seinen Reiterelfen vom Wald auf das Schloss zugeritten. Es war ein imposanter Anblick. Die Reiterelfen waren ganz in Grün gekleidet. Sie trugen schwarze hohe Reiterstiefel und auf ihrem Kopf eine rote Kappe. Ihre Pferde waren kohlrabenschwarz mit feurigen Augen, nur Togans Pferd war schneeweiß.
„Oh je", sagte Meelan. Um sich zu verbergen, war es zu spät.
„Was sagen wir bloß wer du bist?" flüsterte Meelan ihr zu.
Bevor sie antworten konnte, zügelte Togan sein Pferd vor ihnen.
„Meelan, du hast Besuch mitgebracht, wie schön. Möchtest du mir die junge Elfe nicht vorstellen?" fragte Togan, denn er hatte sie hier im Anderswald noch nie gesehen.
„Ja, also, das, äh", stotterte Meelan herum, „das ist..." Dann traf er ganz kurz eine Entscheidung.
„Togan, ich möchte dir etwas berichten."
„Ja", sagte Togan, „ich höre."
Meelan schaute auf die vielen Reiterelfen, die um sie herumstanden und sagte: „Können wir das drin besprechen?"
„Ja", sagte Togan knapp. „Kommt mit ins Schloss."
Meeryam freute sich königlich. Jetzt kam sie doch noch ins Schloss. Wie prächtig auch alles dort war! Sie war begeistert und freute sich jetzt schon darauf, später Karina alles zu erzählen.
Togan führte sie in sein Privatgemach und bat die beiden, sich zu setzen. Gespannt wartete er darauf, was Meelan ihm zu berichten hatte.
Meelan dachte, das was Kurt und Irene für Meeryam waren, das sind Togan und Ailina für mich. Sie hatten ihn bei sich aufgenommen wie ihren eigenen Sohn und hatten ihm ein zu Hause gegeben. Er wollte vor ihnen nicht länger ein Geheimnis haben

und würde ihnen nun von Meeryam erzählen. Vielleicht konnten Togan und Ailina ihnen ja sogar bei der Suche nach ihrem Vaters helfen.
Meelan wollte gerade loslegen, da kam Ailina, die Elfenkönigin, herein geschwebt. „Ah", sagte sie freudestrahlend, als sie Meelan sah, „du hast uns Besuch mitgebracht. Wer ist denn diese hübsche Elfe?"
Meeryam hatte noch nie so eine schöne Elfe gesehen und konnte ihre Augen gar nicht von Ailina abwenden. Wie ihre Flügel funkelten, als wären sie mit tausenden von Diamanten besetzt.
„Meine Schwester", platzte es aus Meelan heraus.
Togan war wie vom Donner gerührt und erst einmal sprachlos. „Deine Schwester?" fragte er sehr langsam.
„Du hast eine Schwester?" fragte Ailina erstaunt.
Meelan erzählte nun auch ihnen die ganze Geschichte. Wie er Meeryam auf dem Mittsommerfest getroffen hatte, wie sie ihre Mutter gefunden hatten, jetzt auf der Suche nach ihrem Vater waren, und dass sie eine Plakataktion starten wollten.
„Ich könnte auch Reiter mit Plakaten zu meinem Volk senden", bot Ailina an.
Während Meelan erzählte, hatte Togan keine Miene verzogen. Immerzu starte er Meeryam an. Ailina schüttelte immer wieder ungläubig den Kopf. Als Meelan geendet hatte, fragte Togan ihn, wie seine Schwester heiße. Meelan sagte: „Meeryam." Togan nickte stumm, überlegte kurz und sagte dann:
„Wir haben unseren Gästen gar nichts angeboten. Ich werde uns den besten Honigwein holen, den unser Elfenschloss zu bieten hat. Die Wiederentdeckung deiner Schwester und Mutter muss doch gefeiert werden."
„Aber die Hauselfen können uns doch den Wein bringen", sagte Ailina verstört.
„Für so einen besonderen Anlass mache ich das selbst", sagte Togan schmunzelnd und verschwand.

Kurze Zeit später erschien er mit vier Gläsern Honigwein, der goldgelb funkelte. Togan reichte jedem ein Glas. „Lasst uns anstoßen, darauf dass ihr euch wiedergefunden habt."
„.... und darauf, dass Ihr euren Vater auch noch findet", ergänzte Ailina.
Der Honigwein schmeckte köstlich und Meeryam dachte, dass sie sich an so ein Schlossleben gewöhnen könnte.
Auf einmal hatte es Togan sehr eilig. Er müsse noch unbedingt etwas erledigen, sagte er, verabschiedete sich von allen und verschwand. Stirnrunzelnd schaute Ailina ihm hinterher. Sie bot Meeryam und Meelan an, noch ein wenig zu bleiben, aber er sagte, sie kämen gerne ein andermal wieder, aber jetzt wollten sie zurück, da sie noch die Plakataktion vorbereiten wollten. Meeryam wäre gerne noch geblieben und hätte sich in Ruhe das Schloss angeschaut. Aber aufgeschoben ist nicht aufgehoben, dachte sie sich.

Sie verabschiedeten sich von Ailina und flogen davon. Es war noch ein ganzes Stück zu fliegen, bis sie das Ende des Waldes erreichen würden. Meeryam schwärmte von dem Schloss und freute sich schon jetzt auf den nächsten Besuch. Plötzlich begannen beide zu gähnen.
„Bist du auch so müde, Meelan?" fragte Meeryam.
„Ja, ganz komisch. Ich kann mich kaum noch in der Luft halten."
„Mir geht es genauso", sagte Meeryam.
„Lass uns eine Pause einlegen."
Sie landeten auf dem weichen Waldboden und setzten sich unter den nächsten Baum.
„Was ist los mit uns?" fragte Meeryam.
„Vielleicht ist uns vom Honigwein so komisch", meinte Meelan noch - und dann waren beide auch schon eingeschlafen. Als sie wieder aufwachten, fühlten sie sich zwar noch etwas benebelt, aber soweit fit, dass sie weiterfliegen konnten.

„Meeryam", sagte Meelan, „ich werde das Gefühl nicht los, dass hier irgendetwas nicht stimmt. Ich fühlte mich so anders, als wenn mir etwas fehlen würde."
„Mir geht es genauso", sagte Meeryam.
Kurz bevor sie den Waldrand erreichten, wo die kleine Brücke auf den Feldweg führte, hielten sie an, um sich wieder zu verwandeln. Automatisch griffen sie nach ihren Amuletten - und griffen ins Leere. Entsetzt schauten sie sich an.
„Wo sind unsere Amulette?" fragte Meelan entgeistert.
„Haben wir sie etwa unter dem Baum verloren?" fragte Meeryam.
„Das glaube ich nicht. Warum sollten wir alle beide unsere Amulette verlieren", zweifelte Meelan, und ein sehr flaues Gefühl breitete sich in ihm aus.

In diesem Moment hörten sie nicht weit von sich entfernt Carlotta vorbeifliegen und kurz darauf ertönte ein ohrenbetäubender Knall. Meelan und Meeryam schauten sich an, und ohne ein Wort zu sagen, flogen sie so schnell es ihre Elfenflügel erlaubten in die Richtung, aus der der Knall gekommen war.
Sie waren entsetzt über das, was sie sahen. Carlotta und Annomé lagen auf dem Boden. Speedy lag neben ihnen und war in der Mitte durchgebrochen. Schnell eilten die beiden zu ihren Freunden. Carlotta hatte sich aufgesetzt, rieb sich die Stirn und fragte benommen: „Was war denn das?"
Annomé hatte sich auch wieder aufgerappelt, rieb sich ebenfalls die Stirn und sagte immer wieder: „Oh je, oh je, oh je ..."
„Ist euch was passiert?" fragte Meelan besorgt.
„Es geht schon wieder", antwortete Carlotta.
„Was ist denn passiert?" fragte Meeryam.
„Also, gefühlt bin ich gerade vor eine Wand geflogen."
„Waaaas?" fragte Meelan ungläubig.
„Ja", sagte Carlotta, „du hast mich schon richtig verstanden. Ich bin gerade vor eine Wand geflogen."

„Aber hier ist keine Wand Carlotta, du meinst bestimmt, du bist gegen einen Baum geflogen."
„Hörst du mir eigentlich nicht zu? Das macht doch sonst nur Annomé. Ich wiederhole es noch einmal zum mitschreiben. Ich – bin – gegen – eine - Wand – geflogen! Ich war über den Baumwipfeln, da gibt es keinen Baum, gegen den ich fliegen konnte."
Sie schaute sich Speedy an, und jetzt sagte auch sie:
„Oh je, oh je, " und ihr kamen die Tränen.
„Uns ist auch gerade etwas Seltsames passiert", sagte Meelan und berichtete von ihrem unfreiwilligen Schlaf und von dem Verschwinden ihrer Amulette.
„Ohne Amulette können wir uns nicht zurückverwandeln", sagte Meelan. Wie sollen wir Karina Bescheid geben? Sie kann uns ja nicht sehen und hören."
„Wir müssen es einfach gemeinsam versuchen und auf uns aufmerksam machen", schlug Annomé, die sich immer noch ihre Stirn rieb, vor.
„Hier geschieht gerade etwas sehr, sehr Seltsames, und ich werde das Gefühl nicht los, dass das alles etwas mit eurem Vater zu tun hat", hörten sie hinter sich die Stimme von Jasper.
Er erzählte, dass er und Farina auf die große Wiese außerhalb des Waldes wollten, aber nicht aus dem Wald heraus kamen. Es war, als seien sie vor eine unsichtbare Wand gelaufen.
„Sag ich doch die ganze Zeit", warf Carlotta ein.
Egal an welcher Stelle sie versucht hätten den Wald zu verlassen, es wäre ihnen nicht gelungen. Jetzt wollte es auch Meelan wissen und flog das kurze Stück bis zur Brücke. Da er ja schon vorgewarnt war, flog er ganz langsam darauf zu - und auch er flog wie vor eine unsichtbare Wand. Er flog wieder zurück zu seinen Freunden und meinte:
„Das kann doch alles nicht wahr sein. Was geschieht hier?"
„Ich schlage vor", sagte Jasper, „dass wir uns alle an unserem Versammlungsplatz treffen und uns dort beraten. Farina und ich

galoppieren schon mal voraus und verständigen Fips."
„Einverstanden", sagte Meelan und schon jagten die Einhörner davon. Nachdenklich gingen die Freunde in Richtung Rumuck. Carlotta hatte die beiden Teile von Speedy in ihren Rucksack gesteckt und sah sehr traurig aus.
„Carlotta", fragte Annomé, die etwas humpelte, „was ist mit Speedy?"
„Den bekomme ich schon wieder hin, aber das geht jetzt nicht auf die Schnelle." Erleichtert atmete Annomé auf. Den Rest des Weges gingen sie schweigend. Jeder war mit seinen eigenen Gedanken beschäftigt.

Kapitel 25

Gefangen

**Manche Wahrheiten brauchen viele Umwege,
bis sie endlich ans Licht kommen.**

Die Freunde hatten sich inzwischen bei Rumuck eingefunden. „Was sollen wir jetzt tun?" fragte Meelan. "Wer hat unsere Amulette gestohlen und warum?" Jasper war sehr nachdenklich. Dann sagte er: „Da hat wohl jemand mächtig Angst, dass die Wahrheit ans Licht kommt, wenn er so einen großen Zauber anwendet."

„Zauber?" fragte Annomé. „Gibt es hier auch einen Zauberer im Wald? Hab noch keinen gesehen."

„Es gibt Elfengeschlechter mit Zauberelfen. Die sind zu großem Zauber fähig. Ich werde mal in der Akasha Chronik nachschauen, welche Elfengeschlechter das sind, und ob eins davon hier lebt."

„Akasha Chronik?" fragte Annomé. „Wo haben wir denn so was hier im Wald?"

„Das ist keine Bücherei, wo du hingehen kannst, um dir einen Elfenkrimi auszuleihen", klärte sie Carlotta auf. „In dieser Chronik ist alles, von Anbeginn der Zeit, was hier je auf der Erde geschehen ist, aufgezeichnet."

„Ich habe sie mal studiert", sagte Jasper, „und habe sie deshalb in meinem Kopf."

„Du meinst", fragte Annomé, „du hast alles in deinem Kopf, was du jemals gehört oder gelesen hast?"

„Ja", sagte Jasper, „bei dir ist das nicht anders."

„Aber ich vergesse immer wieder alles", sagte Annomé verzweifelt.

„Das heißt ja nicht, dass es nicht mehr in deinem Kopf ist."

„Aber in meinem Elfenkopf scheint es viele schöne Verstecke für Informationen zu geben, denn ich finde sie einfach nicht wieder." Dabei zuckte sie resigniert mit den Schultern.

„Das ist alles eine Sache der Übung", klärte Jasper sie auf.

„Ja, vielleicht sollte ich das mal üben. Aber nicht heute, vielleicht morgen oder übermorgen. Denn erst müssen wir Meelans und Meeryams Vater ausfindig machen. Das ist jetzt wichtiger als mein Kopftraining."

„Aufgeschoben ist nicht aufgehoben", sagte Carlotta. „Ich werde dich an deinen Vorsatz erinnern."
„Ja, ja, ja", sagte Annomé. "Vor allem müssen wir mal schauen, wie wir hier aus dem Glashaus wieder rauskommen."
„Wir müssen alle Möglichkeiten ausschöpfen, die uns zur Verfügung stehen", sagte Farina.
„Ja, jetzt ist Weitsicht angesagt und kein Tunnelblick", bekräftigte Jasper ihre Worte.
„Tunnel!" rief Fips und sprang aufgeregt auf. „Tunnel ist das Stichwort! Ich werde meine Zwergenkumpels bitten, einen Tunnel aus dem Wald heraus zu graben. Vielleicht geht der Begrenzungszauber ja nicht bis tief in die Erde. Versuchen können sie es ja mal."
„Das ist eine gute Idee", sagte Meelan. Und schon schwang Fips sich auf Sir Wieselflink und die beiden rasten davon.
„Und ich werde mich mal in die Tiefen des Waldes zurückziehen, wo ich ganz und gar ungestört bin und in der Akasha Chronik nachschauen. Sobald ich etwas gefunden habe, komme ich wieder hierhin zurück." Damit war auch Jasper verschwunden.
„Und ich werde mich so lange um Speedy kümmern, denn Hexen zu Fuß geht gar nicht", klagte Carlotta kopfschüttelnd und ging in Richtung Hexenhaus davon.

Immer wieder griffen Meelan und Meeryam vergeblich nach ihren Amuletten.
„Meelan", jammerte auf einmal Meeryam. „Wenn wir unser Amulett nicht wiederbekommen, dann könnten wir uns ja nie mehr verwandeln. Dann könnte uns Karina auch nie wieder sehen, und wir könnten sie nie wieder in die Arme nehmen. Gerade jetzt, wo wir sie doch erst wiedergefunden haben."
Meeryam begann zu weinen. Dicke Tränen liefen ihr die Wangen herunter. Meelan legte tröstend seinen Arm um sie. „Wir schaffen das. Alle zusammen schaffen wir das. Wir haben unsere Mutter

gefunden, und wir werden auch unseren Vater finden. Es wird sich alles klären."
„Mir fällt gerade etwas ein", sagte Annomé sehr nachdenklich. „Wenn hier keiner mehr in den Wald rein und raus kommt, dann, dann... ja dann können die Blütenelfen außerhalb des Waldes gar nicht mehr ihre Arbeit verrichten. Dann öffnen sich nicht mehr die Blumen und die Blüten an den Bäumen und Sträuchern, und wenn die Blüten sich nicht öffnen, dann gibt es auch kein Obst. Und wenn es kein Obst gibt, dann gibt es auch keine Himbeeren und ..." Sie stieß einen kleinen Schrei aus, „... dann gibt es auch keine Himbeerküchlein mehr!" Entsetzten machte sich auf ihrem Elfengesicht breit. Meeryam konnte nicht anders. Sie brach in schallendes Gelächter aus.
Meelan hingegen stöhnte. „Die Welt geht unter und Annomé denkt an Himbeerküchlein. Versteh einer diese Elfe."
Jasper hatte sich inzwischen ganz tief in den Wald zurückgezogen. Hier fand er die nötige Ruhe, die er für sein Vorhaben brauchte. In Gedanken ging er in eine riesengroße Bibliothek. Die Regale schienen unendlich hoch zu sein und es gab so viele Etagen, dass das obere Ende der Bibliothek nicht sichtbar war. Überall standen uralte Bücher, deren Buchrücken mit allerlei Ornamenten verziert waren. Jasper wusste genau, wo er suchen musste, da er schon einen leisen Verdacht hatte. Er durchschritt viele Gänge, die rechts und links von Bücherregalen gesäumt waren, bis er endlich den Ort erreichte, an den er wollte. Konzentriert las er die Buchrücken der Bücher und schon bald hatte er gefunden, was er suchte. Vorsichtig nahm er das Buch aus dem Regal und schlug es auf. Er blätterte mal vor, mal zurück, bis sein Blick an einer Stelle hängen blieb.
„Hab ich es mir doch gedacht", sagte er leise vor sich hin. Er klappte das Buch wieder zu und stellte es vorsichtig zurück ins Regal. Er bedankte sich bei dem Buch für die Information, die es ihm gegeben hatte - und dann hatte es Jasper sehr, sehr eilig.

Gleichzeitig befand sich König Togan in einem geheimen Raum im Elfenschloss. Zu diesem Raum hatte nur er Zutritt. Er saß auf einem ganz besonderen Thron. Dieser war aus der Wurzel eines Zauberbaums geschnitzt, die bis zum Mittelpunkt der Erde gewachsen waren. In den Thron waren allerlei geheime Zeichen geschnitzt. Togan hatte die Augen geschlossen und konzentrierte sich. Wenn er auf diesem Stuhl saß, konnte er alles sehen und hören, was in seinem gesamten Königreich geschah.
Er konzentrierte sich auf Rumuck. Erst war das Bild etwas unscharf aber schon bald konnte er alles sehen und hören, was dort geschah. Er sah die Einhörner, Meelan und Meeryam, Carlotta, Fips und Annomé. Er sah, wie Fips davon sauste und Jasper sich entfernte. Er würde bei Jasper bleiben. Er sah, wie dieser in die Bibliothek ging und erschrak, als er sah, dass Jasper gefunden hatte, wonach er suchte. Jetzt hieß es handeln. Er musste Jasper aufhalten, bevor er zu seinen Freunden zurückkehren konnte.
Jasper galoppierte so schnell er konnte, um seinen Freunden die Nachricht zu überbringen. Plötzlich hatte er den Impuls sich umzuschauen. Eine ganze Schar königlicher Reiterelfen verfolgte ihn und kam immer näher. Er wusste sofort, was das bedeutete, und steigerte sein Tempo nochmals. Den größten Teil des Rückweges hatte er schon hinter sich, und nur wenige Augenblicke trennten ihn noch von seinen Freunden. Jetzt erspähte er auch links und rechts im Wald Reiterelfen, aber Jasper gab nicht auf. Als er in der Ferne die dicht gedrängten Reiterelfen auf dem Weg stehen sah, wusste er, dass er verloren hatte. Er verlangsamte sein Tempo und kam vor den Reiterelfen zum Stehen. Stolz erhob er sein Haupt und wieherte laut. Seine Verfolger hatten ihn mittlerweile auch eingeholt und so war Jasper nun von allen Seiten umzingelt. Es gab kein Entkommen mehr. Einer der Reiter sagte: „Folge uns.“ Jasper wusste, dass Widerstand zwecklos war und ergab sich in sein Schicksal. Sie brachten ihn zum Schloss

und sperrten ihn in einen geheimen Raum. Dann war er allein. Der ganze Raum war in einem trüben Grau gehalten und komplett leer. Das Grau strahlte aber ein wenig Licht aus, so dass es nicht ganz dunkel war, obwohl es kein Fenster gab.
Jasper überlegte, was er trotz seiner aussichtslosen Lage tun konnte. Dann hatte er eine Idee. Er konnte Farina ja mit Hilfe seiner Gedanken informieren. Jasper konzentrierte sich ganz auf Farina und rief ihren Namen. Aber was war das? Seine Gedanken schienen an den Wänden abzuprallen und kamen als gesprochene Worte zu ihm zurück. Das hörte sich richtig unheimlich an. Auch dieser Raum war in einen großen Zauber gehüllt, und so wirklich wunderte sich Jasper darüber nicht. Er war klug genug, nicht an seiner Situation zu verzweifeln, denn das hätte ihm auch nicht geholfen. Er legte sich in eine Ecke des Raumes, schloss die Augen und dachte an die schöne Zeit mit Farina und an seine neu gewonnenen Freunde. Das konnte ihm keiner nehmen. Es half ihm über die trübe Stimmung im Raum.

Jasper wusste nicht, dass er im Raum des Vergessens war und ihm gerade ein Teil seines Gedächtnisses genommen wurde. Ein Zauber ließ Jasper den Besuch in der Akasha Chronik vergessen, die Festnahme durch die Reiterelfen und den Aufenthalt im Schloss.
In der Zwischenzeit war Togan auf dem Weg zu Rumuck. Er ließ sich bewusst viel Zeit, denn er hatte eine Entscheidung zu treffen, die sein ganzes Leben verändern würde. Während Meelan, Meeryam, Farina und Annomé gespannt auf die Rückkehr ihrer Freunde warteten, tauchte plötzlich Thilion mit Aragon auf.
„Was macht Ihr denn alle für Gesichter? Habt Ihr erfahren, dass morgen die Welt untergeht oder was ist los?" fragte er scherzend.
Annomé versuchte schnell, noch ein wenig ihre Haare zu ordnen und ihr Kleid glatt zu streichen. Oh, dachte sie, auf königlichen Besuch bin ich grad gar nicht vorbereitet. Sie zog ihr kleines

Elfenbäuchlein ein und dachte weiter: Und nie wieder esse ich Himbeerküchlein.
„Setze dich zu uns, mein Freund", sagte Meelan. „Auch dir möchte ich etwas erzählen."
Gespannt und stirnrunzelnd setzte sich Thilion neben Meelan und sagte: „Dann leg mal los, Bruder."
Meelan erzählte auch ihm alles, was er Thilions Eltern erzählt hatte. Von seiner Schwester, seiner Mutter, und der Suche nach dem Vater.
Gerade hatte er seinen Bericht beendet, da hörten sie ein leises Sausen in der Luft. Carlotta kam angeflogen. So hatten sie Carlotta noch nie gesehen. Sie flog fast im Schneckentempo und landete ganz sanft vor ihren Freunden.
„Was ist los?" fragte Annomé. "Ist dir der Sprit ausgegangen oder was?"
„Nee", antwortete Carlotta, „nur so einen Crash möchte ich nicht nochmal erleben. Solange der Zauber über dem Wald liegt, werde ich mal schön langsam machen."
In diesem Moment kam Fips mit Sir Wieselflink angeschossen und rief schon von weitem: „Gute Nachrichten!" Sir Wieselflink musste so hart bremsen, dass Fips von seinem Rücken einen doppelten Salto machte und vor Farinas Hufe landete. „Macht nix", sagte er und rückte sich seine rote Zipfelmütze wieder gerade.
„Es funktioniert. Die Zwerge mussten zwar recht tief graben, aber sie kommen drunter her. Ihr Ziel ist die große Wiese vor dem Wald, bei den Zwillingsbirken."
Thilion verstand gar nichts mehr. „Welcher Zauber? Welcher Tunnel? Welcher Crash?"
Meelan informierte auch darüber Thilion ausführlich.
Gerade war Meelan mit seinem Bericht fertig, da sahen sie, wie Togan langsam auf sie zugeritten kam. Ganz dicht vor ihnen zügelte er sein Pferd, stieg ab und schaute alle Anwesenden nachdenklich an. So hatten sie Togan noch nie gesehen, und sie

waren gespannt, was nun geschehen würde. Eine unheimliche Stille lag auf der Lichtung. Die Atmosphäre war zum Zerreißen gespannt.Togan sprach: „Meelan, Meeryam, ich möchte euch etwas sagen." Wieder trat Stille ein und wieder schien Togan zu überlegen. Annomé hielt die Spannung fast nicht mehr aus. Sie dachte, nun sag schon, was du zu sagen hast, sonst platze ich gleich vor Neugier.

Togan hatte schon Luft geholt und begann: „Ich..." In diesem Moment hörten sie in Rumucks Krone ein lautes Rascheln.

Sie reckten ihre Köpfe nach oben und staunten, als die Elfenkönigin Ailina aus der Baumkrone geflattert kam.

Was für ein Tag, dachte Annomé. Und als Ailina auf der Erde gelandet war, konnte Annomé sich nicht verkneifen zu fragen: „Ja ist denn hier heute königliches Familientreffen, oder was?" Schnell schlug sie sich mit der Hand auf den Mund. Oh, konnte sie nicht einmal ihr Elfenmäulchen halten. Carlotta grinste sie von der Seite an. Und auch die anderen Freunde konnten sich ein Schmunzeln und Kichern nicht verkneifen, selbst Thilion und Ailina nicht. Nur Togan blieb ernst.

Togan schaute Ailina an, als würde ein Gespenst vor ihm stehen. Ailina lachte und sagte: „Togan, was schaust du mich so entgeistert an?" Sie schaute an sich herunter und sagte scherzhaft: „Sitzt mein Kleid nicht richtig oder ist meine Krone verrutscht?"

Togan schüttelte sich und stammelte: „Wo, wo kommst du denn her?"

Na, dachte Annomé, da brauche ich mich doch gar nicht für mein Gestottere zu schämen, sogar der König tuts. Und darüber freute sie sich königlich.

Ailina erklärte, dass auch sie Meelan und Meeryam helfen wollte, ihren Vater zu finden. Deshalb hatte sie Rumuck besucht, um sie nach dem damaligen Ereignis zu befragen.

Togan hatte sich wieder gefasst und sagte: „Ach so, ja, das ist wirklich nett von dir Ailina."

„Aber ich habe dich unterbrochen", sagte Ailina. „Du wolltest gerade Meelan und Meeryam etwas sagen."

„Ach ja", sagte Togan noch immer etwas verstört. „Meelan, Meeryam." Er schaute den beiden tief in die Augen. Ailina runzelte die Stirn. Was war nur mit Togan los? Er war so ernst und in sich gekehrt.

Jetzt sprach er weiter: „Ich wollte euch nur sagen, dass auch ich euch in jeder Hinsicht bei der Suche nach eurem Vater unterstützen werde."

Eine gewisse Traurigkeit war aus seiner Stimme herauszuhören, und alle Anwesenden schienen dies zu fühlen. Dann wandte sich Togan abrupt ab und stieg auf sein Pferd. Er fragte Ailina, ob sie mit ihm gemeinsam zurück zum Schloss reiten wolle. Sie flatterte zu Togan und schwang sich hinter ihm aufs Pferd. Ihr Gesicht war sehr nachdenklich, als die beiden davonritten.

Noch bevor Meelan und Meeryam sich bei Togan bedanken konnten, war er mit Ailina verschwunden.

Die Freunde wollten ihn noch nach dem Zauber fragen, der über dem Anderswald lag, aber dazu kamen sie nicht mehr.

Annomé sagte: „Was war denn das gerade?"

Die Freunde zuckten nur mit den Schultern, selbst Thilion schüttelte nachdenklich den Kopf. Die Freunde hatten kaum Zeit, um über Togans Verhalten nachzudenken, denn plötzlich bebte die Erde auf der Lichtung.

Kapitel 26

Zwergentunnel

So aussichtslos eine Situation auch zu sein scheint, es gibt immer eine Möglichkeit und immer einen Weg.

Es sah so aus, als wenn dort ein riesengroßer Maulwurfhaufen entstehen würde. Sie schauten wie gebannt auf das, was nun passieren würde. Nur Fips griemelte vor sich hin und rieb sich seine winzigen Hände, was aber keiner sah.
Annomé rief: „Was denn jetzt noch? Ich kann schon nicht mehr. Für heute habe ich echt genug Abenteuer erlebt."
Und dann tat sich da, wo der Maulwurfhaufen entstanden war, ein großes Loch auf und ein Zwerg hüpfte auf die Lichtung. Dann noch einer und noch einer, und bald waren sie schon nicht mehr zu zählen, so viele waren es.
Die Zwerge hatten wohl Schwerstarbeit geleistet, denn sie sahen ziemlich müde und geschafft aus. Sie stützten sich auf ihre Schaufeln oder setzten und legten sich ins Gras. Fips sprach zu den Anwesenden: „Darf ich euch vorstellen, die Tunnelgräber vom Dienst."

Karina und Jürgen waren abends nach Hause gekommen und riefen nach Meelan und Meeryam, aber keiner antwortete ihnen. Sie schauten, ob es irgendwo eine Nachricht von ihnen gab, aber sie fanden nichts. Die letzte Information, die sie hatten war, dass sie ihre Freunde im Wald besuchen wollten. Es wurde schon langsam dunkel und Jürgen und Karina machten sich mit Taschenlampen auf den Weg in den Wald. Doch als sie den ersten Schritt in den Wald setzen wollten, prallten sie zurück als seien sie gegen eine unsichtbare Wand gelaufen. Was war geschehen? Sie verstanden die Welt nicht mehr. Karina wurde immer unruhiger und machte sich große Sorgen. Wo waren ihre Kinder? Unermüdlich rief sie ihre Namen. Sie liefen am ganzen Waldrand entlang, aber nirgends war ein Durchkommen. Immer mehr ergriff die Angst von ihr Besitz. Gerade hatte sie ihre Kinder wiederbekommen, sollte sie sie jetzt ein zweites Mal verlieren? Sie konnten auch keinen um Hilfe bitten. Sollten sie sagen, bitte helfen sie uns, zwei Elfen zu finden?

Jürgen versuchte sie zu trösten, aber auch er wusste sich keinen Rat. Da sahen sie plötzlich, wie mitten auf der Wiese neben dem Wald ein Loch entstand, das immer größer und größer wurde. Vorsichtig hatten sie sich dem Loch genähert, aber niemanden entdeckt. Auf einmal wurde ein Tunnel sichtbar. Puschel sprang sofort hinein. Jürgen sagte zu Karina, dass es so aussähe, als würde er in den Wald führen. Karina überlegte nicht lange und begab sich in den Tunnel. Jürgen folgte ihr. Sie mussten sich sehr klein machen, aber der Tunnel war groß genug, dass ein Mensch durch ihn hindurch kriechen konnte.

Die Ereignisse auf der Lichtung schienen sich zu überschlagen. Kaum war der letzte Zwerg aus dem Tunnel gestiegen, hörten die Freunde ein Hundebellen und dann kam Puschel aus dem Tunnel gesprungen und lief freudig auf sie zu. Kurz darauf krochen Karina und Jürgen aus dem Loch. Karina rief immer wieder die Namen ihrer Kinder und wurde immer verzweifelter.
Meeryam und Meelan liefen auf sie zu und riefen: „Wir sind hier, wir sind hier." Aber Karina und Jürgen konnten sie ja nicht hören und sehen. Meeryams Verzweiflung schlug langsam in Wut um und sie schrie: „Wer tut uns das alles an? Wer hat unsere Amulette gestohlen?"
Jetzt fiel Karina auf die Knie, faltete ihre Hände und rief: „Bitte, bitte lieber Gott, liebe Engel, gebt mir meine Kinder wieder!" Dann brach sie in Tränen aus. Jürgen hielt sie fest in seinen Armen.
Genau in diesem Moment trat Jasper auf die Lichtung. Farina hatte schon die ganze Zeit nach ihm Ausschau gehalten und hatte sich schon langsam Sorgen gemacht. Einmal hatte sie sogar gemeint, ihn wiehern zu hören. Jasper kam ganz langsam auf seine Freunde zu, und er sah so seltsam aus.
„Liebling, was ist geschehen?" fragte Farina ihn ganz aufgeregt.
Annomé dachte: „Häääää h? Hatte Farina gerade Liebling zu Jasper

gesagt oder hatte sie sich verhört? Ach, würde sie doch nur ein bisschen aufmerksamer sein, dann wüsste sie es jetzt. Wieder mal nahm sie sich vor, in Zukunft etwas achtsamer zu sein."

Jasper schaute seine Freunde ganz verwundert an und schüttelte sich immer wieder. „Ich weiß auch nicht was geschehen ist. Ich kann mich an nichts mehr erinnern, und ich fühle mich wie von einem dichten Nebel umgeben." Wieder schüttelte er sich.
„Du wolltest doch in der Akasha Chronik etwas nachschauen", sagte Farina.
„Akasha Chronik, Akasha Chronik", sagte er und grübelte.
Es schien, als hätte er niemals zuvor etwas davon gehört. Die Freunde machten sich jetzt wirklich Sorgen um Jasper und alle redeten durcheinander.
Dann hatte Annomé etwas entdeckt. „Ich glaube es nicht, ich glaube es nicht!" rief sie jetzt ganz laut und aufgeregt. „Schaut mal was hier in Jaspers Mähne hängt!" Annomés Augen wurden immer größer. In seiner dichten prächtigen Mähne waren die Amulette von Meeryam und Meelan eingeflochten.
Die beiden standen immer noch neben Karina und versuchten sich irgendwie bemerkbar zu machen.
„Meelan, Meeryam kommt schnell!" rief Carlotta. „Eure Amulette sind wieder da!"
In Windeseile liefen die beiden zu ihren Freunden und staunten über das, was da in Jaspers Mähne hing.
„Wie kommt Jasper an unsere Amulette?" rief Meelan ganz aufgeregt.
Meeryam sagte nichts und begann die Amulette aus Jaspers Mähne zu friemeln. Dabei ging sie nicht gerade sanft mit Jasper um.
„Pass doch ein bisschen auf", rügte Farina sie.
„Wie kommt Jasper an unsere Amulette?" fragte Meeryam aufgeregt und sie war sichtlich böse.

„Hat er sie uns etwa gestohlen?"
„So etwas würde er nie tun!" verteidigte Farina Jasper heftig.
Jasper schüttelte sich immer wieder. So langsam schien er wieder einen klaren Kopf zu bekommen.
„Wieso hast du Meelans und Meeryams Amulette in deiner Mähne hängen?" fragte Thilion ihn misstrauisch.
„Ich weiß es nicht. Ich weiß noch nicht mal, wie sie dort hingekommen sind."
„Das wird ja immer mysteriöser", sagte Fips nachdenklich und rieb sich seine Stirn.

Inzwischen hatten Meelan und Meeryam ihre Amulette umgehängt und konzentrierten sich kurz. Und schon leuchteten die Farben der Sternblume und im Nu waren sie verwandelt. Karina stieß einen Freudenschrei aus, als sie die beiden sah. Sie rannte auf sie zu, schloss sie in ihre Arme und sagte immer wieder: „Meine Kinder, meine Kinder."
Alle waren von diesem Anblick sehr berührt.
Jaspers Umnebelung war mittlerweile vollends verschwunden. Er erinnerte sich jetzt wieder und sprach: „Das Letzte, an das ich mich erinnere kann, ist, dass ich mich zurückgezogen habe, um in der Akasha Chronik etwas nachzuschauen. Aber ob ich da war und nach was ich da schauen wollte, daran kann ich mich nicht mehr erinnern."
Leider war auch sein Verdacht, wer für den ganzen Zauber verantwortlich sein könnte, im Raum des Vergessens geblieben.
„Du sagtest, dass es Elfengeschlechter gibt mit Zauberelfen, die zu großem Zauber fähig sind und wolltest nachschauen, ob eins davon hier im Königreich lebt", sagte Farina.
Jasper war sehr verzweifelt, da er sich an nichts mehr erinnern konnte. „Ich werde mich nochmals ein wenig zurückziehen und nachschauen. Aber ich werde mich diesmal nicht so weit entfernen. Irgendetwas muss unterwegs geschehen sein."

„Wenn du möchtest", sagte Farina, „komme ich mit und bleibe in deiner Nähe."
Jasper war damit einverstanden, und schon waren die beiden verschwunden.
Alle saßen nun stumm unter Rumuck und warteten auf die Rückkehr von Farina und Jasper. Karina hatte ihre Kinder in den Armen und drückte sie immer wieder glücklich an sich. Meelan erzählte Karina und Jürgen, was in der Zwischenzeit alles passiert war und was sie erlebt hatten.
Es dauerte nicht lange und die beiden Einhörner waren wieder da. Jasper sah sehr, sehr unglücklich aus und auch Farina ließ betrübt den Kopf hängen.
„Und?" fragte Annomé ungeduldig. „Hast du etwas herausgefunden, Jasper?"
Traurig schüttelte er den Kopf. „Ich habe keinen Zugang mehr zur Chronik. Es ist, als sei die Tür verschlossen. Was geschieht hier bloß?" Wieder schüttelte er ungläubig den Kopf.
„Vielleicht klappt es später oder morgen", versuchte Farina ihn aufzumuntern.
Auch Jasper spürte zunehmend Wut in sich aufsteigen. Wer hatte solche Macht über sie? Er fühlte sich dieser Macht regelrecht schutzlos ausgeliefert.
Meeryam sagte zu Karina: „Ich bin so froh und dankbar, dass es unsere Freunde gibt, dass sie hier sind und uns helfen."
„Ich wünschte, wir könnten sie sehen und persönlich begrüßen", sagte Karina sehnsüchtig.
„Für die Wunscherfüllung sind wir zuständig." Die Feen Monja, Barbarella und Nelly kamen auf die Lichtung geschwebt. Es war ein phantastischer Anblick, wie diese zauberhaften Feen in ihren Pastelltönen, umhüllt von Sternchennebel, mit ihren Sternchenzauberstäben über die Lichtung schwebten.
„Wir werden alle unsere Kräfte vereinen und euch einen zauberhaften Augenblick lang den Eintritt in die Welt der Feinstofflichen

gewähren." Alle waren gespannt, was nun geschehen würde. Ein wahres Feuerwerk an Sternchen umwirbelte Jürgen und Karina. Die Feen gaben alles und erzeugten immer mehr Sternchenzauberstaub.

Erst sahen Karina und Jürgen nur verschwommene Lichter in verschiedenen Farben. Dann wurden die Konturen immer deutlicher und deutlicher. Nun konnten sie alle erkennen und wollten nicht glauben, was sie da sahen. Jürgen blieb der Mund offen stehen, und das sah sehr lustig aus. Meelan stellte alle seine Freunde vor. Wie schön die Einhörner aussahen. Viel schöner als sie sich immer ein Einhorn vorgestellt hatten. Die Hexe Carlotta und ihre Retterin Annomé, Fips und viele andere Zwerge. Und es gab sogar einen waschechten Elfenprinzen, der sie sehr charmant mit einem Lächeln begrüßte. Er machte eine ausladende Verbeugung vor ihnen und sagte: „Willkommen im Königreich meines Vaters." Die beiden kamen aus dem Staunen nicht mehr heraus. Das ganze Spektakel und die Freude darüber, dass Karina und Jürgen die feinstofflichen Wesen sehen konnten, ließ alle einen Augenblick ihren Kummer vergessen. Jasper, der bis jetzt sehr nachdenklich war, schmiss plötzlich seinen Kopf hoch, schnaubte laut und verächtlich und sagte: „Freunde, wir lassen uns nicht unterkriegen! Wir beugen uns nicht dieser unsichtbaren Macht. Wer auch immer verhindern will, dass wir euren Vater finden, muss ein Feigling sein, denn sonst würde er uns offen entgegentreten. Wir machen weiter, mit allen Mitteln, die uns zur Verfügung stehen!"

Alle waren von der flammenden Rede Jaspers begeistert, klatschten Beifall und jubelten. So langsam verspürten auch sie Wut in sich aufsteigen. Mit der Wut machte sich aber auch eine unbändige Kraft und Entschlossenheit breit. Annomé ballte ihre Elfenhändchen zu Fäusten und rief: „Komm her, du unsichtbares Monster, du Zauberer oder wer du auch immer bist! Wir geben dir ordentlich eins auf die Mütze!" Sie boxte wild um sich, und ihr

Gesicht sah dabei so grimmig aus, dass sie bei den anderen einen Lachanfall auslöste.
„Übrigens, mit allen Mitteln", sagte jetzt Fips. „Was ist denn mit der Plakataktion?"
„Was für eine Plakataktion?" fragte Jürgen.
Carlotta erklärte ihr Vorhaben und Karina sagte: „Ja, das ist eine gute Idee. Wie wäre es, wenn wir uns morgen alle bei uns zu Hause treffen? Wir brauchen ja Stift und Papier dazu."
Die Anderswald-Freunde waren einverstanden und Annomé hoffte insgeheim, dass es auch wieder ein paar Leckereien geben würde. Sie sah sie schon förmlich vor sich. Carlotta sah sie an und rief wie aus der Pistole geschossen: „Annomé! Ich weiß genau, was du jetzt denkst."
Annomé hatte sich richtig erschrocken und fühlte sich ertappt. „Och Carlotta, jetzt hast du mich aber so erschreckt, dass ich vergessen habe, woran ich gerade gedacht habe."
„Soll ich es dir sagen?" fragte sie laut und kicherte.
„Nein, lieber nicht", sagte Annomé schnell. Um von sich abzulenken, fragte sie: „Und wie kommen wir aus dem Wald raus, wenn die Vollsperrung noch länger anhält?"
Im Geiste sah sie, wie die erhofften Leckereien in weite Ferne rückten. Schon allein dafür hätte sie den großen Unbekannten rütteln und schütteln können.
„Du brauchst gar nicht abzulenken", sagte Carlotta neckend zu ihr.
„Hä, hä, hä, tu ich doch gar nicht." Annomé wollte auf keinen Fall, dass Carlotta ihre Gedanken verriet. Karina und Jürgen sollten doch nicht denken, sie wäre die verfressenste Elfe von der ganzen Welt. Auch wenn sich Annomé selbst manchmal so vorkam.
„Und außerdem", sagte Carlotta. Annomé hielt die Luft an und alle anderen sahen Carlotta erwartungsvoll an.
Jetzt grinste Carlotta breit, machte noch eine kleine Pause und sagte: „Was meinst du wohl, wofür die Zwerge den Tunnel gegraben haben?" Annomé

atmete laut und erleichtert aus. Fast wäre sie geplatzt, so lange hatte sie die Luft angehalten.
„Ach der Tunnel", sagte Annomé erleichtert. „Den hatte ich ganz vergessen." Wie aus dem Nichts kamen vor ihrem geistigen Auge die Leckereien wieder angeflogen und sie lächelte glücklich.
„Wundert das einen der Anwesenden hier?" fragte Carlotta lachend und schaute sich in der Runde um. Spontan ging sie zu Annomé, nahm sie in den Arm und drückte sie ganz fest. Genau dafür liebte Carlotta Annomé, weil sie so war wie sie war. Annomé seufzte bloß.
Die kleinen Plänkeleien der beiden hatten alle wieder in gute Laune versetzt. Jetzt sprach die Fee Nelly zu ihnen. „Wir haben alles gegeben, aber leider können wir die Energie nicht mehr länger aufrechterhalten."
Auf einmal verblassten die Wesen wieder, mehr und mehr. Karina war ein bisschen traurig, dass sie sie nicht mehr sehen konnte. Sie kam sich vor, wie in einer anderen Welt. Jetzt wusste sie auch, was Lahmynana meinte. Oh, dachte sie, wie schön wäre es, wenn ich diese Wesen immer sehen und mit ihnen sprechen könnte.
„Die Zeit wird kommen", hörte sie Lahmynanas Stimme. Ein Lächeln huschte über Karinas Gesicht. Jürgen und sie bedankten sich ganz herzlich bei den Feen für ihre Wunscherfüllung.
Plötzlich kam ein Zwerg angerannt und rief aufgeregt: „Der Zauber, der Zauber, er ist aufgehoben! Der Anderswald ist wieder fre!"
Jasper wieherte triumphierend. Durch den Tunnel machte der Zauber über dem Anderswald nun keinen Sinn mehr. Dies schien auch der große Unbekannte begriffen zu haben.

Kapitel 27

Himbeerküchlein

Es kommt immer anders als das,
was sich der Verstand vorgestellt hat.

Am nächsten Tag trafen die Freunde bei Karina und Jürgen ein, um nun endlich das Suchplakat zu erstellen. Sogar Thilion und Aragon waren mitgekommen, was Annomé ganz besonders freute. Annomé stürmte regelrecht ins Wohnzimmer und sah sich suchend um. Carlotta schüttelte nur den Kopf und rief leise: „Annomé!"

„Ich mach ja gar nix", antwortete sie.

„Am besten setzt du dich hier neben mich, damit nicht wieder ein Unglück passiert."

Annomé, die vergeblich nach Törtchen Ausschau gehalten hatte, dachte: Ist auch besser so. Kann mir doch vor Thilion hier nicht den Bauch vollschlagen. Als alle einen Platz gefunden hatten, sagte Karina: „Wer malt denn das Plakat?"

„Wir dachten", sagte Meelan, „du würdest es malen."

„Ich konnte noch nie gut malen", antwortete Karina. „Mehr als ein Strichmännchen bekomme ich nicht hin. Das muss schon jemand von euch tun. Ich kann nur erzählen, an was ich mich erinnere."

Einer schaute den anderen an, aber keiner traute sich zu, das Plakat zu malen. Zum Erstaunen aller meldete sich Annomé. „Ich werde es malen." Sie dachte, wenn es eh keine Törtchen gibt, kann ich auch malen. Und außerdem würde sie ja dann als allererste erfahren, wer nun der Vater von Meeryam und Meelan war. Oh, war das aufregend!

„Na gut", sagte Karina. Damit wir beide ungestört arbeiten können, ist es wohl besser, wenn die anderen in der Zeit im Esszimmer warten. Dort haben wir übrigens ein kleines Buffet mit Köstlichkeiten für euch als Dankeschön aufgebaut. Annomé dachte, sie traue ihren Elfenohren nicht. Sie wurde tatsächlich ein bisschen blass. Ihre Freunde hätten sich am liebsten gekugelt vor Lachen.

„Karina sagte zu Annomé: „Wir halten für die fleißige Malerin aber eine Extraportion zurück."

„Na, dann ist ja alles gut", sagte Annomé sichtlich erleichtert.

Nachdem die Freunde das Wohnzimmer mit Jürgen verlassen hatten, schloss Karina die Augen und versuchte, sich wieder an den Elfen und die Situation auf der Lichtung zu erinnern. Annomé musste sich voll konzentrieren, damit sie den Stift halten konnte, was für sie als feinstoffliches Wesen echt eine Herausforderung war. Sie dachte, was habe ich mir hier bloß angetan. Ihre Gedanken wollten gerade zu ihren Freunden und den Törtchen abschweifen, da begann Karina zu sprechen. Es war mehr das Gefühl, an das sie sich erinnern konnte, als konkret an den Elfen selber. Der längst vergangene Tag erschien noch mal vor ihren Augen, und sie erinnerte sich wieder an dieses berauschende Glücksgefühl und den Zauber, den sie damals verspürt hatte. Aber so intensiv wie damals war es nicht. Als sie mit ihrer Beschreibung fertig war, rief sie die anderen wieder herein. Jetzt waren alle gespannt und konnten kaum erwarten, Annomés Zeichnung zu sehen. Würden sie jetzt endlich erfahren wer der große Unbekannte ist? Würden sie ihn überhaupt kennen? Die Spannung war ins unermäßliche gestiegen.
Annomé hatte das Blatt mit der Zeichnung an sich gedrückt. Alle schauten sie gespannt und fragend an und sie sahen, dass sie etwas blaß geworden war.
„Annomé", sagte Karina. „Zeigst du uns, was du gemalt hast?" Auch sie war voller Erwartung. Nur sehr zögerlich legte Annomé das Blatt auf den Tisch. Alle schauten gebannt auf die Zeichnung. Einen Moment war es ganz still im Zimmer, so still, als hätte jemand die Zeit angehalten. Meerjam und Meelan schauten sich zweifeld an. Jasper und Farina nickten stumm mit dem Kopf. Fips sagte nur: „Oh", und Thilion zog seine Stirn kraus. Carlottas Augen wurden größer und größer. Und dann brachen alle in ein albernes Gelächter aus.
„Annomé", sagte Carlotta prustend vor Lachen. „Da hast du ja wohl eher deinen Traumelfen gemalt als den von Karina. Und dein Traumelf scheint wohl Thilion zu heißen."

„Gar nicht", sagte Annomé verlegen.
Der Elf, den sie gemalt hatte, hatte tatsächlich ein klein wenig Ähnlichkeit mit Thilion. Dieser grinste übers ganze Gesicht und sagte: „Annomé, ich fühle mich wirklich sehr geehrt." Dabei machte er eine Verbeugung vor ihr. „Also Freunde, ich bin unschuldig." Er legte seine rechte Hand auf sein Herz. „Es tut mir leid, aber ich bin wirklich nicht euer Vater. Tut mir echt leid." Und dann konnte auch er sein Lachen nicht mehr zurück halten.

Die Freunde amüsierten sich köstlich und hatten einen riesen Spaß. Annomé bekam prompt einen roten Kopf. Oh, war ihr das peinlich. Aber dann war ihr alles egal. Elfenprinz hin oder her. Sie flog ins Esszimmer und machte sich trotzig über die Törtchen her, die ihre Freunde übrig gelassen hatten. Und sie würde nicht eins übrig lassen, dachte sie. Das hatten die anderen jetzt davon, so.

Als sich alle wieder etwas beruhigt hatten, sagte Karina: „Was haltet Ihr davon, wenn wir mal eine Vater-Suchpause einlegen. So kommen wir nicht weiter, und dieses Plakat können wir nun wirklich schlecht aufhängen. Vielleicht muss erst mal ein bisschen Ruhe einkehren. Morgen ist Mittsommer. Jürgen, wie wäre es, wenn wir die Bewohner des Anderswaldes in unseren Garten einladen?"
„Eine gute Idee", sagte Jürgen freudig.
Vielleicht würde es allen gut tun, mal an etwas anderes zu denken. Nochmal fröhlich sein und neue Energie tanken für die Vatersuche. Annomé kam ins Wohnzimmer gelaufen. Fliegen ging schon gar nicht mehr, so schwer hatte sie geladen. Ein kleiner Rest von einem Himbeertörchen klebte noch an ihrer rechten Wange und sie fragte neugierig: „Habe ich da gerade was von einer Einladung gehört?"
„Ja, wir sind morgen alle bei Karina und Jürgen zum Mittsommerfest eingeladen", antwortete Carlotta. Sie verkniff sich eine

Bemerkung über Annomés Kugelbauch. Oh je, dachte sie. Wie kriege ich die gleich wieder in den Wald?

Der nächste Tag verging wie im Flug, und schon war es so weit. Die Feinstofflichen machten sich auf, um der Einladung von Karina und Jürgen zu folgen. Es sah aus wie ein Festzug, der sich da über den Feldweg bewegte, denn alle hatten wieder ihre schönsten Gewänder angezogen. Als sie bei der Villa ankamen, staunten sie. Der ganze Garten war mit Kerzen und Fackeln geschmückt. Überall in den Bäumen hingen Lichterketten und alles war hübsch hergerichtet.

Die Zwergenkapelle packte ihre Instrumente aus und begann zu spielen. Die Stimmung war von Anfang an ausgelassen und fröhlich.

Karina und Jürgen saßen auf der Bank und atmeten tief in ihre Herzen. Ganz entfernt hörten sie leise Musik, und je mehr sie in ihr Herz fühlten, fühlten sie auch die Anwesenheit der Feinstofflichen. Immer stärker konnten sie die farbigen Lichtpunkte in ihrem Garten erkennen. Sie waren zwar nicht so deutlich zu sehen wie auf der Lichtung, eher etwas verschwommen, aber immerhin. Vielleicht, wenn sie etwas üben würden und sich ganz und gar auf den Zauber einlassen würden, könnten sie die Wesenheiten eines Tages auch wieder richtig sehen.

Doch auf einmal spürte Karina etwas, das ihr bekannt vorkam. Dieses Gefühl wurde immer intensiver und intensiver. Sie schloss die Augen, atmete noch tiefer in ihr Herz und jetzt erkannte sie es wieder. Feine Schweißperlen bildeten sich auf ihrer Stirn, ihre Hände begannen zu schwitzen. Sie glaubte, ihr Herz springe gleich aus ihrem Leib, so wild raste es. Sie spürte sie, jetzt und hier in diesem Moment ganz deutlich, die Anwesenheit des Elfen. Es fehlte die Magie, die sie damals umgab. Aber sie wusste, er war da, der Vater ihrer Kinder. Sie fühlte ihn ganz nahe. Vorsichtig, nur ein ganz klein wenig, öffnete sie zwinkernd ihre

Augen. Alles in ihr bebte, und sie begann zu zittern. Kaum zwei Schritte von ihr entfernt stand der Elf und schaute sie an. Er hatte sich kaum verändert und sah noch immer so hinreißend aus. Eine riesengroße warme Welle der Gefühle schwappte über Karina und schien sie mitreißen zu wollen in Richtung Elf.

Genau in diesem magischen Moment stieß Annomé einen lauten Schrei aus, den sogar Karina hörte. Als sie vor Schreck die Augen weit aufriss, konnte sie den Elfen nicht mehr sehen. Es war, als würde jemand in ihr Herz stechen. Verzweiflung überfiel sie. Karina schüttelte sich, um wieder einen klaren Kopf zu bekommen. Dann eilte sie mit den anderen zu Annomé.

„Um Himmels Willen, Annomé!" rief Carlotta. „Was ist dir geschehen?"

Annomé stand an dem Buffet, das Karina und Jürgen für die Feinstofflichen hergerichtet hatten. Sie hatte ihre Hände rechts und links fest an ihren Kopf gepresst. Jetzt drehte sie sich langsam um. Ein breites, seliges Lächeln lag auf ihrem Gesicht und sie sagte: „Himbeerküchlein, ganz viele."

Fortsetzung folgt im zweiten Band

.... noch mehr Zauber unter www.der-anderswald.de

Über die Autorin:

Andrea von Rymon wurde 1956 im Oberbergischen geboren, ist verheiratet, hat zwei erwachsene Kinder und lebt derzeit im Bergischen Land.
Sie ist gelernte Bürokauffrau, Erzieherin und Pferdewirtschaftsmeisterin. Gemeinsam mit ihrem Mann lebte und arbeitete sie bis in die 90er Jahre mit privatem Kinderheim, Reiterhof und Pferdezuchtbetrieb in der Eifel. Später setzte sie ihre Arbeit als Erzieherin im Bergischen Land fort. Sich für Kinder stark zu machen, die am Rande unserer Gesellschaft leben, ist ihr ein besonderes Anliegen. Unter anderem gründete sie mit einer Freundin die Kinderhilfsorganisation anea-moni (www.aneamoni.de.)
Ihr Leben bezeichnet sie als kunterbuntes und spannendes Abenteuer. Mit ihrem Erstlingswerk „Der Anderswald" möchte sie den Kindern (und inneren Kindern) Mut machen, zu ihren Gefühlen zu stehen und ihre Einzigartigkeit zu leben.

Weitere Bücher aus unseren Verlagen:

Stand September 2014

Sven Rohark „Die Rohkost-Revolution"

Sven Rohark „Die Rohkost-Revolution - kompakt"

Sven Rohark „Survivaltips eines Leichtgepäck-Wandererexperten"

Prof. Arnold Ehret „Gesunde Menschen – Band 1"

Prof. Arnold Ehret „Gesunde Menschen – Band 2"

Dipl.-Physiker Walter Schaube „Kerngesund ohne Umwege"

Jean Huntziger „Die Bioklimatische Rohkost"

Anonym „Tante Edeltraud"

Rüdiger Moczall „Leben in Liebender Verantwortung"

Cosmo Vega „Wach auf und lebe bewusst"

Joseph Suppan „Berührung und Frucht"

Maren Becker „Veganes Studentenkochbuch – garantiert 100 % pflanzlich"

Mario Krygier „Faszination Mayaland"

Mario Krygier und Jens Rohark „Don Eric und die Maya"

Jens Rohark „2012 – Prophezeien die Maya den Weltuntergang?"

Jens Rohark „Poopol Wuuj – Das Heilige Buch des Rates der K´ichee´-Maya von Guatemala"

Jens Rohark „Auf den Spuren der Maya – Das Zentrale Tiefland – Teil 1"

Jens Rohark „Spanisch für Reisende"

Jens Rohark „Englisch für Reisende"

Mario Krygier und Jens Rohark „Die Anatomie des Mayakalenders" 2015